百年温柔

肖伊绯 著

图书在版编目（CIP）数据

百年温柔 / 肖伊绯著. — 南京：江苏凤凰文艺出版社，2018.9
ISBN 978-7-5594-1676-6

Ⅰ.①百… Ⅱ.①肖… Ⅲ.①纪实文学－作品集－中国－当代 Ⅳ.①I25

中国版本图书馆 CIP 数据核字(2018)第 045673 号

书　　名	百年温柔
著　　者	肖伊绯
责 任 编 辑	梁雪波　黄孝阳
出 版 发 行	江苏凤凰文艺出版社
出版社地址	南京市中央路 165 号，邮编：210009
出版社网址	http://www.jswenyi.com
印　　刷	南京捷迅印务有限公司
开　　本	880×1230 毫米 1/32
印　　张	9.75
字　　数	205 千字
版　　次	2018 年 9 月第 1 版　2018 年 9 月第 1 次印刷
标 准 书 号	ISBN 978-7-5594-1676-6
定　　价	39.80 元

（江苏凤凰文艺版图书凡印刷、装订错误可随时向承印厂调换）

CONTENTS
目录

第一辑

001　张爱玲：豹纹打底春风里
023　林徽因：从香闺走向客厅
043　陆小曼：最是一年春好处
059　孟小冬：女夜奔与男思凡
073　萧　红：清华园里的"黄金时代"
093　潘玉良：妓妾化身"野兽派"
103　张充和：桃之夭夭·桃花鱼
133　张兆和：沉没在沈从文的编年史里

第二辑

155　严　复：药膏成瘾与妻妾成灾
179　刘世珩：红袖纪年谱添香
201　吴　梅：暖香楼中折子戏
219　梁启超：在革新与旧俗之间
233　徐志摩：带一本《浮士德》去春游
247　胡　适：新郎爱上伴娘
261　郁达夫：风雨茅庐之外
285　顾佛影：忍顾鹊桥归路

张爱玲：豹纹打底春风里

张爱玲(1920—1995)，本名张煐，出生在上海公共租界西区。祖父张佩纶是清末名臣，祖母李菊耦是朝廷重臣李鸿章的长女。她曾创作大量文学作品，类型包括小说、散文、电影剧本以及文学研究论著等。1955年，张爱玲赴美国，后定居洛杉矶，1995年9月8日，逝于洛杉矶公寓。

1940年代的上海文坛,经济繁荣、写手众多,以专事写作为生的女文青们也逐渐形成了朋友圈。张爱玲和苏青,属于上海女文青圈子里的佼佼者,她们交往密切、互相欣赏,据说经常一同逛街,一同看电影,甚至还互相换裤子穿,可谓"顶级闺蜜"。

1944年春上海"女作家聚谈会"

1944年4月10日,上海《杂志》月刊的四月号出版发行。杂志扉页上印着一幅素描画,画面上一位着连衣裙的摩登女子迎风而立,裙角随风飘扬,竟可以看到裙底豹纹底裤的轮廓。翻开月刊目录页,得知这幅画作名为《三月的风》,作者张爱玲。

《杂志》月刊,1944年4月号　　　　张爱玲画作《三月的风》

继续展读目录页,不难发现,这本"沦陷区"月刊上,名家云集,汇集了当时非左翼作家的"半壁江山",可谓沦陷区作家们的顶级沙龙。周作人、胡兰成、陶亢德、文载道、苏青等人的作品,悉数登场。当然,这其中最耀眼的仍是张爱玲。她在该期刊物上总共出场6次之多,涉及她的画作、谈话、议论文、小品文等等。可以想象得到,1944年的上海,张爱玲可谓春风得意。

值得注意的是,这一期《杂志》刊载有"女作家聚谈会"的特别报道,内容是该杂志社于当年3月16日下午举办的"女作家聚谈会"的谈话摘要。在有苏青、关露、汪丽玲、吴婴之、潘柳黛、蓝业珍以及《中国女性文学史》作者谭正璧等出席的这次聚谈会中,时年24岁的张爱玲发言虽不算多,却也可圈可点,颇可见其性情识见。而这些发言内容由于相对零散,未能辑入她生前死后的各类文集之中,普通读者不易读到。在此,略加整理,摘录这部分内容如下。

谈"第一个作品的来历",张爱玲说:"第一次的作品是一篇散文,是自己的一点惊险的经验的实录,登在一九三八年的英文《大美晚报》上。第一篇中文作品是《我的天才梦》,登在《西风》上。"在"女作家论女作家"议题刚开始时,她一开始没有发表意见,只是调侃说:"我的毛病是思想太慢,等到听好想说,会已经散了。"后来又补充说:"古代的女作家中最喜欢李清照,李清照的优点,早有定评,用不着我来分析介绍了。近代的最喜欢苏青,苏青之前,冰心的清婉往往流于做作了,丁玲的初期作品是好的,后来略有点力不从心。踏实地把握住生活情趣的,苏青是第一个。她的特点是'伟大的单纯'。经过她那俊洁的表现方法,最普通的话成为最动人的,因为人类的共同性,她比谁都懂得。"在"对于外国女作家的意见"中,她说:"外国女作家中我比较喜欢 Stella Benson。"

在文学作品的"取材范围问题"上,她指出:"的确女人的活动范围较受限制,这是无法可想的,幸而直接经验并不是创作题材的惟一泉源。"她又补充道:"好的作品里应当有男性美与女性美的调和。女性的作品大都取材于家庭与恋爱,笔调比较嫩弱绮靡,多愁善感,那和个人的环境教育性格有关,不能一概而论。"在文学作品"怎样写"的讨论中,她称:"也有听来的,也有臆造的,但大部分是张冠李戴,从这里取得故事的轮廓,那里取得脸型,另向别的地方取得对白。"当主持人问及是否熟读《红楼梦》并借鉴其创作手法时,她答道:"不错,我是熟读《红楼梦》,但是我同时也会熟读《老残游记》《醒世姻缘》《金瓶梅》《海上花列传》《歇浦潮》《二马》《离婚》《日出》。有时候套用《红楼梦》的句法,借一点旧时代的气氛,但那也要看适用与否。"在被问及如何专职写作时,她坦言:"我一直就想以写小说为职业。从初识字的时候起,尝试过各种不同体裁的小说,如《今古传奇》体,演义体,笔记体,鸳蝴派,正统新文艺派等等……"在"读书和消遣"方面,她说:"读 S. Maugham, A. Huxley 的小说,近代的西洋戏剧,唐诗,小报,张恨水。从前喜欢看电影,现在只能看看橱窗。"

在"批判流行作品"方面,她认为:"现在最时髦的'冲淡'的文章,因为一倡百和,从者太多,有时候虽难免有点滥调,但比洋八股到底是一大进步。"研讨这一议题时,她突然谈到插图问题,称"小说中的插图,我最喜欢窦宗淦先生的。普通一般的插图,力求其美的,便像广告图。力求其丑的,也并不一定就成为漫画。但是,能够吸引读者的注意力,也就达到一部分的目的了"。

从上述这些张爱玲发言来看,她当时年纪虽不大,但阅历之广、眼光之精,已初见锋芒。特别有意思的是,在"女作家论女作家"这一议题研讨中,张爱玲与苏青,成为聚谈会中唯一相互"吹捧"的搭档。苏青称"女作家的作品我从来不大看,只看张爱玲的文章";张爱玲回应说"近代的最喜欢苏青",两位才女惺惺相惜,毫无保留地公开表达了出来。当然,张爱玲的言论并非在场所有女作家都乐意接受,会议中间也时有不同意见发声,但这似乎并不足以影响二人的谈话兴致与发言个性。

张爱玲

更有意味的是,在该篇报道之后,紧接着的两篇文章,一篇是苏青的小说《蛾》,另一篇就是张爱玲的《论写作》。杂志社方面对二人的看重与倚重,也是显而易见的。

1944年的上海,"三月风"中的张爱玲,正春风得意,下笔如神。当年,《杂志》几乎每期都有她的作品与身影出现。而这期"女作家聚谈会"之后的《杂志》五月号上,胡兰成的《评张爱玲》一文也翩然而至(当年8月二人结婚)。这一年,张爱玲的写作生涯与人生情感之"佳期",正在一步一步、悄然来临。我想,那幅《三月的风》素描画,那豹纹打底的轻快女子,应当就是此刻心神畅快的张爱玲之自画像罢。

张爱玲:豹纹打底春风里 | 005

女作家聚谈之外的"花边"

1940年代的上海文坛,经济繁荣、写手众多,以专事写作为生的女文青们也逐渐形成了朋友圈。张爱玲和苏青,属于上海女文青圈子里的佼佼者,她们交往密切、互相欣赏,据说经常一同逛街,一同看电影,甚至还互相换裤子穿,简直"好到穿一条裤子",可以说是顶级闺蜜了。

苏青 　　　　　　张爱玲

1944年,张爱玲的写作生涯与人生情感之"佳期",正在一步一步、接踵而至。在当时的张爱玲看来,这"佳期"似乎与闺蜜苏青有着莫大的关系——无论是写作还是爱情,苏青对张爱玲都可谓提携有加。当然,当时的张爱玲可能并不知道,胡兰成虽然是苏青介绍给她的,但他曾是苏青的"前男友"。

原来,出生于宁波书香门第的苏青,因结婚而学业中辍,又因离婚而卖文为生,这段经历被她写成《结婚十年》一书,大受市民读者喜爱。这本书一共印了36版,可谓创造了当时出版行业的一个奇迹,比张爱玲的《传奇》《流言》还要畅销。1943年10月,苏青在上海爱多亚路创设了天地出版社,发行《天地》杂志,她集社长、主编、发行人于一身,在上海文坛也堪称教母级人物了。她主动向张爱玲约稿,希望张"叨在同性"的份儿上给她的杂志赐稿。张爱玲迅即给她寄了一篇小说《封锁》,没想到这篇小说让曾经同样很欣赏苏青的胡兰成大为赞叹,于是找到苏青要张爱玲的地址,结果二人因此相识。后来,胡兰成写成一篇《评张爱玲》,一方面是吹捧张爱玲的文笔,一方面也算是含蓄的示爱之举。老文青与女文青就此一发不可收,开始了后来"张粉"们都知道的那一场倾城之恋。

但张爱玲爱上的胡兰成,确实是苏青的"前男友",当时她自己并不知情。胡、苏二人的"地下情",后来还是在苏青的小说中留下了蛛丝马迹。苏青一向写不来虚构的小说,她的文字大都写实。在1949年秋天出版的《续结婚十年》中,她以"谈维明"来影射胡兰成。她在小说中写道,"我终于遇到一个知道我的人,叫作谈维明。他的脸孔是瘦削的,脑袋生得特别大,皮肤呈古铜色,头发蓬乱如枯草,是不修边幅的才子典型。然而他却有着惊人的聪明,加以博学多能,于社会、经济、文学、美术等无所不晓,这可使我震慑于他的智慧,心甘情愿地悦服了。他天天到我家来,坐谈到午夜,浓浓的茶叶、强烈的香烟味,使两人兴奋而忘倦。"又说这个谈维明"当过什么次长,也做过什么报馆的社长","他虽然长得不好看,又不肯修饰,然而却有一种令人崇拜的风度。他是一个好的宣传家,当时我被说得死心塌地地佩服他了。

我说他是一个宣传家,那是五分钟以后才发觉的,唉,我竟不由自主地投入了他的怀抱。"联系上下文及相关史料来考察,不难发现,苏青"不由自主地投入怀抱"的这个男人,就是胡兰成。

无独有偶,胡兰成在《今生今世》中也曾写道:"当初有一晚上,我去苏青家里,恰值爱玲也在。她喜欢在众人面前看看我,但是她又妒忌,会觉得她自己很委屈。"

独轮车千里寻夫记

张爱玲之于孟姜女,似乎是风马牛不相及的。张爱玲之于千里寻夫的做派,似乎是更不可能发生的。张爱玲之于温州,或许完全是因为胡兰成的缘故。没有这个生于温州偏乡僻壤之嵊州的男人,很难想象这样一个旧上海的摩登女郎会跋涉于永嘉的朴拙山水之中,而且其中一段旅程还是在独轮车上度过的。

在张爱玲未发表的残稿《异乡记》中,透露出她在半个多世纪前,去温州追寻胡兰成的蛛丝马迹,那真真是民国世界的"千里寻夫记"罢。可惜,胡兰成本人没有看到过《异乡记》,否则他一定会用一口地道的嵊戏腔试唱其中的一两句;末了,还要煞有介事地总结说,这哪里是"异乡记",分明应改作"寻夫记"才是好的。

原来,1946年的2月中旬,张爱玲到温州探望胡兰成,在温州停留了约20天。在《异乡记》中,张爱玲以极其平实的笔法,白描了这段难捱的旅程:

闵太太和我合坐一辆独轮车,身上垫着各人自己的棉被,两只脚笔直地伸出去老远,离地只有两三寸,可是永远碰不到那一望无际的苍黄的大地。

与小说里虚拟出来的旅伴"闵太太"同行,张爱玲可能稍微觉得会不那么孤单。而一个"闵"字,其自怨自悯之意也溢出文外。她接着叙述在温州乡下坐独轮车的那份特殊况味:

那旷野里地方那么大,可是独轮车必须弯弯扭扭顺着一条蜿蜒的小道走,那条路也是它们自己磨出来的,仅仅是一道极微茫的白痕。车子一歪一歪用心地走它的路,把人肠子都呕断了,喉咙管痒梭梭地仿佛有个虫要顺着喉管爬到口边来了。

事实上,这条独轮车在温州乡土中碾出的旅迹,不仅仅是张爱玲本人追寻夫君的苦涩心路,更是当年胡兰成逃窜避徙于乡土人事之间的真实写照。自抗战胜利后,曾任汪伪政权《中华日报》主笔的胡大才子,正惶恐不知归路。在 1950 年取道香港逃奔日本之前,他一直隐匿周游于杭州、金华、诸暨、温州等地。1946 年 2 月,到温州探访他的张爱玲并不知晓,就在此两个月前,1945 年 12 月 6 日,胡已取道温州,两天后即在丽水寻得了一位真实的"闵太太"——范秀美。他与这位新太太同居后,化名张嘉仪,俨然要安居乐业的模样了。

《异乡记》中,与张爱玲相伴的"闵太太",似乎是个乡下通,不时地打探旅程,不时地介绍向导,她身上的那股热腾腾的烟火气,似乎总是和张爱玲那些因过于理性而显得冷冰冰的文字有些不对路。张爱玲旅程中的种种无奈与无措,在"闵太太"的映衬下,虽不算寂寞,但却更加的无聊。正因如此,张爱玲"异乡人"的身份也更为刻骨,一种欲言又止的无聊跃然纸上。

> 闵太太忍不住问车夫:"你说到永嘉一共有多少路?"照车夫的算法,总比别人多些,他说:"八十里。"闵太太问:"现在走了有几里了?"车夫答道:"总有五里了。"过了半天她又问:"现在走了多少里了?"车夫估计了一下,说:"五里。"闵太太闹了起来道:"怎么还是五里?先就说是五里……"车夫不作声了。

这离永嘉八十里的地方,不知是确指离温州城区八十里,还是离永嘉县城八十里的所在,无论如何,皆是在温州乡土的一片界域之内了。张爱玲和"闵太太"都不止一次地估摸着自己的行程,算度着种种人事的可测与不可测,直到张爱玲第一次看到温州的一处地名"丽水",直到她亲眼目睹这里迥异的风物。胡兰成正是在两个月前于此地另觅新欢——或许当时范秀美也是着一身旧式的衫襟,坐在独轮车上,与胡兰成吱嘎吱嘎地远去的罢。

这个场景,无论于此时此地的张爱玲而言,还是于若干年后看这场"戏中戏"的读者而言,我想,是极易联想起一本书的封面来的。那就是 1944 年,张爱玲自己手绘封面的《流言》一书。书封上所绘的那位身着旧式衣衫,没有面目五官,"素面"朝天的女人,既可以是张爱玲本人,也可以是范秀美、闵太太,或别的什么完全不相干的女人。而这一切,却只因一个男人——胡兰成而纠结不清。

《流言》,1944年12月初版　　　张爱玲穿着自己设计的服装,服装款式与《流言》封面相似

在丽水,张爱玲暂时还只能看看乡村风景。胡兰成,还在这独轮车道的尽头某处,一处不确切的城市地界。丽水的景观若何,原本不是此行的重点,亦不是《异乡记》着意刻画之处,但暂时看看风景的张爱玲,还是把此时的景物写得别具情调。《异乡记》中写道:

> 我一直闭着眼睛,再一睁开眼睛,却已经走上半山里的一带堤岸,下面是冷艳的翠蓝的溪水,银光点点,在太阳底下流着。那种蓝真蓝得异样,只有在风景画片上看得到,我想象只有瑞士的雪山底下有这种蓝色的湖。湖是一大片的,而这是一条宛若游龙的河流,叫"丽水",这名字取得真对。我自己对于游山玩水这些事是毫无兴趣的,但这地方

的风景实在太好了,只要交通便利一点,真可以抢西湖的生意。当然这地方在我们过去的历史与文学上太没渊源了,缺少引证的乐趣,也许不能吸引游客。这条溪——简直不能想象可以在上面航行。并不是没有船。我也看见几只木排缓缓地顺流而下,撑篙的船夫的形体嵌在碧蓝的水面上,清晰异常。然而木排过去了以后,那无情的流水,它的回忆里又没有人了。那蓝色,中国人的磁器里没有这颜色,中国画里的"青绿山水"的青色比较深,《桃花源记》里的"青溪"又好像比较淡。在中国人的梦里它都不曾入梦来。它便这样冷冷地在中国之外流着。

丽水的瑰异风物,让张爱玲为之迷惑,也断然地否认着这份没有文化根脉的瑰异。既非青绿山水中的画中山河,亦非桃花源中的淡然清溪,丽水的瑰异,在张爱玲看来,缺少文化引证,终不可入国人情怀之梦。无情的瑰异山水如此,有情的乡土人物又如何呢?生长于斯地的胡兰成,张爱玲此时千里追寻的那个夫君又如何呢?他可以躲在这瑰异的乡土中,盘营自己的温柔乡吗?

事实上,自1945年8月15日抗战胜利后,正在武汉汪伪政权供职的胡兰成即刻化装逃离了武汉,回到了上海。当时他与张爱玲仍为正式夫妻,去了一趟张爱玲在爱丁顿公寓的居所,算是话别。

胡兰成对张爱玲说,有日本朋友想送他去日本,但他对此很犹豫。张爱玲听了,不置可否,只说起了曾外祖父李鸿章的一件往事。李鸿章曾代表清廷与日本签订《马关条约》,为此深感耻辱,发誓"终身不复履日地"。后来他赴俄罗斯签订中俄条约,要在日本换船,日本方面早在岸上准备好了住处,可他拒绝上岸。次日,要换的轮船来了,李鸿章又不肯登上过渡的日本小艇,人家只好在两条大船中间搭起桥来,让他过去。

张爱玲只是慢慢地讲来,好似与胡兰成毫不相干的样子,胡兰成听了,半晌不语。之后,他仍执意逃往温州,或正如张爱玲所描述的"丽水"的河流,在中国人的梦里它都不曾入梦来,它便这样冷冷地在中国之外流着。

虽然胡兰成执意地逃离,可张爱玲仍执意地追寻。她的独轮车百般艰难地挪转到温州地界时,看到的却是如丽水风物中那种瑰异的无情——木排过去了以后,那无情的流水,它的回忆里又没有人了。

胡兰成大言不惭地在《今生今世》里,描述了张爱玲在温州逗留的种种境遇。张爱玲在城中公园旁的一家旅馆住下,在此处也是第一次看到了胡兰成的新太太范秀美。有一天她提出要给范秀美画像,忽然又停笔不画了。她对胡兰成说:"我画着画着,只觉她的眉眼神情,她的嘴,越来越像你,心里好一惊动,一阵难受,就再也画不下去了!"

直至离开温州前,张爱玲叹息着说的那一句,"你是到底不肯。我想过,我倘使不得不离开你,亦不致寻短见,亦不能再爱别人,我将只是萎谢了。"至今让人接着叹息,恍如她在《异乡记》结束那一段"独轮车"旅程时的叹息:

独轮车一步一扭,像个小脚妇人似的,扶墙摸壁在那奇丽的山水之间走了一整天。我对风景本来就没有多大胃口,我想着:"这下子真是看够了,看伤了!"

当后世读者看到胡兰成将张爱玲塑造为一个文学楷模时的评述,可能更会为《异乡记》中张的执着叹息不已。到达温州时的那个元宵节,张爱玲蜷缩在旅馆中,这样描述着佳节中的异乡:

楼上除了住房之外还有许多奇异的平台,高高下下有好些个,灰绿色水门汀砌的方方的一块,洋台与洋台之间搭着虚活活的踏板。从那平台望下去,是那灰色的异乡,浑厚的地面,寒烟中还没有几点灯火。

而胡兰成在《论张爱玲》中,却劈头说出这样的句子:

再遇见张爱玲的时候,我说:"你也不过是个人主义者罢了。"这个名称是不大好的,(删去四十三字)但也没有法子,就马马虎虎承受这个名称吧。

如今,半个多世纪过去了,仍无从得知胡兰成在这删去的四十三字里面对张爱玲又有着怎样的诡异奇特的评价,但其"个人主义者"的品评,仍让人无法置信其冷酷。那个千里追寻,轮船换汽车、汽车换三轮车、三轮车再换乘八十里独轮车迢迢而来的"个人主义者",此际元宵佳节正独处于异乡旅馆一角的"个人主义者",在胡兰成眼中,一直是那个千里之外在上海公寓阳台上的摩登女郎,她可以做撰稿人去倡导什么"主义",却好像不会也从来没有来过温州似的。

张爱玲坐着独轮车,吱嘎吱嘎迤逦于泥泞中,去千里寻夫。张爱玲要寻的,什么今生今世岁月静好的夫君已是痴人说梦;哪怕只是一句空口承诺,胡兰成也没从牙缝里给挤出来。这一次,"临水照花人"竟然"低到尘埃里"了。

离永嘉八十里——或许就在此地,戛然而止的,不单单是一趟诡异的独轮车旅程,亦不单单是张爱玲那一纸惶惑无寄的温州印象,还有些许冷酷无常的世道人情,一直清冷地流淌于风物与文字之间罢。

祖师奶奶记错了

张爱玲被誉为中国小资的"祖师奶奶"。为什么得了个这样的称号,说法多种多样,但归结起来,无非是张所表述的1940年代的上海趣味,以及她的自恋、敏感、时尚、优雅、纤细、尖刻、算计、世故和练达,已经演变为小资美学的最高典范。那些"兀自燃烧的句子",诸如"生命是一袭华美的袍,爬满了蚤子"等等,更令半个世纪之后因中国大陆改革开放而重启的小资情调找到了标准版本。至此,中国小资的"祖师奶奶"横空出世——张爱玲的著述、影像、生涯,乃至作品中的一句话,都为中国大陆的小资生活方式提供理论支撑与格言警句。

张爱玲

且看张爱玲在 19 岁时,写成的那一篇《天才梦》,末尾那一句"生命是一袭华美的袍,爬满了虱子",后世读者莫不津津乐道。这是她在民国文坛发出的第一次掷地有声的声响,此文刊载于由林语堂主编的《西风》杂志上,并获得该杂志征文的三等奖。

《天才梦》一文虽极简短,于张爱玲而言,却别有一番意味。她的最后一篇作品《忆西风》,就对自己这篇初叩民国文坛之作追怀不已。《忆西风》是 1994 年 12 月 3 日在中国台湾的《中国时报·人间》副刊上发表的,作为张爱玲获得第十七届时报文学奖特别成就奖的得奖感言,将自己 19 岁的处女作及文学生涯初启时的种种情状相联系,有感而发,原本也顺理成章。但一千多字的文章,全部是在谈论《天才梦》当年参加征文比赛,从初评第一名到后来变为没有名次的"特别奖",很是为自己少年参赛受到的这番不公正待遇鸣不平。那么,事实果真如此吗?这究竟又是怎么一回事呢?

《忆西风》中提到:

一九三九年冬——还是下年春天?——我刚到香港进大学,《西风》杂志悬赏征文,题目是《我的……》,限五百字。首奖大概是五百元,记不清楚了……我写了篇短文《我的天才梦》,寄到已经是孤岛的上海。没稿纸,用普通信笺,只好点数字数。受五百字的限制,改了又改,一遍遍数得头昏脑涨。务必要删成四百九十多个字,少了也不甘心。

这是张爱玲记忆中,当年参加《西风》杂志征文时的情形。此时已 74 岁的张爱玲,在回忆起 55 年前参加这场征文比赛的窘境时，让人如同亲临现场，感同身受。然而，《西风》杂志在1939年的这次征文广告，是有案可查的，无论是征文字数限制，还是征文奖金数目乃至征文要求及奖项等等，张爱玲都记错了。她可能根本没仔细读过这则征文广告的具体条款，《天才梦》一文的字数也并非如她所说的"四百九十多个字"，而是共计一千三百余字。

查1939年9月印制发行的《西风》第三十七期杂志，刊载有"西风月刊三周年纪念，现金百元悬赏"的征文广告。广告中明确说明了：

（一）题目："我的……"；（二）字数：五千字以内；（三）期限：自民国廿八年九月一日起至民国廿九年一月十五日；（四）凡西风读者均有应征资格；（五）手续：来稿须用有格稿纸缮写清楚……（六）奖金：第一名现金五十元，第二名现金三十元，第三名现金二十元或西风或西风副刊全年一份。其余录取文字概赠稿费；（七）揭晓：征文结果当在廿八年四月号第四十四期西风月刊中公布，或由本社另行刊印文集。

显然，《西风》杂志征文的字数要求是五千字内，与张爱玲忆述的五百字限制差别太大。而她撰写的征文《天才梦》字数也并没有限定在五百字内，而是共计一千三百余字，并不会出现她忆述中的"受五百字的限制，改了又改，一遍遍数得头昏脑涨"的窘迫情状。但她坚持认为遭遇了"不公正待遇"，在《忆西文》中她写道：

我收到杂志社通知说我得了首奖，就像买彩票中了头奖一样……不久我又收到全部得奖名单。首奖题作《我的妻》,作者姓名我不记得了。我排在末尾,仿佛名义是"特别奖",也就等于西方所谓"有荣誉地提及(honorable? mention)"。我记不清楚是否有二十五元可拿,反正比五百字的稿酬多。《我的妻》在下一期的《西风》发表,写夫妇俩认识的经过与婚后贫病的挫折,背景在上海,长达三千余字。《西风》始终没提为什么不计字数,破格录取。

其实,《西风》破格录取的并不是别人"长达三千余字"的文章;恰恰相反,张爱玲在自己看错了字数要求,实际上又写了一千三百余字的情况下,还是被录取了。《天才梦》必定深受《西风》征文评委的激赏,所以才出现了初选为第一的状况,但可能后来评委再三斟酌,认为不能将其排为第一的理由可能来自两方面考虑,一是张爱玲的稿件是写在无格笺纸上的,这不符合征文广告中要求使用有格稿纸的规定;二是后来发现有既完全符合征文规定,文笔水准又高的四五千字的长篇稿件,所以才出现了后来改排名次的"意外"。但即使出现了这样的"意外",张爱玲却又再一次记错了,改排的名次并非如其所说的"特别奖",而是"名誉奖第三名"。

查 1940 年 8 月印制发行的《西风》第四十八期杂志,在封面显著位置以"纪念征文"黑体字提头,波浪线双边围列,正中即印有"名誉奖 第二名 黄昏的

张爱玲就读香港
大学期间存照

传奇——南郭南山；第三名 天才梦——张爱玲"的字样。就是在这期杂志上，张爱玲的《天才梦》全文刊发出来，而且其原题目"我的天才梦"，也以副题的方式予以保留。无论是奖项设置，还是刊发方式，可以看到，《西风》杂志均对19岁的张爱玲以充分肯定与尊重，除了她所忆述的"改排名次"细节上的疏失之外，并无大的过错。至少，杂志社方面并不是以糊弄小孩子的心态，来故意和她过不去的罢。

至于为什么要在"第三名"前面加上"名誉奖"的说法，或许是因为张爱玲的稿件没有按要求书写于有格稿纸的缘故，抑或还有什么投稿细节上没有符合要求，所以给出了一个看似模棱两可，实则是爱惜提携的说法。事实上，就《西风》杂志公布的征文获奖名单来看，"名誉奖"是一个单列的奖项，独立于征文前十名获奖者之外。这个"西风三周年纪念征文得奖名单"，除了公布在第四十四期杂志上之外，还统一公布在由西风社汇辑的征文选集首页，名单如下（第四至第十名从略）：

1940年8月《西风》第四十八期杂志，封面刊出名誉奖第三名张爱玲《天才梦》

第一名：断了的琴弦（我的亡妻）——水沫（江苏上

张爱玲：豹纹打底春风里 | 019

海)——奖金伍拾元,西风月刊及西风副刊全年各一份

第二名:误点的火车(我的嫂嫂)——梅子(云南昆明)——奖金叁拾元,西风月刊及西风副刊全年各一份

第三名:会享福的人(我的嫂嫂)——若汗(江苏上海)——奖金贰拾元,西风月刊及西风副刊全年各一份

第四名——第十名(名单从略)

以上除稿费外,西风月刊及西风副刊全年各一份

名誉奖

第一名:困苦中的奋斗(我的苦学生活)——维特(四川江津)

第二名:黄昏的传奇(我的第一篇小说)——南郭南山(贵州遵义)

第三名:天才梦(我的天才梦)——张爱玲(香港)

以上除稿费外,西风月刊及西风副刊全年各一份

从这份名单来看,与张爱玲同列"名誉奖"的还有两位作者。从"名誉奖"的获奖篇目来看,有可能三位获奖者均是学生,是否是专为学生或未成年人专设的这个奖项,尚不得而知,但有一点可以肯定,"名誉奖"获得者的待遇,与征文奖第四名——第十名是一样的,即是说没有奖金+全年杂志的奖励,只有稿费+全年杂志的奖励。如果按待遇相同的原则,依次顺排下来的话,张爱玲《天才梦》在此次征文中的名次,应为第十三名。

此外,张爱玲所说"征文结集出版就用我的题目《天才梦》",这倒确有其事。上述这个名单,也就公布在这本名为《天才梦》

的"西风社三周年纪念征文选集"中。《天才梦》一书选辑了名单中十三位作者的十三篇文章,以"断了的琴弦"一文打头,"天才梦"一文垫底。该书1940年10月就在上海初版面市,1940年11月,《西风》杂志第五十一期还在刊登这本书的宣传广告。广告中称:"本书为本社三周年纪念征文之得奖文集,由近七百篇之文章中精选者,内容包括……等十三篇佳作,篇篇精彩,各有特点,为西洋杂志文体实验之最大收获。全书一百五十余面,约八万字,定价每册七角……书已出版,欲购从速。"

当年这本征文选集销路不错,也难怪张爱玲对此记忆颇深。《天才梦》于1940年10月上海初版后,当年12月即再版;后来因抗战时期,西风社迁往后方,1943年12月又在桂林出了第三版,直到1948年9月,在上海又出到了第八版之多。至于为什么要以张爱玲的《天才梦》一文为书名,是编辑们对这篇小文章的特别关爱所致,也是编辑们的策划眼光所在,后来这本征文选集的畅销也说明了这一点。但这只是这类选集编印的通例,选取其中某一篇文章名作为书名,恐怕也还是这次征文组织者——《西风》编辑们的权利罢。张爱玲为此大为光火,也大可不必。

《忆西风》一文的末尾,张爱玲也平心静气地说,"五十多年后,有关人物大概只有我还在,由得我一个人自说自话,片面之词即使可信,也嫌小器,这些年了还记恨?当然事过境迁早已淡忘了,不过十几岁的人感情最剧烈,得奖这件事成了一只神经死了的蛀牙。"或许,有的记忆真如蛀牙一般,本身价值与意义也不算太大,更何况还有忆述失真的可能,不提也罢。比如这一次,就的确是"祖师奶奶"张爱玲记错了。

林徽因：从香闺走向客厅

林徽因(1904—1955)，原名林徽音，福建闽县(今福州)人，出生于浙江杭州。因与上海作家林徽音(1899—1982)姓名相仿，易被误认，后改名"徽因"。她是著名建筑学家梁思成(1901—1972)的妻子，夫妻二人用现代科学方法研究中国古代建筑，取得巨大的学术成就，为中国古代建筑研究奠定了坚实的科学基础。在文学创作上，散文、诗歌、小说、剧本、译文等均有作品存世，代表作《你是人间四月天》《九十九度中》等。

直到半个多世纪以后,冰心在列举五四运动以来的著名女作家时,还对林徽因赞美有加,说:"1925年我在美国的绮色佳会见了林徽因,那时她是我的男朋友吴文藻的好友梁思成的未婚妻,也是我所见到的女作家中最俏美灵秀的一个。后来,我常在《新月》上看到她的诗文,真是文如其人。"

上海时尚画报上的封面女郎

1925年9月20日,上海。《图画时报》第268号出刊,头版的封面女郎,是20岁左右的林徽因。头版组照,一张是她的家居照片,一张是其戏装照片,正青春年华,光彩照人。

林徽因照片,1925年《图画时报》刊载

照片加有附注:"林徽音女士为林长民先生之女公子,明慧妙丽,誉满京国。精通中英文,富美术思想。平居无事,辄喜讲求家庭布置之方。小至一花一木之微,亦复使之点缀有致。前在北京,曾就培华女校习英文音乐各科。民九远航间,留学英京,入圣玛丽学院。逾年内渡,转学北美,专习建筑图案,尤注意于戏台构置。首往纽约省之漪瑟城,入康宾山大学,继往飞飞城,入宾省大学。诚以欧美诸邦专才辈出,剧场建筑不独以工程坚固,陈设华丽见称。举凡美术兴趣、历史观感,随处流露,无往不足引人入胜,以视我国剧场,洵有天渊之别,不可同日语也。将来女士学成归来,必可以贡献于国人者。"

显然,这并不是即时拍摄的新闻照片,而应是一年前的旧照了。因为早在1924年6月,林徽因就与梁启超长子梁思成同时赴美攻读建筑学。直到1928年8月,二人完婚并在欧洲度完蜜月之后,方才回国。《图画时报》第268号的出刊时间,恰在林出国后一年多的时间段里,此时,是不可能拍摄得到她的家居照片的。刊载的家居照片,应为林1924年6月赴美留学之前所摄。那么,另外一张戏装照片又摄于何时呢?

这张戏装照片的拍摄时间,应当比较明确,时为1924年5月8日。据所附图注称,"女士于戏曲一门,亦有研究。每饰曲中人物,惟妙惟肖。描摹适当,具有天才。左图为女士饰印度文豪所著戏曲中之一角色……"实际上,林徽因所扮演的剧中角色应为齐德拉公主,而剧本正是印度诗人泰戈尔所著《齐德拉》。

原来,1924年5月8日,是泰戈尔的64岁寿辰,正值其访华期间,北京文化圈遂筹备为他举办祝寿会。祝寿会的压轴戏,是观看新月社同仁用英语演出泰戈尔的剧作《齐德拉》。该剧取

泰戈尔访华期间，徐志摩与林徽因有
过多次合影，此为新近发现的一张

材于印度史诗《摩诃婆罗多》，讲述了一段古印度的爱情故事。剧中，林徽因饰公主齐德拉，张歆海饰王子阿顺那，徐志摩饰爱神玛达那，林长民饰春神伐森塔，梁思成担任舞台布景设计。《图画时报》上刊布的照片，应为此时所摄。

　　一份上海的时尚画报，将关注焦点放在北平，且将一位北平女性作为封面女郎，实为不易。一般而言，报社就坐守摩登上海，本就是时尚前沿，有的是名媛淑女，封面女郎的人选，又何须舍近求远，向北搜寻？毕竟南北间隔千里，采访编辑的难度与成本也会相应增加。但林徽因是个例外，《图画时报》愿意为之破例，即便未能采用到最新的即时拍摄的新闻照片，也不妨将一年前的存照给印上了封面头版。显然，这与林的"誉满京国"有关，也与这份画报的宗旨有关。

纵观1920年代的报纸附刊，摄影图片使用普遍，读图时代已俨然揭幕。《图画时报》原本是《时报》的一个周刊，也是我国第一个报纸摄影附刊，由上海时报社出版印制；至1924年2月17日的186期，更名为《图画时报》。初为周刊，自358期改为三日刊，至1935年10月13日停刊，共出刊1072期。主编戈公振在画报创刊号的《导言》称："世界愈进步，事愈繁琐；有非言语所能形容者，必藉图画以明之。夫象有鼎，由风有图。彰善阐恶，由来已久。今国民敝锢，政教未及清明，本刊将继文学之未逮，一一揭而出之，尽画穷形，俾举世有所观感，此其本旨也。若夫提倡美术，增进阅者之兴趣，又其余事耳。"这就清楚地阐明了戈公振创办摄影附刊的目的，他强调摄影图片应起到"彰善阐恶"的作用——进步的即是善，当然要大力表彰；落后的即是恶，也要充分阐明。

林徽因的聪慧才智，以及在学业上的进取追求，在《图画时报》看来，是理应作为"进步典范"予以表彰出来的，但又并不是将其如流行明星一样来追捧的。《图画时报》每期必有一位或多位"进步典范"的人物照片刊发出来，林也只是其中之一罢了；只是因为这第一次登报，又上了封面，才让人颇觉"惊艳"。事实上，林并不是《图画时报》的"常客"；她的照片再次登上《图画时报》已在近三年之后。这是在其与梁思成完婚之后，作为已婚妇女"进步典范"才再次出现的。同时，这也是她的照片最后一次出现在《图画时报》之上，时为1928年5月30日，该画报的第460期。

这是一张林徽因于1928年3月所摄的签名照片，可能是应报社之请求，特意从欧洲寄回国内的。照片刊发于《图画时报》

时,加有中英文图注称:

> 梁思成夫人林徽音女士,文思焕发,富有天才。早年试演西剧,曾充太谷翁名作《姬珈玳》一幕之主角。留美数载,学诣超卓于舞台布景以及导演诸术,无所不能。近毕业于合众之国之"耶尔大学演艺院",方偕梁思成君作蜜月之旅行,兼事考察宫室之制及演艺之作风,联袂抵欧。巧值世界戏曲大家易卜生百年纪念盛典,诚我东方古国学术前途之福音也。

林徽因签名照片,1928年《图画时报》刊载

这里提到的"姬珈玳",就是泰戈尔的剧作《齐德拉》,只是音译不同而已。可想而知,林在出国之前的那场演出,其影响力三年间亦未衰减,已成为这位"榜样妇女"的一个老掌故了。而这张照片的签名时间,恰逢挪威著名戏剧家易卜生(1828—1906)百年诞辰纪念之际,更让编者不由得产生联想与感慨,他认为,此时尚在欧洲与梁思成作蜜月旅行的林徽因,归国后一定会成为"东方古国学术前途之福音"。

此外,有必要说明的是,无论是《图画时报》上的报道,还是林徽因自己的签名,此时都还明确地写作"林徽音",而不是后来我们熟知并已习用的"林徽因"。事实上,至少要等到1931年之后,"林徽因"的名字才会正式出现在各大报刊之上。

林徽音之所以改名"林徽因",起因是与上海作家林微音的名字太过接近,为避免引起误会与张冠李戴,才最终改"音"为"因",以示区别。1931年10月,林在《诗刊》第3期上发表诗作,徐志摩在《诗刊·叙言》中附带声明一则:

> 本刊的作者林徽音,是一位女士,《声色》与以前的《绿》的作者林徽音,是一位男士,他们二位的名字是太容易相混了,常常有人错认,排印亦常有错误,例如上期林徽音即被刊如"林薇音",所以特为声明,免得彼此有掠美或冒牌的嫌疑!

从此,林徽音才摇身一变,成为"林徽因"。《图画时报》上的林徽因早期照片与签名、报道与图注,都还写着其本名"林徽音",或可作这改名事件之前的"原型"存照罢。

美国大学里的"中国校花"

《图画时报》第268号图注中所称,有梁、林二人"继往飞飞城,入宾省大学"云云;不熟悉民国时期对英美各地译名的读者,可能会不知所云。其实,所谓"宾省大学"即宾夕法尼亚大学(University of Pennsylvania),如今简称"宾大",位于美国宾夕法尼亚州的费城(即"飞飞城")。宾大是美国一所著名的私立研究型大学,八所常青藤盟校之一。宾大创建于1740年,本杰明·富兰克林是学校的创建人。宾大是美国历史上建校时间排名第四的高等教育机构,也是美国第一所从事科学技术和人文教育的现代高等学校。

宾大在中国招生,可以追溯到晚清。当时,根据音译,宾大又名为"本薛佛义大学"。1924年6月,梁思成与林徽因携手赴美深造。9月正式入读宾大,而宾大建筑系当时不收女学生,林未能如愿去建筑系学习,只得入美术系学习。凭借她对美术设计的浓厚兴趣与良好功底,从一入学开始,就令校内师生刮目相看,颇得好评。她得以破格跳级,直接升入三年级。林的注册英文名为菲莉斯(Phyllis Whei-Yin Lin),梁的注册英文名则为 Ssu-Cheng Liang。美术系和建筑系同属美术学院,又因梁在建筑系,林得以旁听了建筑课程。

1920年在伦敦的林徽因

林徽因是宾大中国留学生会社会委员会的委员,她性格开朗,举止优雅,深受同学们的欢迎,俨然是在此就读的中国留学生群体里的"中国校花"。她与美国同学伊丽莎白·苏特罗(Elizabeth Sutro)友谊最深,经常到苏特罗父母家里做客。苏特罗晚年依然清晰地记得当年交往的细节,并称林"是一位高雅的、可爱的姑娘,像一件精美的瓷器……而且她具有一种优雅的幽默感"。

林在宾大受欢迎的另一个原因,还在于她本身在学业与学术方面崭露出来的过人才华。她积极从事美术设计活动,在大学生圣诞卡设计竞赛中还曾获奖。虽然只是一张小小的纸质卡片的绘制,但也可以看出她精细的才思——那是用点彩技法画的一幅圣母像,大有中世纪欧洲圣母像的古朴质感。这件中国学生的优秀作品,至今还保存在学校的档案馆中。她只用两年时间,就取得了美术学士学位;又作为建筑系旁听生,竟然不到两年就受聘担任建筑设计教师助理,不久更成为这门课程的辅导教师。这位秀外慧中的中国女学生,注定是要在宾大留下一些珍贵记忆的。

在宾大档案馆中,可以看到林徽因在宾大留下的证件照。证件照中的她,如今看来,依然那么摩登秀美。她身着中式外套,一头微卷的短发,眼神中流露着聪慧与坚定,才女外形与淑女气质,已流露无遗。而她与梁思成的合影,在此也存留了一枚。

那是1927年2月,梁思成获建筑学士学位,7月获得硕士学位。林徽因则以高分获得美术学士学位,四年学业三年完成。在毕业典礼的文艺汇演中,梁、林二人参加化装舞会,还拍摄了一帧着剧装的合影,至今仍留存在宾大档案馆中。

从合影来看,梁思成身着绘有简单龙纹装饰的长袍,腰束布带,但脚穿皮鞋,头戴短筒无檐礼帽,面部

林徽因设计的圣诞卡,
1926年于宾大

林徽因:从香闺走向客厅 | 031

还特别画有八字胡须；林徽因则一身清代宫廷女装打扮，着"旗装"，梳"旗髻"，套戴一顶形似扇形的、可能是纸糊的彩冠，手持一柄大白纸折扇。林、梁二人这身衣装，形似清代宫廷人物，颇有点穿越感。所扮角色虽无从查考，但可以揣测，这样装扮的主旨无非是讽刺晚清腐败的政治，表达新生代知识分子对新世界的期冀。从林当时浓厚的美术设计兴趣来看，这身装扮可能就是她亲手制作的。

1927年8月，梁思成向哈佛人文艺术研究所提出了入学申请，理由是"研究东方建筑"。哈佛最终录取了他。梁于9月离开费城至麻州剑桥。次年2月，梁完成了他去哈佛研修的目的，原拟归国。而对戏剧表演及美术设计一直心存向往的林徽因，在宾大取得学士学位之后，便进入耶鲁大学戏剧学院，跟随著名的G. P. 帕克教授学习舞台设计，她也因之成为中国第一个在国外学习现代舞台美术的女留学生。这时，梁向林正式求婚，林为此也缩短了她学习舞台设计的课程，二人同往渥太华，开始筹备婚礼。

1928年3月21日，梁思成与林徽因在总领馆举行婚礼。婚礼完毕之后，他们便启程到欧洲度蜜月，随后归国。在宾大的整整三年时光，不长不短，但对梁、林二人一生事业与生活却有着举足轻重的分量。在这三年间，二人在学业与感情方面，可以说都修成"正果"；

1930年，梁思成、林徽因在国内拍摄的结婚照

也正因为如此,探寻二人此刻此地的史料点滴,别具一番意义。

圣诞卡、证件照、剧照合影——虽然这一丁点鸿影遗痕,不算特别丰富,但仍可圈可点、可感可思。试想,当年《图画时报》但凡能拿到其中任意一件,恐怕也会是大张旗鼓地上了封面推介的罢。

"文学祖母"吐槽"文学教母"

冰心(1900—1999)在1949年之后的中国儿童文学史中有着举足轻重的地位。在众多语文老师的讲述中,冰心始终是慈祥的"文学祖母"形象。殊不知,在1949年之前的中国女性文学界中,还有一位更为耀眼的教母级人物——林徽因。

从1933年9月27日开始,天津《大公报·文艺副刊》第2期至第10期,一直在连载一篇别有意趣的小小说——《我们太太的客厅》。这是冰心在童话之外,创作的一篇据说是要跟林徽因较劲,至少也是在吐槽文学教母朋友圈内幕的小小说。

从文章里透露的细节可以看到,冰心的笔法一点也不"童话",而极具有现实主义色彩。她相当确切地描述着那个北平的春天,春天里的客厅,客厅里的沙龙,沙龙里的人物以及人物的表情、言谈等等。她写道:

> 时间是一个最理想的北平的春天下午,温煦而光明。地点是我们太太的客厅。所谓太太的客厅,当然指着我们的先生也有他的客厅,不过客人们少在那里聚会,从略。
>
> 我们的太太自己以为,她的客人们也以为她是当时当

地的一个"沙龙"的主人。当时当地的艺术家，诗人，以及一切人等，每逢清闲的下午，想喝一杯浓茶，或咖啡，想抽几根好烟，想坐坐温软的沙发，想见见朋友，想有一个明眸皓齿能说会道的人儿，陪着他们谈笑，便不须思索地拿起帽子和手杖，走路或坐车，把自己送到我们太太的客厅里来。在这里，各人都能够得到他们所想望的一切。

姑且不论在冰心小说中描述了一些怎样的人物与语言，究竟是否影射过某某；无论如何，"文学祖母"吐槽"文学教母"的事件就此定格，后世读者也普遍认为二者就此结怨。其实，两位殿堂级女作家还曾是闺蜜，这一事件就更让人匪夷所思了。

首先，冰心跟林徽因是同乡，祖籍都是福州，如今二人故居都成了福州市内著名的旅游景点。其次，冰心夫君吴文藻（1901—1985）、林徽因夫君梁思成，又都是清华学校留美预备班的才子，而且还住在同一个宿舍里，为同窗好友。可以说，冰心跟林徽因都是遗世独立的才女，夫君也都是同届才子，这两对才女配才子的夫妻档，可谓绝配。

1925年暑期，留学美国的冰心与吴文藻在康奈尔大学补习法语，刚过20岁的林徽因和梁思成也趁假期前来访友。两对恋人在绮色佳相会，欢聚时刻，冰心与林徽因还拍摄了一张野餐聚会时的合影，冰心自己也称，这张照片"作为友情的纪录"非常珍贵（原照辑入《冰心全集》第二卷）。直到半个多世纪以后，1987年冰心写《入世才人灿若花》，列举五四运动以来的著名女作家，也赞美林徽因，还提起这次聚会说："1925年我在美国的绮色佳会见了林徽因，那时她是我的男朋友吴文藻的好友梁思成的未婚妻,也是我所见到的女作家中最俏美灵秀的一个。后来,我常在《新月》上看到她的诗文,真是文如其人。"看来,冰心老奶奶一直都欣赏林徽因其人其文的,87岁高龄时都还在赞叹林徽因文如其人——俏美灵秀。事实上,就从当年那张野餐合影来看,二人的表情亲切欢悦,也俨然闺蜜。

然而,1920年代末,林徽因与冰心各携夫君"海归"之后,不知为何,两人的交往没有继续下去。当时居住于京城北总布胡同四合院内的梁思成、林徽因夫妇,周围聚集了一大批文化精英,如诗人徐志摩、文化领袖胡适、哲学家金岳霖、政治学家张奚若、物理学家周培源、考古学家李济、作家沈从文等等;自美国来华的学者费正清、费慰梅夫妇等也经常来聚会,遂使这所

林徽因与冰心,1925年
摄于美国绮色佳

北平民宅更具"国际俱乐部"的范儿。这些文化精英常在每周六下午,陆续来到梁家客厅聚会,品"下午茶"与闲聊,林徽因特别擅长提出和捕捉话题,又具有超凡脱俗的风度与亲和力,一下子就成了这"文艺沙龙"里的女主角,"太太客厅"渐成京城文艺圈品牌。

林徽因:从香闺走向客厅 | 035

左起：周培源、梁思成、陈岱孙、林徽因（和一对儿女）、金岳霖

    与林徽因在"太太客厅"里的春风得意、一派教母风范不同，当时的冰心在文坛上的人脉、人缘、人气都相差甚远，加之她也不愿意过多地参与社会活动，所以一直是"厅外人"的立场。当然，1933年《我们太太的客厅》一文发表出来之后，林徽因与冰心这对曾经的闺蜜，确实就不曾再来往，剧情也就反转至剧终了。

    林徽因从香闺走向客厅，从未嫁时的"人间四月天"到成为梁夫人时的"太太客厅"，都充满着传奇色彩与非凡风度。如果说闺蜜反目，终有遗憾，那么冰心所言"太太客厅"的魔力——"在这里，各人都能够得到他们所想望的一切。"究竟怎样，是否属实，是否还有当年客厅座上客的描述以资佐证呢？在此，不妨再来看一看著名作家李健吾与"太太客厅"的一段因缘，及其为这座客厅所编写的一部剧本《这不过是春天》。

李健吾的客厅话剧

在林徽因的"太太客厅"中,翻译过《包法利夫人》的李健吾曾为座上宾。而且,"太太客厅"他去过不止一次,应当比冰心更有发言权。

当时高举法国文学"现实主义"旗帜的李氏,可能对冰心笔下的"太太客厅"倒并没有特别的在意。恰恰相反,李、林二人相会于北平春日里的客厅,完全是"因为文学,所以文学"的直接表达,是颇为"现实主义"的动机使然,完全不需要也不可能有什么太多的隐喻。

原来,1934年初林徽因读到《文学季刊》上李健吾关于《包法利夫人》的论文,非常赏识,随即写信邀约其来她家里面晤。那时林徽因已经享誉文坛,她的"太太客厅"正闻名全北京城,许多人以一登"太太客厅"为平生幸事。林徽因的这种约见方式,多用于未相识的文学青年,似有勉励、提携的意思。然而年龄上李健吾只比林徽因小两岁,而且差不多在十年前就发表作品、组织社团,在文学修养与声誉上并不逊色于林徽因。因而两人在"太太客厅"的相聚,多少有点惺惺相惜的意思,而绝没有冰心笔下的那种"公关"意味;至少不能与文学青年求见资深编辑的社交类型相提并论吧。

后来,林徽因借鉴意识流手法创作了小说《九十九度中》,一时引发热议。须知,当时西方意识流作家诸如普鲁斯特、伍尔芙、卡夫卡等,都还未在中国大规模译介与传播,中国读者对"意识流"概念本身及其文学表现,都还相当陌生。其中,有思想保守的大学教授,就称读罢林徽因的小说,不知所云,搞得人一头雾水。为此李健吾还特意写评论,盛赞林徽因说:"在我们好些男子不能控制自己热情奔放的时代,却有这样一位女作家,用最快利的明净的镜头(理智),摄来人生的一个断片,而且缩在这样短小的纸张(篇幅)上。"不但明确"点赞",李还在文中强烈推荐这部小说,称"在我们过去短篇小说的制作中,尽有气质更伟大的,材料更事实的,然而却只有这样一篇,最富有现代性"。

单单从这些文字里都可以想象得到,客厅沙龙里的李、林二人相互默契与愉悦之程度。加糖或是不加糖的咖啡,面包夹馅是乳酪或苹果酱;林递给李的咖啡,李递给林的面包,都是恰到好处的了解、彼此无间的欣赏罢。

北京总布胡同三号,春日的暖阳正亮晃晃地晒在客厅的纱绣窗帘上。一丝一扣的亮边,精巧中透着欣快。虽然这不过是年年皆有的春天,可在"太太客厅"里的春天总该有些与众不同罢。否则,冰心开篇语中的那个时间段——"时间是一个最理想的北平的春天下午,温煦而光明。"如何才会是"最理想"的?或许正是受客厅沙龙的场景影响,李健吾戏拟了一部三幕皆是以"客厅"为布景的话剧,剧本名为《这不过是春天》。

1934年7月1日,《文学季刊》第一卷第三期出版,在剧本

林徽因,1930年代在北京总布胡同三号家中

一栏里，同时刊出三个剧本。第一个是李健吾的《这不过是春天》，第二个是曹禺的《雷雨》，第三个是顾青海的《香妃》。对这样的排列，李健吾有一个沙龙调侃式的幽默解释："我不想埋怨靳以，他和家宝的交情更深，自然表示也就更淡。做一个好编辑最怕有人说他徇私。所以，我原谅他。"

以"青春"与"爱情"的追忆为主线，带着一点"革命"的时代气息点缀，李氏以近乎"玩票"的轻松状态，展示了其"批评者"面目以外的率真与自信。故事讲述了警察厅厅长夫人年轻时的情人，参加革命后受组织派遣，潜入警察厅厅长府邸。二人重逢后，并没有按照革命浪漫主义的逻辑，产生诸如"为爱情私奔"或"共同奔赴革命"的结局；而是在厅长夫人的周旋掩护下，以那个"革命情人"的独自逃离为剧终。与其说是一部"革命"剧，感觉更像是一部轻喜剧。当然，喜剧效果从何而来并不十分明确；觉悟不高的厅长夫人与自视过高的"革命者"，两者之间形成的戏剧张力也并不明显。但剧中的一段对"太太客厅"的描述，通过剧中人物的对白表现出来之际，观众难免仍会对之会心一笑。

李健吾（1906—1982）

你以为侯门似海，她见客不会自由。现在你一定往反面想,是不是?你走过客厅,看见那许多男女,都是女主人的客人,男主人向例不闻不问,这正是新式富贵人家的好处。你不知道,你这一进来,就招了一群人羡嫉。我希望你过不了两天,能够自动流放到那样一群例客里头。

1937年,当商务印书馆为这个剧本郑重其事地出版精装本时,自序中的李健吾仍然轻松得有点"过分",他这样写道:

这不过是春天,原是二十三年暮春的一件礼物,送给某夫人做生日礼的,好像春天野地里的一朵黄花,映在她眼里,微微逗起她一笑。连题目算在里面,全剧只是游戏,讽刺自然不免,但是不辣却也当真。据我所知,女学生比较容易,也爱扮演这出喜剧的。实际这里的人物,只有厅长夫人一个人而已。

初次读到这段"轻松"的序言,会为"某夫人"的字眼揣测良久。这位"某夫人"究竟是谁,是否正是当时的梁夫人——林徽因呢?略加考察,似乎可以认为这部戏剧即是李氏送给当年他的文坛"提携者"或"同路人"——"太太客厅"中的林徽因。1904年6月10日生日的林徽因,在李健吾创作此剧所声称的"原是二十三年(民国二十三年,即1934年)暮春的一件礼物,送给某夫人做生日礼"的时段里,恰恰是林徽因30岁的生辰。虽然有的研究者认为这部戏剧主要是为李氏新婚的妻子尤淑芬而作,但恐怕更多的后世读者更乐意认为其中有林徽因的某种影像罢。

或许,学究式的任何"考证",皆是不会适于这样"轻松"的李健吾。而我们是否乐于"轻松"一点看待与欣赏,是否乐意不用"标签化"观念去简单概括某种文学史意义上的人物,这却的确不是一个可以"轻松"的话题。

揣想那个"革命"与"主义"纷争激辩、"天才"与"土壤"分道致意、青春与理想各自烦恼的时代,在"为艺术而艺术"的流年碎影中,泥沙与激流合谋的偶像中,我们还能寻找到哪些"为怀念而怀念"的理由?"为游戏而游戏"的游戏,文学只是其中一种,可惜的是,很多在"文学史"中的文学人物,骨子里是玩不起这种游戏的。李健吾后来回忆起客厅沙龙种种情景时说,"林徽因的聪明和高傲隔绝了她和一般人的距离。"其实,李健吾自己又何尝不是如此呢?

陆小曼：最是一年春好处

陆小曼(1903—1965)，原名陆眉，江苏武进人。1915年就读法国圣心学堂，18岁就精通英文和法文。擅书画，师从刘海粟、陈半丁、贺天健等名家。1922年和王赓结婚，1925年离婚。1926年与徐志摩结婚，同年参加了中国女子书画会。1941年在上海开个人画展，晚年为上海中国画院专业画师，上海美术家协会会员。

在上海度过的那个1947年,对陆小曼而言,既非写得异常吃力的两万字小说可以概括,也非一幅淡绿浅红的山水画可以描述。没有徐志摩的浓情蜜意,没有翁瑞午的温存,没有胡博士的劝导,陆小曼一个人在自己的"年谱"上随意消磨,南北过往中,只剩得一支淡墨,平淡涂抹。

一个人在某一年做了些什么事,原本皆是机缘,无可计划、无可言说,后来者的评判多半都有点"事后诸葛亮"之嫌。但好事者、假诸葛们始终乐此不疲,历年来毫无消退与收敛的迹象。

近年来,所谓"新文学研究"或"新文化研究"界热衷于搞名人年谱,总是试图在生活史与思想史之间找到某种因果关系,甚至于还有一网打尽、事无巨细统收的"年谱长编"。如此一来,一个人因某种特定原因,成为公众乐于谈论的所谓"名人"时,这个人在某一年做了某些事——这些事件无论是私密的或公开的、有意义的或无聊的,皆是可以排进年谱以供研究与谈论的了。某位名人在哪一年做了些什么事,为什么要这么做,这样做有什么后续影响,就成为某些文史专业研究者的"三段论";他们还据此提炼出某一年特别重要,这一年又标志着什么、意味着什么、成为里程碑之类的种种判定式结论,搞得煞有介事。好像某位名人真与某个年头有特殊关系似的,说得纲举目张、头头是道,一发不可收。

还好,陆小曼的生涯,目前暂时还没有好事者为其编撰年谱。这位命运绮丽、生涯奇特的传奇女性,很难被所谓的专家学者们归纳出某种因果律,或也正因为如此,她得以免去被编入年谱的

"待遇"。然而,没有年谱的她,似乎比那些有年谱的名人更受人关注,关于她的种种话题,历年来也层出不穷,并不冷寂。

陆小曼的老师刘海粟(1896—1994)说:"陆小曼的旧诗清新俏丽;文章蕴藉婉约;绘画颇见宋人院本的常规,是一代才女,旷世佳人。"这才女佳人的赞誉,似乎让陆小曼生命中的每一年都充溢着华丽与考究。除了1926年嫁给徐志摩,1931年徐志摩遇难,以及1938年与翁瑞午同居,这三个年头之间的种种私生活话题之外,35岁之后的陆小曼,青春嘉年华之后的落寞琐屑,似乎又并非那么华丽动人、非谈不可的了。这段时间,无论是编撰年谱者还是文史八卦者,大多闭嘴、保持沉默了。

徐悲鸿绘陆小曼像

事实上,关于陆小曼,除了那些已经嚼烂了的婚恋故事之外,她的生涯难以归纳与概括;那种归结标签式的论点大可不必,也确无此必要。她的晚年事迹,由于缺乏足够量级的文献资料,甚至于连谈论都缺乏可切入的主题了。

1947年,于陆小曼而言,是个毫无光鲜可言的年份;这一年,她44岁,可谓洗尽铅华、素心恬淡。但新近发现的一幅陆小曼绘制的《春山图》,似乎又令人开始遐思那个时代的人物与风华,如笔者这样的好事者亦禁不住要借此"图引",按图索骥一番了。

陆小曼:最是一年春好处 | 045

《志摩日记》中的花样年华

1947年3月,陆小曼整理出版的《志摩日记》,由晨光出版社出版发行。这不过是一册《爱眉小札》的扩写版,那些看似轻描淡写、闲散舒适的文字,实际上都只是徐志摩死后16年来的遗孀身份的再确认罢了。继续秀恩爱也罢,"人鬼情未了"也罢,《志摩日记》的出版的确也轰动一时。单纯从编排设计而言,《志摩日记》显然更胜《爱眉小札》一筹。书中内容很多,文图并茂,收录了徐志摩的《西湖记》《爱眉小札》《眉轩琐语》等文章;还有二十四幅题字题画,除徐志摩、陆小曼的作品外,还有胡适、蔡元培、林风眠、邵洵美、杨杏佛等人的题字题画。

由陆小曼整理出版的《志摩日记》,1947年3月初版,左图封面为徐志摩存照,右图封面为徐志摩与陆小曼合影

《志摩日记》的封面设计也很奇特,竟然出现了两种设计。一是在右下角配置一张徐志摩微倚瓶花的玉照;一是徐志摩与陆小曼的合影。作为民国时代摩登男女的爱情手册,《志摩日记》的"单人版"与"双人版"都很紧俏,畅销一时。特别有意思的是,这本册子不单单是要体现徐志摩非小曼不娶、陆小曼非志摩不嫁的一番夫妻情深,更重要的是,还要向世人透露出一个信息,即陆小曼的追慕者众,绝非只有徐志摩一人出色出众,还有一位人物,也是社会栋梁、一时才俊。他就是胡适。

　　《志摩日记》中,就收有一首胡适的赠诗,那首著名的《瓶花诗》。诗曰:

　　　　不是怕风吹雨打,
　　　　不是羡烛照香熏。
　　　　只喜欢那折花的人。
　　　　高兴和伊亲近。

　　　　花瓣儿纷纷落了,
　　　　劳伊亲手收存。
　　　　寄与伊心上的人。
　　　　当一封没有字的书信。

　　　　　　　一九二五年作瓶花诗寄给小曼,
　　　　　　后来复修改了几个字,今天重写了呈小曼。
　　　　　　　　　　　　　　　　　　适之

这首赠诗,胡适写明了初作时为 1925 年,但没有写明改写的具体时间。有案可查的是,这首赠诗确实初作于 1925 年 6 月 6 日,时年 34 岁的胡适在北京大学任教授。这首诗原载于北平《现代评论》第二卷第四十九期(1925 年 11 月 14 日),后经改写,又收入胡适的新诗集《尝试后集》。据后世研究者称,此诗 1928 年的改写,主要是调整了句尾的韵脚,以期略微符合基本的韵律要求。据称,后来此诗曾由赵元任谱曲;实际上,这首诗还被认为是符合《西江月》格式所填制之词。就诗句中的个别字词而言,这里送给陆小曼的改作,既非 1925 年的初作,亦非收入《尝试后集》中的"定本",与这两个版本均有一些差异。或许,这实在是天壤间又一首胡博士的"佚诗"版本罢。

当然,这首"佚诗"也正好从侧面抒写出了陆小曼的花样年华——无论是当年与徐志摩在一起时的陆小曼,还是此时孤零零回忆着徐志摩的陆小曼,生活中从来不缺乏类似于《瓶花诗》这样的诗意。

《皇家饭店》里的风景

到了 1947 年夏天,陆小曼还写起了小说。这一篇约两万字的小说《皇家饭店》,可以说,是她一生中唯一的一次真正意义上的文学创作。这篇小说收在了赵清阁编的现代中国女作家小说专集《无题集》。赵清阁在编这本小说集时,一反在作家发表过的作品中选录的通常方法,而是约请她们专为这本小说集赶写新作。陆小曼的《皇家饭店》也是如此。

陆小曼在写《皇家饭店》这篇小说时,曾给赵清阁写信说:

"今夏酷热甚于往年,常人都汗出如浆,我反关窗闭户,僵卧床中,气喘身热,汗如雨下,日夜无停时,真是苦不堪言。本拟南京归来即将余稿写完奉上,不想忽发喘病,每日只能坐卧,无力握笔,不知再等两星期可否?我不敢道歉,我愿受责。"据说,当时陆小曼的心态极其消沉,她闭门谢客,整日躺在床上或吸食鸦片。

小说终于完稿,陆小曼的精神状况似乎也随之释然,甚至开始有些振奋。她似乎从小说中的女主角婉贞身上汲取了能量与毅力,竟然戒除了鸦片,而且又重新开始绘画了。

《皇家饭店》取材于沦陷时的上海,小说的主人公婉贞是一个受过高等教育的知识女性,她生活拮据,为了筹集儿子的医药费,被迫到富丽堂皇的"皇家饭店"的小卖部站柜台。在此期间,她目睹了出入皇家饭店的富贵者的种种丑态,最后,她实在看不惯这些人的嘴脸,两日之后毅然拂袖而去。

应该说,两万字的中篇小说《皇家饭店》,在《无题集》所选辑的12篇女作家小说中,写得不算太好,也不算太差。但作为此书编者的赵清阁是有眼力的,当年《无题集》印出时,可能很多购买者并不是冲着集子里收录的12部小说去的,而只是冲着"陆小曼"一个名字去的;可能也并不是真想读一读陆小曼的小说,而只是冲着随书附印的那一张"陆小曼近影"去的罢。

《无题集》中的"陆小曼近影",少女时代的清纯才女形象、少妇时

《无题集》中所印
"陆小曼近影"

代的风情万种姿态一瞬间化作云烟;45岁的陆小曼像一朵将要萎谢的曼陀罗花,虽不华艳,却也楚楚。那帧影像,真像病榻上散逸出来的一缕幽烟,可以无足轻重,也可以灵巧幻化。

胡适所说的"陆小曼是一道不可不看的风景",或许,就可以为《无题集》中的这帧照片做注脚罢。

淡墨无题《春山图》

陆小曼和陈半丁、翁瑞午一帮师友学画作画,其作品风格、水平、意趣若何,据目前已知的零星文献来看,在1947年中并无什么特别重要与关键的事件可循。

一幅作于1947年,款署"陆小曼"的《金鱼图》立轴,似乎可以证明陆小曼在师从陈半丁之后,在国画花鸟技法上的进步。不过在2005年的某次拍卖会上,这幅着色艳丽、工笔细致的画作仍然流拍,因为人们只热衷于陆小曼的罗曼史,而对她的画作却无法研判与欣赏。

1947年,陆小曼究竟作过多少画,又有哪些画流传下来,这都是"陆学"专家们的重要课题。据说陆小曼从小体弱多病,每次旅游,见到名山秀水,总是兴奋莫名,但却常常因为体力不支而中途告返,很少长途跋涉,所以她特别喜欢山水画。

陆小曼与徐志摩结婚后,曾在上海拜贺天健为师学画。她曾创作过巨幅山水长卷,这幅长卷为徐志摩极为珍爱之物,无论北上南下,都要随身携带。甚至于连他最后一次赶赴北平去听林徽因的讲座,也因此遭遇空难而丧生的那次飞行中,也随身携带了这幅长卷。据说,徐志摩曾以此卷遍寻友朋同仁题跋,深以其妻有此画艺为傲。然而,曾经对这位才女推崇备至的胡适,此时却给夫妻二人都泼一盆凉水。他在长卷上的题跋中,以半开玩笑半认真的口吻写道:

> 画山要看山,画马要看马。闭门造云岚,终算不得画。小曼聪明人,莫走这条路。拼得死功夫,自成真意趣。小曼学画不久,就作这山水大幅,功力不小!我是不懂画的,但我对于这一道却有点很固执的意见,写成韵语,博小曼一笑。

陆小曼山水长卷(局部),徐志摩至死随身携带

胡适自谦称不懂画,却要去劝陆小曼不要再画。这和他在徐志摩逝世之后,劝陆小曼不要迷恋翁瑞午,如出一辙。道理说了一大堆,自谦、打趣也是一大堆,目的只是劝才女不要作画,或

者遗孀何必别恋。作为"新文化运动"的旗手人物,胡适忽然在陆小曼的个人爱好与生活情趣方面,变成了保守的"教导主任",谆谆教诲,苦口婆心。然而,胡适"煞风景"的题跋,并未妨碍陆小曼的雅兴,她还是继续画,继续恋,始终不听劝。她终究还不是胡适的那枝"瓶花",她自由自在地姹紫嫣红去了。

无可否认,1947这一年,陆小曼的画作的确并不多。因为存世画作中,现在能看到的,明确署款为1947年所作的陆氏画作只有两幅,除了前述流拍的《金鱼图》之外,还有一幅新近发现的试笔性质的山水画。画作没有正式的题名,只能根据画面内容暂名为《春山闲游图》。惯常的文人山水意境,巨峦奇峰,林深道幽,流水小桥之上有隐士闲步。构图无奇、笔力颓软,山石的皴法还有些犹豫草率;从着色用墨上来看也明显不同于她此后晚期作品的那种艳丽精工,可能仅仅是一幅试笔性质的习作。

画面上端题为:"丁亥(1947)新秋,奉佩华表姐雅鉴教,小曼陆眉作于眉轩。"还有两句"最是一年春好处,绝胜烟柳满江南"的题诗,则是将韩愈诗句中"皇都"改作"江南"所化用的。遥想那个70年前的江南之秋,在咳喘中完成《皇家饭店》小说,在两万字的文学创作与现实生活纠结之后,陆小曼又开始想象屋子外山林、小桥、流水等等曾经熟悉的古典意象。她在秋天想象春天,她在屋子里向往山林,一番新的旅程在颓软的笔触中艰难启程。

胡适曾经写信给陆小曼,说只要她离开翁瑞午,生活事务一切他都可安排。为什么非得离开翁瑞午,这位"新文化运动"的旗手人物就可以为这位过气的才女安排生活?只是因为她曾是徐志摩的夫人,出于对挚友遗孀的关心,还是因为翁瑞午教会了陆小曼享用鸦片,让她现在的生活确实身心俱毁、名誉扫地?

1965年4月3日,陆小曼因肺气肿和哮喘在上海华东医院逝世。这位63岁的孤独老妪,在落寞中离世,她的灵堂上根本看不到任何当年仰慕者的悲香悼玉。那个曾说"陆小曼是一道不可不看的风景"的胡适早在3年前已先走一步,猝死于台湾的一场酒会之中;否则,他到陆小曼的灵堂上看到这般光景更是不知他会如何评价了。

或许在上海眉轩度过的那个1947年,对陆小曼而言,既非写得异常吃力的两万字小说可以概括,

陆小曼侧影,《上海画报》《玲珑》等报刊均曾刊载

也非眼前这一幅淡绿浅红的山水画可以描述。没有徐志摩的浓情蜜意,没有翁瑞午的温存,没有胡博士的劝导,陆小曼一个人在自己的"年谱"上随意消磨,她既不思忆"皇都",也不留恋"江南",南北过往中,只剩得一支淡墨,平淡涂抹。当然,画上题下的那一句"最是一年春好处",还是隐约透露了这位传奇女性的心声,那是一种风光不再、只堪追忆的复杂意绪罢。

前夫王赓存照

坊间乐于谈论近代名人私生活者,不外乎女神林徽因与男神徐志摩。捎带上徐志摩的两次婚姻,先是张幼仪,后是陆小曼,都被津津乐道,如数家珍。其实,陆小曼与徐志摩都是"二

婚",但他们的前任似乎都不太知名,徐的前妻张幼仪后来被"掌故家"们拈提了出来,渐为大众所知;而陆的前夫王赓,知名度一直不高,所知者至今还不算太多。

王赓(1895—1942),字受庆,江苏无锡人,陆军少将。1911年清华毕业后被保送美国,先后曾在密西根大学、哥伦比亚大学、普林斯顿大学就读,1915年获普林斯顿大学文学学士后转入西点军校,1918年自西点毕业时成绩为全级137名学生中第12位。王赓回国后曾任职北洋陆军部,并以中国代表团武官身份随陆徵祥参加巴黎和会;后任交通部护路军副司令并晋升少将。1923年任哈尔滨警察厅厅长。1928年后,先后出任孙传芳部五省联军总部参谋长,敌前炮兵司令,铁甲车司令,国府淮北盐务缉私局局长,财政部税警总团总团长,第八十八师独立旅旅长等职。1932年因"泄漏军机"被判入狱两年零六个月。1935年出狱后任职铁道部,后任兵工署昆明办事处处长。1942年4月,作为政府军事代表团成员于赴美期间因肾病复发,医治无效在埃及开罗逝世。

关于陆小曼与王赓的结婚时间,坊间有1920年、1922年等多种含糊不清的说法,要将这一时间精确到哪一年哪一月哪一日,几无可能。笔者近日翻检民国时期旧报刊,偶然发现一份刊有陆、王二人的结婚照片的旧报,且附印有关涉二人确切婚期的"图注"。这一发现,可将之前种种流行说法一一补正,把这段史事澄清出来。现将这段图注原文,转录如下:

关于陆小曼
右方所刊之王赓与陆小曼结婚时俪影,在现在我想对于读者，一定很感趣味。陆小曼是与王赓离婚后，才嫁的徐志摩。徐志摩逝世后，沪战发生，乃发生王赓擅离职守为敌所获，以致影响战事全局，王于最近已被判徒刑。陆氏前后所嫁二人，一武，一文，但皆知名于世，陆亦足以自豪矣，陆与王结婚于一九二一年十月二十二日。时陆年十八。兹则已三十矣，陆原为北平圣心女学学生，擅英法文云。

陆小曼与王赓结婚照，刊于北平《世界画报》

事实上，与这段图注配发陆、王二人的结婚照片，非常罕见，相信如今已见惯了陆小曼与徐志摩合影的读者，看到这张照片一定会感觉十分陌生与讶异。细看这张照片，但见王赓着陆军礼服，陆小曼着西洋婚纱，二人神态端庄严谨，颇有相敬如宾、举案齐眉之意态。当然，如果以《爱眉小札》或《志摩日记》中的陆、徐二人合影来比较，陆、王二人的这张结婚照，更符合旧式传统而显得中规中矩,确实缺乏所谓浪漫、亲密、文艺的情调。

值得注意的是,刊发这张照片的北平《世界画报》,刊发时间为1932年8月21日——此时离陆、王二人结婚之时已过去了整整十年。之所以在此时刊发这张照片,恐怕一来是与徐志摩近一年前已逝世(1931年11月19日因飞机失事罹难),二来是与王赓在"沪战"期间因擅离职守被判入狱事件有关联。这一武一文的陆小曼两任夫君,当时都成了"新闻人物",所以该报别出心裁地刊发了这张照片,以博读者瞩目。

这里有必要约略介绍一下《世界画报》的办刊情况。该报乃北平《世界日报》旗下的周报,每周日刊发一次,创办于1925年之后。《世界日报》是由成舍我(1898—1991)于1925年创办的,宣布办报宗旨为"第一是要说自己想说的话;第二是要说社会大众想说的话",又提出"凭良心说话""用真凭实据报告新闻"的办报原则,颇受大众读者青睐与好评,日发行量达数万份。世界报社以北平《世界日报》为中心,以《世界晚报》《世界画报》为依托,又在上海创办《立报》,形成了规模可观的"世界报系",在当时的京沪两地有着广泛受众,堪称那个时代的"主流媒体"。

在这样的"大报"上,大张旗鼓地刊载陆小曼与前夫王赓的结婚照与"情史",当然是报社方面认定要炒作当时的"新闻点",就是要将徐志摩逝世与王赓入狱两大新闻事件相关联。所以,在"图注"开头一句即称,"右方所刊之王赓与陆小曼结婚时俪影,在现在我想对于读者,一定很感趣味。"

当然,无论这份80余年前的旧报当时所着眼的"新闻点"究竟如何,它所刊发的这张照片及其"图注"却为后世留下了难得的、确凿的史料。且看这则不足200字的"图注",就透露了两个重要历史信息,一是陆、王二人结婚时间得已确定,为1921年10月22日;二是王赓在"沪战"期间擅离职守,竟被日军捕获,后来曾被判入狱。

据查证,1932年"一·二八"事变期间,时任八十八师独立旅长的王赓因误入日军宪兵区,于礼查饭店被捕,后经英美法多国领事交涉,日军将其释放。随后,国民政府却以"泄漏军机"为由将其逮捕,并被判入狱,史称"王赓事件"(Ken Wang Incident)。1932年8月2日,军事法庭对王赓泄密案进行宣判,法官宣读判词如下:

> 前八十八师独立旅长王赓,当沪战时,擅离职守,经礼查饭店时,被日军拘押,经交涉交十九路军总指挥部,转解军政部军法司看守,当由该司组织高等军法会审,先后会审数次及严密侦探,确无通敌嫌疑与证据;但事先未得长官答应,擅离戒严地点。依陆海空军刑法治罪,判决有期徒刑二年零六个月。

因"泄密"一说查无实据,坊间又流行另一种带有揣测性质的说法,称王赓之所以擅离职守,无非是为了去看望与慰藉坠机身亡的徐志摩遗孀,也就是他的前妻陆小曼。这种揣测虽同样无法确认,但似乎也合情合理,因为王赓与陆小曼的分手本属"和平分手",且作为军人的王赓,对陆小曼的情感虽不及诗人浪漫强烈,但却一直保持着一种含蓄的呵护。这种不富于表现力,但却真实存在的情感,可以通过尚未与陆离婚时王赓致张歆海(徐志摩妻弟)、胡适的信中表露一二。当时,陆小曼因病在家中

休养,在外地工作的王赓放心不下,与经常和陆有来往的张韵海、胡适通信,感谢这两位朋友关照其妻。信中这样写道:

> 歆海、适之:
> 　　正要写回信给歆海,恰好适之的信亦到。谢谢你们两位种种地方招呼小曼,使我放心得多。这几个月来,小曼得着像你们两位的朋友,受益进步不在少处,又岂但病中招呼而已。她有她的天才,好好培养可以有所造就的。将来她病体复原之后,还得希望你们两位引导她到 sweetness and light 的路上去呢。
> 　　陆家有电报来叫我回京,苦的是我是个军人,不能随便行动说走就走。好的是一两日内就有机会来到,可以借公济私,人亦可以来京,钱亦可以多少带点。请你两位告诉小曼,好好安心调养,我也是个心急人(她自己叫过我毛脚鸡),慢不了的。
> 　　我没有到之前,你们两位更得招呼她点。见面再谢罢。
> 　　　　　　　　　　　　　　　　　王赓
> 　　　　　　　　　　　　四月廿六日,星期日下午

这封收录于《胡适遗稿及秘藏书信》(黄山书社,1994)中的王赓信札,可能写于其 1923 年任哈尔滨警察厅厅长期间——这期间他因忙于公务,无暇经常返京照顾家庭,故有委托友人胡适、张歆海等照顾陆小曼之举。当然,也正是在这期间,徐志摩走进了陆小曼的生活,不久之后,陆、王二人离婚,陆、徐二人结婚——开始了后世读者津津乐道的那一场"才子佳人"的风花雪月。

孟小冬：女夜奔与男思凡

孟小冬(1907—1977)，北京人，梨园世家出身，是早年京剧界优秀的女老生，人称"冬皇"。她是京剧著名老生余叔岩的弟子，余派的优秀传人之一；扮相威武肃穆，唱腔端严厚重。曾与梅兰芳有过短暂婚姻关系，后离婚独居。1949年随杜月笙一家迁居香港，嫁为杜氏五姨太。1967年迁居台湾，直至病逝。

孟小冬与梅兰芳,梨园行里两位男女大师的"天作之合",当年情形却恰恰把"女怕思凡,男怕夜奔"这句梨园行老话完全颠倒过来了。在舞台上孟小冬本是"须生",即女扮男,在与梅兰芳的这段情史中却始终占据主动,颇有男子气概,更像是那个拼了命要与情郎私奔的"女夜奔"——红拂。

旧时梨园行有句老话,叫"男怕夜奔,女怕思凡"。作为初入行的梨园弟子,能唱好《宝剑记》的"林冲夜奔"、《孽海记》的"女尼思凡"一折是必须的基本功,也是很难过的关口。夜奔的男子忧愤悲戚,思凡的女子欲念抑扬,即使纯以唱腔而言,这都是不易掌握的火候与功夫。于是乎,唱戏的女子最怕唱《思凡》那一出,唱戏的男子呢,则最怕唱《夜奔》那一出。这纯粹是出于对唱功水准考量的经验之谈,这两出戏应当是男女戏子最难唱好的剧目罢。

联系到"思凡"与"夜奔"两出戏的具体内容而言,似乎也特别适合描述女人男人最怕、最容易出"状况"的生活境遇。女人在"思凡"、思恋男子时,最容易情绪脆弱、神经敏感,一切都与先前的闺中生活迥然不同了。而男人在"夜奔"时,已然是抛家弃子、仓皇逃离的架势,完全脱离主流社会,走上孤身逆途了。

然而,孟小冬与梅兰芳,梨园行里两位男女大师的"天作之合",当年情形却恰恰把"女怕思凡,男怕夜奔"这句梨园行老话完全颠倒过来了。他们俩,实乃"女夜奔"与"男思凡"。怎么讲呢?在舞台上孟小冬本是"须生",即女扮男,在与梅兰芳的这段情史中又始终占据主动,颇有男子气概,更像是那个拼了命要与情郎私奔的"女夜奔"——红拂。而梅兰芳在舞台上本是"旦角"，即男扮女，他在与孟小冬的这段情史中始终被动隐忍，虽真心倾慕对方，却因"妻管严"始乱终弃；所以更似"男思凡"。总之，在现实生活中，二人的做派完全与舞台上的角色颠倒，孟小冬"本色"出镜的成分相对还较多一点。

孟小冬

在这段近代著名的梨园情史中，关涉梅兰芳与孟小冬的情感话题多如牛毛，各种感慨与抒情铺天盖地，各种猜测与揣摩也如影随形。但似乎都没有说清楚一个相当直接的史实，即二人结婚与离婚，究竟是何年何月何日？坊间流行着一种大致的说法，称二人于 1927 年结秦晋之好，1930 年梅兰芳伯母葬礼，梅夫人福芝芳阻止孟小冬戴孝行礼之后，二人渐行渐远，咫尺天涯。此后，1949 年孟小冬随杜月笙迁居香港后，嫁入杜家，做了五姨太，似乎至此梅、孟二人才真正意义上情丝斩断，从情感到名分都做了彻底的了断。那么，从 1927 年至 1949 年这 22 年间，梅、孟二人究竟何时结婚、何时离婚，仍然没有清楚的交待，仿佛二人在这 22 年间一直处于若即若离的状态，可以任由后来者随意抒发所谓的沧桑情怀了。

其实，一桩婚姻的开始与终止，无论对于普通人还是名人而言，都是人生的重要刻度与节点。更何况半个多世纪之前的民国时代，传统婚姻观念还深深根植于中国社会，"名分"二字之重，关乎着每一对青年男女的情感归宿。当然，梅、孟二人也不例外，他们不是那种可以"闪婚""闪离"且还保持某种暧昧关系之人。因此，只有搞清楚二人结婚、离婚的具体时间，谈论二人情感生涯也罢，搜求二人生活史料也罢，方才有了探讨的根本坐标，即或只是纯文艺范儿的抒情，也可不再局限于人云亦云、捕风捉影了罢。

近日，笔者偶然查阅到北平《世界日报》，于1927年2月10日第七版载有梅、孟二人将行婚礼的报道，基本可以确定二人结婚时间为1927年2月25日。这则报道原文如下：

> 本月二十五日
> 梅兰芳孟小冬行婚礼
> 新家庭在棉花四条……戏迷诸君感想如何

> 梅兰芳和孟小冬结婚的消息，在几个月前，就喧传遍了，并且闹得满城风雨，无人不知，然而却还没成为事实。这件事情的起源，就是年前他们俩曾演过一回堂会，剧目是《美龙镇》。那时，梅兰芳扮李凤姐，孟小冬扮正德皇帝，在送酒的时节，两人便假公济私，小施手术，然而爱的种子，就在这时深深地种下了。梅兰芳本是有夫人的，后来又娶了福芝芳做姨太太，两人的感情又非常之厚，于是他夫人便很不以为然。就和她的党羽梅兰芳的至友冯某商议，要另找一个人来，做福芝芳的对头，以毒攻毒，但是始终没有找着相当的人，恰巧梅和孟又这么一个调调儿，便由冯某竭力的撮合，现在已经订了婚了，并定在本月二十五日（就是阴历正月二十四日）行结婚礼，他们的新家庭在宣武门外棉花四条，结婚之后，他家庭的党派还不知要怎样的倾轧呢。

从这则报道的语气行文来看,不够庄重平实,与其说是正式的新闻报道,不如说更像一则"梨园掌故"。众所周知,梅兰芳的第一位太太即原配夫人是王明华(1892—1929),系旦角王顺福之女、武生王毓楼之妹。梅兰芳的第二位太太即姨太太是福芝芳(1905—1980),生于旗人军官家庭,也曾是一位京剧旦角演员。报道中称孟小冬之所以能与梅兰芳完婚,完全是王明华为"做福芝芳的对头,以毒攻毒",竭力撮合之后方才成事的。这种说法,可谓极尽捕风捉影、添油加醋之能事,要将梅兰芳的家事作一本大戏来演的架势了。其可信度如何,又何从取证,当然也是无从确考的。但这则报道唯一有史料价值之处,乃是确定了梅孟二人的婚期及居所地点。

然而,奇特的是,接下来再查阅1927年2月25日前后的报道,却没有看到关涉梅孟二人婚礼的任何消息。这是当年在梅党的严密操控之下,报社刻意未作报道,还是确实没有举行公开的、盛大的、值得报道的婚礼,如今也不得而知。

但接下来,孟小冬的追求者李志刚,持枪至东四牌楼九条冯宅要与梅兰芳火并的事件,确实闹得沸沸扬扬、广为传播,也进一步使梅孟二人的关系发生了重大转折。据称,事发当场李志刚击毙了调解人张汉举,自己也被军

孟小冬男子西装近影,
刊于《良友画报》

警乱枪击毙,枭首示众。受此事影响,孟小冬从东四牌楼三条迁徙到钱粮胡同隐居,一时谣言四起、满城风雨,梅、孟二人也因之少有见面。据北平《世界日报》1927年9月26日的报道称,因为此事,梅兰芳甚至还曾有告别舞台的极端想法。该则报道,原文如下:

梅兰芳将闭门戢影
给在津朋友某君一封信

东四九条冯宅惨案发生以后,他的天津朋友某君,写信给梅,力劝他今后趋重平民的生活,并且不要再登台演戏,而专从事学校工厂或者其他慈善的事业。昨天梅有复书如下:

某某先生左右:前日辱承赐书慰问,感纫曷极!寒夜事变,实出人意之外。澜平日初不容施,岂意重以殃及汉举先生?私心衔痛,日以滋甚!图以戏院暨各方义务约束在先,不能不强忍出演,少缓即当休养;以中怀惨怛,不能复支也。澜之实况,先生知之较深,正愿昔人所言,盛名之下,其实难副。此时岂有置喙之地,已拟移产,以赙张公,惟求安于寸心,敢邀申于公论。至于流言百出,终必止于智者。澜在今日,只以恐惧戒省为先,向不置辩。若论闭门戢影,年来亦数有此谋;而以澜业有待而举火者,伶人尤难言自了,故而因循。今则为时势所迫,或终不能不如尊谕矣。专复顺颂著祺。梅澜拜上。

可以看到,在梅兰芳致天津友人的这封信中,其因"冯宅惨案"而带来的内心痛楚与惶恐,已展露无遗。试想,事业如日中天的"旦角之王"梅兰芳,竟因之数次产生告别舞台的想法;此事对其身心摧残之甚,可想而知。"冯宅惨案"因孟小冬而起,梅、孟二人在完婚当年即受此重创,显然不是什么好的兆头。

1928年2月12日,北平《晨报副刊·星期画刊》,刊出了一幅孟小冬的照片,加有图注称,"孟为谭派盟主,坤伶中之表表者,惟久已不登舞榭也,此其近影。"3月30日,这张照片被放大,又出现在上海《上海画报》第337期之上。这些图文报道,都在表述一个信息,即孟小冬这段时期突然"罢演"了。虽然没有明确报道"罢演"的原因,但可以推测,与"冯宅惨案"的影响有着直接关联。

1928年10月27日,上海市面上突然疯传梅兰芳太太逝世,孟小冬将正式嫁入梅家的消息。《上海画报》第406期,在同一版面上,刊发了两张别具意味的照片。一张为"丧偶后之梅兰芳戏装",一张为"行将正式嫁与梅兰芳之孟小冬",显然,更是要坐实坊间传闻了。须知,梅兰芳太太王明华乃1929年病逝,当时梅兰芳还谈不上什么"丧偶",可知传闻与报道均有误。然而,所谓"行将正式嫁与梅兰芳"云云,也提示出某种信息,即当时孟小冬与梅兰芳可能确实还没有举办过正式的婚礼。

1929年2月,《上海画报》第438期,刊出一幅"梅姬孟小冬之又一影"。显然,这仍是在追踪梅、孟二人的私人关系问题。报道中仍称"梅姬"而未称"梅妻",表明当时二人可能还没有对外公开婚姻关系。与此同时的北平报道,则开始公布二人婚姻关系了。目前能够寻获到最早的报道,为《京报·图画周刊》于1929年2月10日的封面头条。该报当期封面印有一张孟小冬照片，环绕照片边侧，印有图注，文曰："此与上期所登福芝芳，同为名伶梅兰芳君之侧室，世所共知，称夫人者，以其正夫人已逝，无所用其为'如'也。孟新侍梅，历游津、连、青、沪、港、粤，复由平汉而回，归梅后朴素勤慎，大得南中梅友之赞美。"这则图文简讯，说明当时孟小冬的公开身份乃是梅兰芳的侧室，且与福芝芳一起，都曾刊载于该报封面。梅、孟二人的关系，至此算是大白于天下了。返观这张封面照片，孟小冬的面容也与之前京沪两地报刊刊发的大量照片均有所不同。照片上，孟的短发已经烫作卷发，大有家庭妇女的气象。

孟小冬

1930年2月8日，天津《北洋画报》第431期，刊发了一张孟小冬立于海轮之上观景的照片，图注称此为"前岁孟小冬随梅兰芳赴广东演剧在香港丸船上眺海小景"，还特意附注称"时梅孟结合尚未为天下共晓，故此片极为珍贵"云云。按此推算，即1928年"时梅孟结合尚未为天下共晓"，与前述京沪各地关于梅、孟二人关系的各类报道情况相符。换句话说，1929年之后，梅、孟二人的结合，方才"天下共晓"罢。

那么，梅、孟二人究竟何时离婚，也需有个明确的判定。其实，二人正式离婚的时间，正应以孟小冬首次在天津《大公报》刊登"紧要启事"之时为准，即1933年9月5日。据考，1933年9

月5、6、7日三天,天津《大公报》头版连续登载了"孟小冬紧要启事",全文如下:

孟小冬紧要启事

启者:冬自幼习艺,谨守家规,虽未读书,略闻礼教。荡检之行,素所不齿。迩来蜚语流传,诽谤横生,甚至有为冬所不堪忍受者。兹为社会明了真相起见,爰将冬之身世,略陈梗概,惟海内贤达鉴之。窃冬甫届八龄,先严即抱重病,迫于环境,始学皮黄。粗窥皮毛,便出台演唱,藉维生计,历走津沪汉粤、菲律宾各埠。忽忽十年,正事修养。旋经人介绍,与梅兰芳结婚。冬当时年岁幼稚,世故不熟,一切皆听介绍人主持。名定兼祧,尽人皆知。乃兰芳含糊其事,于祧母去世之日,不能实践前言,致名分顿失保障。虽经友人劝导,本人辩论,兰芳概置不理,足见毫无情义可言。

冬自叹身世苦恼,复遭打击,遂毅然与兰芳脱离家庭关系。是我负人?抑人负我?世间自有公论,不待冬之赘言。

抑冬更有重要声明者:数年前,九条胡同有李某,威迫兰芳,致生剧变。有人以为冬与李某颇有关系,当日举动,疑系因冬而发。并有好事者,未经访察,遽编说部,含沙射影,希图敲诈,实属侮辱太甚!

冬与李某素未谋面,且与兰芳未结婚前,从未与任何人交际往来。凡走一地,先严亲自督率照料。冬秉承父训,重视人格,耿耿此怀惟天可鉴。今忽以李事涉及冬身,实堪痛恨!

自声明后,如有故意毁坏本人名誉,妄造是非,淆惑视听者，冬惟有诉之法律之一途。勿谓冬为孤弱女子，遂自甘放弃人权也。特此声明。

通观这篇 500 余字的"紧要启事"，其中陈述的梅、孟二人种种情感纠葛及分手原因，暂且不论，文中孟小冬自称"遂毅然与兰芳脱离家庭关系"，显然是指二人已脱离婚姻关系，即已离婚。但离婚时间无从确定，文中也没有明确交待。所以，只能以此时孟小冬自己公诸于众的这则启事时间为准——即此时此刻，天下人皆知梅、孟二人离婚，已成既定事实。1933 年 9 月 5 日，即是公众都知晓的、都能确定的梅、孟二人正式分手之时。

梅、孟二人的婚姻，从 1927 年 2 月 25 日开始，至 1933 年 9 月 5 日终结，历时约 6 年。一段梨园传奇就此悄然落幕，只剩得无数后来者为之啧啧称奇，又因之娓娓而谈。

孟小冬的"共享单车"试车照

1931 年 10 月 27 日，《天津商报画刊》第 3 卷第 32 期发布了一张颇有趣味的新闻照片，题为《名坤孟小冬初试自行车留影》。照片上的孟小冬一身素净，面容端庄，一手扶车把，一手扶车座，与一辆自行车合影于街道一隅。

特别有意味的是，报社记者于这张孟小冬照片的上部与下部均刊发一条与梅兰芳相关的新闻简讯。上为《梅兰芳救济贫苦同业》，下为《梅兰芳果又将赴法欤？》。这样的编排新闻之手法，无异于又将孟小冬近况与梅兰芳动态捏合在了一起，显然，还是为了迎合大众读者口味而来的。

须知,1931年这个年份,于孟小冬与梅兰芳而言,均有极其特殊之意义。这一年,二人正式分手;虽然没有办理实质意义上的"离婚"手续,但无论从情感还是生活层面,二人已成"路人",四年的婚姻就此草草了结。

1931年夏秋之交,孟小冬为与梅兰芳离婚之事,南下上海,正式延请郑毓秀律师为法律顾问。在沪期间,孟找到了她的结拜姊妹、已成为杜月笙第四房姨太太的姚玉兰。杜月笙亲自给梅兰芳打电话,为孟小冬提出4万大洋赡养费的离婚条件,梅兰芳表示同意,二人婚姻关系也就此终结。

《天津商报画刊》所刊
孟小冬初试自行车留影

孟小冬与自行车的合影,应当就摄于孟、梅二人关系婚姻关系终结之后,或暂居上海,或独居北平之际。此刻,割弃了与梅兰芳的旧日情缘的孟小冬,或许也感觉到了杜月笙的倾心情愫悄然来袭,但她依旧我行我素,要脚踏自行车,学会骑单车——重新穿街过巷,追寻真实踏实的一己生活而去。当然,这或许的确是她个人的人格追求,但报社记者却绝不会平白无故地搁上这么一张"冬皇"与自行车的合影了事,他们还是刻意要将梅兰芳的动态新闻加诸其上,营造所谓的"新闻效果"了。

当然,如今惯于从影视剧里看待近代名流生活者,往往会觉

孟小冬与杜月笙，摄于上海

得如孟小冬这样的大名鼎鼎的名流人物，理应是足不挨地，出门进门都应是汽车接送的派头，哪有"冬皇"骑自行车出行的道理，更何况还是推着自行车合影上报刊？须知，在1930年代的中国城市里，自行车还是"奢侈品"之一，并不是普通民众能够用得上的主要交通工具。因此，孟小冬推着自行车发一张"试车照"，并不"跌分"，反倒相当时髦。这种时髦，并不是比富比阔的那种奢侈炫耀，而是一种对新生活新事物的时尚追求；当然，这样的追求本身价格也不菲，并不是说追就可以追的。

在此，有必要约略介绍一下自行车在近代中国的引进历史与当年的售租状况了。

诚如电影《末代皇帝》里溥仪在紫禁城骑自行车的场景，总会让观影者产生一种普遍的错觉，觉得这可能就是自行车在中国的最早使用记录了吧。事实上，那时（1922年）16岁的少年溥仪骑自行车，并非开时髦之先河。据考，早在同治七年（1868年）11月，上海就有了几辆由欧洲运来的自行车。北京的第一辆自行车则是19世纪70年代由外国人进献给光绪皇帝的，只是慈禧太后不喜欢，称之"一朝之主当稳定，岂能以'转轮'为乐，成何体统"？

然而，慈禧太后的"不喜欢"，并不是影响自行车流行的关键因素。真正影响自行车流行的，是它当时高昂的售价。清末自行车在上海、天津等地的车价一般在 80 银元左右，其他城市及地区的车价甚至高达 100—200 银元，相当于普通家庭半年的收入。可想而知，如此高昂的售价，足令普通民众望车止步，即使收入尚可的小资产阶级也无力购买。加之当时的自行车制造技术有限，车身还很笨拙，骑车技术也很难掌握，容易摔倒，所以即使有财力购买者，也大多要三思而后行。加之，自行车在当时属于警局监管性质的交通工具，购买后必须至警局备案、上牌照，如果不慎丢失，更是极大损失。

所以，虽然中国城市中有不少摩登青年对自行车心存向往，但更愿意先试一试车，试一试能否掌握脚踏车的技术，而不会轻易购买。在这种情况之下，上海出现了许多专门租赁自行车的车行。租赁自行车一度相当流行，导致了租车行的生意胜过了只销售自行车的车行。保不齐孟小冬的这辆自行车，就并非她私人购置，只是为了"散散心"或"尝尝鲜"，到租车行里租了一辆"共享单车"，先试一试罢了。

萧　红：清华园里的"黄金时代"

萧红(1911—1942)，原名张廼莹，笔名萧红、悄吟、玲玲等，黑龙江哈尔滨人。1933年，以"悄吟"为笔名发表第一篇小说《弃儿》。1935年，在鲁迅的支持下，发表成名作《生死场》。1936年，东渡日本，创作散文《孤独的生活》、长篇组诗《砂粒》等。1940年，赴香港之后发表中篇小说《马伯乐》、长篇小说《呼兰河传》等。1942年1月22日，因肺结核和恶性气管扩张，病逝于香港，年仅31岁。

虽然她的生命历程已近尾声,可这三幅漫画,不单单是让我们看到了一位流浪女作家的苦难及其对苦难的别样表达,还让我们仿佛真切地听到了她那人生与文学的杳杳尾声,虽是音量低微的"悄吟",却也有着一丝最有分量的激愤与苍凉。

武昌漫画:"吟吟"在香港

关于萧红的文学成就,普通读者与研究者各有所见,也皆有可取,在此无须再论。萧红的文字风格极具画面感,有极强的绘画般的写实感——在这一论点上,无论普通读者还是研究者,基本都能达成共识。就这一论点引申出来的,谈及萧红早年学习绘画及其画作研究的论文,也有不少。

据考,萧红从家乡呼兰县出逃,到哈尔滨这样一个具有异国情调色彩的大都市,为其人生际遇敞开了另一扇大门,尤其是在进入"哈尔滨市东省特别区区立第一女子中学"以后,除了学业和阅读文学书籍,最令她感兴趣的要算是绘画了。闲暇之余她就会画上几笔。她的美术教师高仰山是上海美术专科学校毕业的,对学生们的要求非常严格。在老师的倡导下萧红与同学们组成了绘画小组,跟着老师去公园、郊外写生。

通过对绘画知识理论的学习和大量的练笔,使萧红在众多的学生当中脱颖而出,显示出一定的绘画天赋。她的毕业作品《劳动人民的恩物》还参加了校展,受到了师生们的一致好评。老师夸奖萧红的绘画作品构思独特,具有鲜明的正义感与现实色彩(详参孙延林《萧红研究》第一辑,哈尔滨出版社,1993)。萧红在这期间对绘画的学习和实践，极可能为她以后的文学创作奠定了艺术思维的基础。

此后，萧红还曾决定进入当时的北平艺专学习绘画，后因返回哈尔滨而未果。1932年她在哈尔滨正过着饥饿、失业的生活，为了赞助当时举办的一个水灾助赈的画展，应邀画了两件作品参加展览。这两幅粉笔画，画的都是静物，一幅是两只胡萝卜，另一幅是一只破棕鞋和一个杠子头（即硬面火烧）。两幅静物画侧面地反映了她那时穷困简单的生活环境。1935年，她的中篇小说《生死场》由鲁迅协助编入"奴隶丛书"在上海出版，而她自己设计了该书封面。《生死场》的封面简练醒目，中间斜线，直如利斧劈开，上半部似为东北三省之版图，"生死场"三字即印其上，寓示着山河破碎，正遭受着日寇宰割。如果一定要对萧红的绘画风格作某种阶段性划分，以《生死场》封面设计的1935年为界，在此之前的萧红画风是构图与寓意都很直白的写实主义风格。这一风格，直到她流寓香港时，才略微有所变化。

1940年1月，萧红与端木蕻良从重庆同抵香港，先寄居九龙尖沙咀金巴利道诺士佛台，1941年初又挤住在乐道8号的小屋。在这里她写下最成功的长篇小说《呼兰河传》，以及《马伯乐》和一系列回忆故乡的中短篇如《小城三月》等。7月入住玛丽医院，11月底出院。1941年12月8日，日军从深圳开始进攻香港，同年12月

萧红《生死场》，1940年代生活书店版

25 日,香港沦陷。而从 12 月 7 日起直至 1 月 22 日去世,萧红因病及避难前后辗转十处,其中在港岛跑马地养和医院期间被误诊为气管瘤而动手术,术后身体状况更加虚弱不堪。1942 年 1 月 22 日 11 时,萧红病逝于日军控制的临时医务站(由圣士提反女校匆忙改建)里,年仅 31 岁。那么,在那颠沛流离、艰苦异常的最后岁月里,萧红是否还有过绘画作品,或参与过绘画创作呢?

萧红著《马伯乐》,1940 年初版,此为香港重印本

香港《时代文学》杂志,1941 年 6 月创刊号,萧红曾在此刊发多篇文章

目前已获知的,萧红在香港的绘画创作不多,比较典型的是萧红生前出版的最后一部中篇小说《马伯乐》的封面,这是她亲自设计的。因为书中主角是一个出身优越而动摇、自卑的知识分子,封面也与这一主角形象相呼应,以右下角一个骑马的绅士人物图案作装饰,别具风格。在香港期间,她还为端木蕻良等主编的《时代文学》(1941 年 6 月至 9 月)制作过封面画(详参孙延

林《萧红研究》第三辑,哈尔滨出版社,1993）。除此之外,萧红在香港的两年时光里,经受着精神上的摧折与肉体上的病痛,似乎也并没有太多的精力去从事绘画创作了。

但历史往往还会有出人意料的"脚注",笔者新近发现,香港《立报》上曾刊载三幅漫画,从署名、漫画内容与风格来看,都疑似萧红作品。1938年6月7日、8日,香港《立报》刊出三幅署名为"吟吟"的漫画作品。因为萧红曾用笔名"悄吟","吟吟"之名可能就是她;此外,三幅漫画均反映了抗战军政与民生的急迫问题,也有可能与此刻身在武汉、处于抗战最前线的萧红有关联。

从萧红的生活轨迹来考察,1937—1938年间,应当是其最能感受国难时艰,最能从宏观角度转向左翼文艺思路的两年。因闻鲁迅先生噩耗,她于1937年1月从日本东京回到上海,期间曾至北京短暂逗留,但七七事变很快爆发,"八一三"抗战也旋即展开;为避战火,她与萧军于当年9月至武汉。

漫画《血债!》,署名"吟吟",刊发于香港《立报》1938年6月7日

1938年,寄居在西安"西北战地服务团"时,虽几经犹豫与彷徨,她还是与同居了六年的萧军分手,5月与端木蕻良在武汉结婚;当年9月为避战火,又辗转至重庆。这两年时间里,萧红在上海、北京、武汉、西安、重庆各地辗转流徙,历经着抗战以来的各

大主战场,战争的残酷与惨烈,民生的艰难与惨淡,尽收眼底。而新近发现的这三幅"战时"漫画,所描绘的图景与蕴含的作者立场,与萧红上述经历是完全吻合的。

这里还有必要简要介绍一下香港《立报》的来龙去脉。香港《立报》实际上是上海《立报》的复刊版,是属于都市大众新闻性质的主流媒体。上海《立报》于1935年9月20日创刊,1937年11月24日因抗战爆发而被迫停刊。1938年3月2日在香港复刊,太平洋战争爆发之前,迫于时局,又不得不于1941年4月30日再度停刊。应当说,倾向于左翼文学价值观的文字作品,能在《立报》上刊载的可能性不大,一是因为作为都市大众报媒的价值取向,是不会特别青睐这类作品的;二是因为当时的国民党政府新闻审查制度严苛,这类作品即便有投稿、有拟用可能,一般而言均会被官方扼制,而难以发表出来。但抗战期间,应时局与舆论之需,当局新闻管制的力度确有所缓和;加之民众对战事民生方面的新闻需求日增,《立报》顺势而为,也刊载了大量相关图文信息出来。

当然,即使迁移到香港,避开了国民党政府新闻管制的束缚,在殖民地政府的新闻管控之下,《立报》的刊行仍然举步维

萧红与端木蕻良,
摄于西安,1938年

艰,时有障碍。随意翻阅该报几期,就会发现,"开天窗"、"打空格"的版面几乎每天都有。这虽然比直接删改图文要稍好一点,但毕竟说明还是有所限制——香港也并非真正的自由港,毫无保留的新闻自由在这里也不可能实现。由此可见,署名"吟吟"的三幅漫画,能在此发表出来,也实属不易。

发表于1938年6月7日香港《立报》的两幅漫画,一幅被印制在头版的"左报眼"位置,一幅被印制在《花果山》副刊的版面上。应当说,同一期报纸安置同一作者的两幅漫画发表,在《立报》办报历史上并不多见。依照惯例,《立报》在头版版头的"报眼"处,长期以"漫画+新闻图片(或重大新闻述要)"的方式来处理,但能在"报眼"处刊发的漫画,多属业界名家。如上海《立报》时期,头版的"左报眼"位置的漫画,长期执笔者是鲁少飞;香港《立报》时期,开办之初,头版的"左报眼"位置的漫画,长期执笔者是陈烟桥。而报纸其他版面的漫画作者,程抱一、叶浅予、曹涵美等名家也常露面。可以说,要在《立报》上发表漫画,是有相当难度的,并不是一件普通投稿者可以企及的事。

纵观《立报》"报眼"漫画的主要特征,就是要针砭时事、聚焦国事,鲁少飞的漫画如此,陈烟桥的漫画更如此。由于香港《立报》开办之初,武汉战局初显,全国民众皆聚焦于武汉等地的抗战进展情况,陈氏当时也主要在武汉、重庆等地从事抗日宣传活动,故而其漫画作品的内容主要还是在体现武汉抗战情势。到了1938年6月,"武汉保卫战"正式打响,《立报》"报眼"位置则基本不再安插漫画,而全部用于报道前线战事及最新时事动态。署名"吟吟"的这幅漫画,此刻被安置在"报眼"位置,足见其时事特征明显,体现"武汉保卫战"的情势生动,被报社认为是相当真实可信,独具新闻价值的。

漫画《"□□□"的精神何在?》,署名"吟吟",
刊发于香港《立报》1938年6月7日

这幅"报眼"漫画,名为《"□□□"的精神何在?》。画面描绘了一架印有青天白日徽记的飞机,机上飞行员正向一位降落伞中的日军飞行员挥手致意。显然,漫画名称打空格处的三个字应为"国民党"。这幅漫画实际上是讽刺了国民党政府在抗战中的有所保留,或者说是在抗战军事上的消极心态。而同期另一幅漫画,题为《血债!》,则更直截了当地体现了战区人民的苦痛。画面表现了一位中年男子,在空袭后的断垣残壁间,手捧幼子尸骸,失声痛哭的情景。

1938年6月8日,香港《立报·花果山》版面,再次出现也是最后一次出现署名"吟吟"的漫画。这幅名为《□□□□□》的漫画,题目被全部"打空格"处理,其画面内容更具讽刺意味,颇耐人寻味。画面中央站立着一位抗战士兵,他两手向外摊开,作无奈忧虑状;在其前后左右四个方向,分别画着列队而出的士兵,空空如也、结着蛛网的军费银库;写着"革命党"、"共产"字样的多只拳头,戴着种种面具、瞪眼咬牙的政客。这幅漫画,应当体现着当时抗战的国内困局,主要是指国共合作与资源调度的困局。作者敏锐地意识到,这些困局不解决,前线流血牺牲得来的战果,迟早将化为乌有;画面中央那位抗战士兵的

漫画《□□□□□》,署名"吟吟",刊发于香港《立报》1938年6月8日

忧虑状,正是困局中的生动写照。这样的漫画,在当时的香港能刊登出来,实属不易,题目自然是只能"技术处理"掉了,估计是"抗战何处去"之类的反问句罢。

回溯历史,可以看到,三幅署名"吟吟"的漫画,在香港悄然面世之际,萧红还身处武汉前线。"武汉保卫战"的惨烈,她亲历亲睹,绘制三幅这样的漫画,当是有感而发。结合到她的文字风格以及先前的画作特征来看,"吟吟"极可能就是"悄吟"。此刻的萧红,已不再是孤身独坐于旅馆,在小纸片上随意勾画花纹的"悄吟",而是要让更多民众知道抗战时局,已经颇有左翼文艺倾向的"吟吟"了。

此刻,虽然她的生命历程已近尾声,可这三幅漫画,不单单是让我们看到了一位流浪女作家的苦难及其对苦难的别样表达;还让我们仿佛真切地听到了她那人生与文学的杳杳尾声,虽

是音量低微的"悄吟",却也有着一丝最有分量的激愤与苍凉。

日本佚文:"东瀛谐屑"及其他

1936年7月,萧红为摆脱感情问题的困扰,以赴东京探望胞弟的名义,只身东渡日本,暂居于东京趣町区富士见町,二丁目九一五中村方。这一时期,她在阴郁的情绪中,写下了散文《孤独的生活》、长篇组诗《砂粒》、短篇小说集《牛车上》等。在此期间,惊闻鲁迅先生噩耗,悲痛欲绝,写成《海外的悲悼》一文,并因此决定提前回国。1937年1月,她回到上海,4月曾独自前往北京,但很快又返回上海。不久,七七事变爆发,上海"八一三"抗战打响;9月,萧红、萧军二人为避战火,同至武汉。

上述这段史实,是萧红研究者与普通读者们都十分熟悉的,在此毋庸多言。那么,在1937年这个重要时间节点上,萧红究竟有哪些作品完稿、发表或存世,可供后世读者研读呢?她那不到半年的日本东京之旅,除了写给萧军的信件,除了写给鲁迅亡灵的悼文之外,究竟还有什么见闻与感受呢?这些见闻与感受,是否随即在回到上海之后,写出发表过呢?我想,这一系列追索,应当是萧红的研究者与读者们都感兴趣的。

事实上,1937年是萧红旅居上海的最后一年,准确地说,这一年萧红在上海,只停留了9个月的时间。在此期间,萧红创作完成的作品并不算多,大多是散文、日记类体裁的作品。如8月14日,萧红写有《天空的点缀》;8月17日,写有《窗边》;8月22日,写有《失眠之夜》。这三篇散文,后来都发表于由胡风主编的《七月》杂志之上。需要额外说明的是,《七月》杂志于1937年9

月11日在上海创刊,至第3期就因战事被迫停刊。同年10月16日在武汉复刊,改为半月刊,期号另起。萧红当年在上海写成的散文,实际上是在武汉的《七月》杂志复刊号上发表的。应当说,1937年在上海的萧红,无论是依旧未能治愈的情感创伤,还是突如其来的国难战火,都让她无法全身心投入写作,作品产量并不算多。此外,作品即使写出来了,也难以在上海及时发表出来。这一年对于萧红来说,在情感与写作方面,都无异于一段"空白期",颇为苍白与无奈。

萧红(摄于日本,1937年)

但笔者近日有幸寻获,一篇极可能是萧红在上海《立报》上发表的文章,将为这段"空白期"平添一点色彩。这篇署名"玲玲"的文章,发表于1937年7月7日的《立报》的"花果山"副刊版面之上。虽然内容极短小,纯属"豆腐块"文章,但冠有一个"东瀛谐屑"的总标题,有可能是准备长期写专栏文章之用。转录全文如下:

脱掉裤子

玲玲

日本入室有脱去鞋子的风俗,而鞋子的日音,却是同于我国的裤子,又因在日本久生了的华侨,往往在谈话中,会混入日语,所以曾经闹了两个笑话。有一个湖南女生,回国后,她的父亲问她在日本的生活还过得惯吗?她便回道:"别的倒也没有什么,只是时时要脱去裤子,很是麻烦。"她父亲听了跳起来道:"该死!该死!裤子怎么可以脱?而且还要时时脱,那不是难为情死了!"又陆礼华女士曾领导几个两江女生到日本去游历,上岸跑入旅馆时,一位华侨的招待,便对陆女士说:"请你关照她们,把裤子脱了再进去。"陆女士听了这话呆住了,那位华侨却会催促道:"快点脱吧!日本的风俗,不脱裤子,不能入室的。"后来,陆女士弄清楚了,裤子便是鞋子,便不由暗自好笑起来。

因为萧红曾用过笔名"玲玲"(详参《萧红的另一个笔名玲玲》一文,原载《萧红研究》第一辑,哈尔滨出版社,1993年),而遍查上海《立报》现存各期报纸,仅此一篇署名为"玲玲"的文章,且语涉日本旅行见闻,又恰在萧红9月离开上海之前不久发表,所以极可能为一篇萧红的佚文。这篇仅300余字的"豆腐块"文章,如果确为萧红所作,至少透露出两个方面的重要信息:一是她可能曾经想过要转换文笔风格,转向海派文学当时流行的一种幽默娱闲风格;二是她可能打算写一系列的忆述,集中写其在日本逗留期间的风物见闻类文章,只不过这种种设想因抗战爆发而不得不宣告中止了。

熟悉近代文学史的读者都知道,上海《立报》"花果山"副刊,是由著名的鸳鸯蝴蝶派代表人物包天笑(1876—1973)主编的。这一文学流派的主要旨趣,在于热衷文学的娱乐、消闲功能,乐于表现城市中小市民阶层的艺术趣味。萧红如果要转向这一文学阵营，无异于走向了鲁迅所倡导的"普罗文学"的反面，同时也走向了萧军等"左翼文学"圈子的反面；另一方面，这也与她一直以来的善于描写底层贫困生活，具有北方乡村特色的风格大相径庭。可以由此揣测，萧红之所以没有署名"萧红"或"悄吟"，而使用了并不常用的"玲玲"之名，也是有所顾虑、有所试探的罢。

我们知道，萧红在日本东京得知鲁迅死讯之后，还写过一篇《在东京》的文章。该文大约写于1936年10月，主要是描写其在东京看到刊载有鲁迅逝世消息的日文报纸后，内心惶恐、不安、忧伤、茫然的种种感受，以及周围人对鲁迅之死的反应。文章虽然名为《在东京》，却并不是一篇忆述其东京生活的文章。如果"东瀛谐屑"这样的系列文章，确为萧红所作，才是真正意义上的萧红的"东京见闻录"，也将是研究萧红这段生涯的重要文本。

萧红佚文《东瀛谐屑》

遗憾的是，就目前已知的萧红遗作来看，似乎并没有看到与"东瀛谐屑"成系列，或风格类似的相关文本存世。在"东瀛谐屑"发表两个月之后，萧红已身在武汉，之后发表的文章，多有涉及抗战期间的世态人心，绝没有什么幽默闲适的忆述文字。而上海《立报》在这篇"东瀛谐屑"发表4个月之后，被迫停刊，迁至香港，于1938年3月方才复刊。在此后的香港《立报》上，再也

1937年，许广平、萧红、萧军、周海婴于鲁迅墓前合影

找不到署名"玲玲"的文章，更没有"东瀛谐屑"的下文可寻了。1941年4月，因时局动荡，香港《立报》也被迫停刊，直到抗战胜利后的1945年10月才再次复刊。而萧红，已在1942年1月病逝于香港了，"东瀛谐屑"即使真有系列文稿存世，也绝无再次发表于《立报》之可能了。

当然，另一种可能性即是，这篇冠以"东瀛谐屑"总名的幽默小文，只是萧红文学生涯中一次转瞬即逝的闪念之作罢了。当然，我们仍然还可以心存一线侥幸，仍然锲而不舍地去追问：除了这篇"脱掉裤子"的趣文之外，是否还有此系列的其他佚文存世？要解答这样的疑问，只能于冥冥中拭目以待，祈望能有更进一步的发现与确证罢。

清华园里的"黄金时代"

萧红生前结集出版的作品并不算多，《生死场》与《商市街》就算是1930年代中国文学青年们尚能看到的代表作了。

在1936年的《清华周刊》上，刊载有这两部萧红代表作的书评，这应当是当时最早发表出来的关于萧红作品的书评。这两篇书评从青年读者的角度,给予了萧红很高的评价,对这位时年25岁的才女颇为赞赏。此外,在第四十四卷第二期、第四十五卷第六期,即在这两篇萧红书评前后两期周刊中,尚有对萧军《八月的乡村》《羊》的书评,也都提到过萧红,并将萧红、萧军的作品并列,来加以比较研究。由此可见,萧红成名之早,并不仅仅在于鲁迅等文学导师级人物的单方面提携,并非只是小圈子里的友朋追捧,而是在同时代青年读者中产生了共鸣与反响,且已拥有一定量级的"群众基础"了。

1935年12月,《生死场》初版发行,四个月后,书评即面世了。署名为"石",发表于1936年4月的《清华周刊》(第四十四卷第一期)上的书评,对《生死场》的评价,在鲁迅与胡风之外,又别开生面。书评开篇即强调说:

萧红与萧军,1934年摄于上海

《生死场》"写的只是哈尔滨附近一个偏僻的村庄"(胡风读后记语),但它"预示着中国的一份和全部,现在和未来,死路与活路"(鲁迅序《八月的乡村》语)。这就是《生死场》,也就是今天的中国。

显而易见,书评把《生死场》的文学与社会学价值拔高到一个新的高度。即不但将其视作中国农村生活现场写真版,更将其视作中国未来命运的寓言式作品。这里引用到的鲁迅评价,当然至关重要,但有意思的是,这是将鲁迅对萧军作品的评语挪用过来的;与此同时,在后来对萧军《八月的乡村》《羊》的书评中,又都不约而同地将萧红作品的特点拿过来相互比照。看来,萧红、萧军对中国北方农村生活的描写,的确是有某种共性的,的确是对那个时代的青年读者们都有着相似的吸引力。

这种吸引力,源自何处?当然,这不完全是来自于萧红的文学天赋与写作技巧,而主要的更来自于国难当头之际的民生想象与时事关注。众所周知,自九一八事变以来,在迅即沦陷的中国东北地区,当地民众的实际生活状况,都一直在日本侵略者及其汉奸伪政府势力的封锁之下,鲜为外界所知。而这一时期对沦陷区民众生活的描写,不但被日伪势力视为"禁区",国民党当局也对此讳莫如深,在"攘外必先安内"的策略驱使之下,对沦陷区状况有意无意的加以掩盖。在这个沦陷区与外界有如隔世的特殊的"真空时代",萧红作品的可贵,正在于第一时间第一现场般地将这些"禁区"一一揭示了出来。这篇书评的末尾,对此就颇有戚戚焉,文中这样写道:

  读了《生死场》后,也许你嫌它结构粗松,辞句上欠些修饰,这都是的。尽管有这些瑕疵,也掩饰不了作者的热力,我们今天听不见一点东北弟兄的消息,有多少血和肉,都悄没声音地轧成了尘土,萧红抢着用快镜摄下来这一片段,看起来虽然有点血迹模糊,却深深地印在我们的心头了。

如果说,《生死场》可以当作一部现实可信的报告文学作品来看待,具备了颇能满足当时国人关注国难时局的"现场感";那么,带有浓厚自传性质、笔触更具文学个性的《商市街》,还能够打动 1930 年代的大学读者、文艺青年们吗? 再来看,另一篇署名为"秋隼",发表于 1936 年 12 月的《清华周刊》(第四十五卷第九期)上的书评,其对《商市街》的评价,仍是一见倾心式的肯定与认可。《商市街》是 1936 年 8 月初版的,也同样是新书上市四个月之后,书评迅即面世。书评开篇即这样强调说:

萧红《商市街》,1936 年 8 月初版

> 《商市街》,名为散文,实是一幅素朴的生活的图画,这幅图画与普通图画之不同处——普通的图画用的是点、画、线条,或彩素;而这幅图画,用的则是文字罢了!
> 全书不到二百面,包含三十八个短章,连合起来,做成一对爱人约有二十个月的生活记录,这种生活本身,完全是一种新的,但是清苦的;爱着的,但是切实的;孤伶的,但是有朝气的生活。

从这样的开篇语来看,与萧红同时代的读者,不但接受了她战地快照般的纪实笔法,也同样接受了这个作者本人的生活状态及其写作方式。除了对萧红、萧军这对患难伴侣的爱恋感到新奇与惊诧之外,那种艰辛生活环境之下的写作本身,也让读者对此更为惊奇与关注。在《商市街》中,那种同时代读者已经腻味了的悬在人间之外的罗曼蒂克趣味消失了,那种平铺直叙的纯粹纪实的第三人称视角也退居幕后了,让读者体味到的只是一种缓释却永无休止的、更加深入触及灵与肉的、死神与爱神并肩而来的生存本身的危机感。为此,书评作者总结出了《商市街》的三大特点,可以说是给出了三处直指人心的导读关键,如下:

一、亡国奴的惨痛。是真实的,一点想象的成分都没有的。

二、文学和生活的绵密的渗透融和,已臻至极致。同时使我们可以深切地了解到,文学是怎样离不开生活而独在,和它反映生活的力量,和一般过着书斋生活,埋头在古籍中的人们,与创作关系,是怎样渐次绝缘的。

三、地方色彩很浓厚,哈埠的青年人,和哈埠的背景,直透露在纸上。

显然,这篇书评较之前的那篇,更进一步地肯定了萧红的文学水准与写作立场。《商市街》之所以能更打动读者,正在于作者亲历亲感,笔下的"文学和生活的绵密的渗透融和,已臻至极致"。这是来源于萧红那段不可复制的、本身就极具传奇色彩的生活经历。

1931年,在经历了解除婚约与法庭败诉的种种挫折之后,萧家名誉扫地,不得不举家搬迁至阿城县(现哈尔滨市道外区民主乡)福昌号屯,被迫与外界隔绝。当年10月,萧红从福昌号屯经阿城逃至哈尔滨。不久,却又与追随而至的未婚夫汪恩甲同居,在道外十六道街东兴顺旅馆暂住。半年后,萧红怀孕,临产期近,汪以回家取钱为由,弃她而去。由于两人欠下旅馆费用颇多,萧红被旅馆老板扣作人质,失去自由。她写信向哈尔滨《国际协报》副刊编辑裴馨园求助,自此结识了萧军。1932 年 8 月 7 日夜,萧军趁松花江决堤、洪水泛滥市区之际,救出萧红。不久,她住进医院分娩,孩子生下即送人。出院后,二人住进道里新城大街的欧罗巴旅馆,开始共同生活。同年 11 月,两人又搬到道里商市街 25 号。《商市街》这部抒情散文集,写的就是那段时期的生活。

在哈尔滨,"商市街"只是一条街道名称而已。当然,这又是一条注定要名声大噪的街道,因为萧红,因为这本《商市街》。署名为"秋隼"的书评作者,似乎对东北地区的风土人情也颇为熟悉,也因之对这本《商市街》最早产生了由衷的共鸣,否则也不会发出"地方色彩很浓厚,哈埠的青年人,和哈埠的背景,直透露在纸上"这样的赞叹来。据查证,署名"秋隼"者,应该是赵德尊(1913—2012)。1930 年代他是清华"左联"小组领头人,曾将其在清华就读期间的文稿结集出版,名为《秋罗集》;在《秋罗集·自序》中就自称用过"秋隼"这一笔名。

萧军与萧红于上海最后的合影(1937 年夏)

赵德尊是辽宁省辽中县人,毕业于清华大学外语系。1933年夏至1937年6月,在清华大学外文系学习,1935年12月加入中国共产党并参加革命工作,任中共清华大学"左联"支部书记、清华大学党支部书记、北平市学委秘书,全国民先总队部党团组织委员,参与组织"一二·九"运动,曾被捕入狱。1949年之后,历任黑龙江省委书记、省政府主席等职。

由此可见,萧红的文学作品,在当时不但获得过包括清华学子在内的青年读者的青睐与喜爱,也一直受到包括从鲁迅到赵德尊这样的左翼文学群体的关注与研究。她在文坛的一举成名,是多方面因素共同促成的。她那短暂的"黄金时代",也是在那个国难与人祸并举的特殊年代中,在多方力量参与下,得以造就。

特别值得一提的是,《清华周刊》刊载萧红书评,对扩大其知名度与影响力,也有着不可替代、不可忽视的作用。创刊于1914年3月,至1937年5月抗战爆发而被迫停刊,共出版676期的《清华周刊》,虽是学生刊物,在中国教育界、文艺界中却独具号召力。闻一多、顾毓琇、梁实秋、周培源、梅汝璈、贺麟、蒋南翔等都曾担任过该刊重要职务,并发表了不少文章;胡适、陈寅恪、钱穆、冯友兰、梁漱溟、朱自清、郑振铎、陶希圣、吴宓、俞平伯、钱钟书等当时已为"名流"的前辈学者,或后来成长为"名人"的晚辈文士,也均在该刊发表过名篇佳作。这一独具魅力的大学生刊物,无论是在校内还是校外,都产生过深远而持续的社会影响力。可以想见,关于萧红的书评,两次登载于该刊之上,也在北平的文教界产生过一定影响。萧红其人其作,当时已"花开"于清华园内,之后又"香溢"于大江南北,或就正应其时,顺理成章了罢。

潘玉良：妓妾化身"野兽派"

潘玉良（1895—1977），中国著名女画家、雕塑家。1919年考入上海美专西洋画系；1921年考得官费赴法留学，先后进入里昂中法大学和国立美专，与徐悲鸿同学。1923年又进入巴黎国立美术学院，后转赴意大利罗马皇家画院，为进入该院的中国学生第一人。1928年归国后曾任上海美专及上海艺大西洋画系主任，后任中央大学艺术系教授。1937年旅居法国巴黎，曾任巴黎中国艺术会会长，多次参加法、英、德、日及瑞士等国画展。1977年，潘玉良在巴黎去世，葬于蒙巴拉斯墓地。

如果说做学生时的潘玉良被开除,是因为当时的社会风气无法接受她曾为"失足女"的事实,那么,后来她从海外学成归来被返聘任教,为什么又会被解聘呢?终于,被解聘的原因披露了出来,竟是因为她的一句"公狗比男人好"的戏言。

1928:女画家"空降"上海滩

1928年7月27日,《上海画报》第376期刊登了由该报首席摄影师黄梅生拍摄的一幅女画家照片,在这幅照片的旁边,附有早已蜚声海内外的艺术大师刘海粟的郑重声明,题为"记潘玉良女士"。虽是声明,实则是刘写给黄的信件摘录,大致用意是要向黄介绍潘女士,做某种郑重其事的"资格认证",信中这样写道:

> 梅生兄:(上略)潘玉良女士,安徽人,民八入上海美专西洋画系,民十一赴法,入巴黎国立美术专科学校。毕业后,又赴罗马,入皇家艺术院。罗马艺术院为世界最高之艺苑,中国人得入该院者,仅潘女士一人而已。归国后,由上海美专聘为西洋画系主任,主持西洋画科教务,并闻潘女士拟与美专新教务长高乐宣、西洋画教授邱代明(二君均为巴黎国立美艺卒业)于开学前在美专新校舍合开一展览会,此数君与粟交谊甚深,故敢以校务重任付托也。(下略)海粟顿首,七月廿五日。

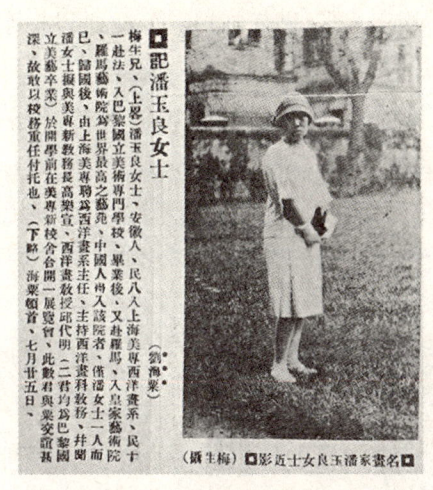

显然,在十里洋场、纸醉金迷的上海滩,专以报道各界名流动态及摩登新闻而风行于世的《上海画报》,要在有限的版面上刊登出一张潘玉良的照片,还是需要有足够分量的介绍词才行的。试想,要与陆小曼、孟小冬、于凤至等一代名媛,与蒋介石、孔祥熙、宋子文等

名画家潘玉良女士近影,刊载于1928年《上海画报》第376期

国政要员在同一张报纸上亮相,要么有足够漂亮的脸蛋身材,要么有足够重要的社会地位,而当时的潘玉良,却并不具备上述两项新闻"要件"。那么,一位名不见经传、像"天外飞人"似的美术教师,何以能突然以一张玉照见报?也许,当时为潘玉良拍摄这张照片的黄梅生,也不太搞得清楚这其中的来龙去脉,方才在拍照之后又向刘海粟去信求证,于是乎才有了这么一小块图文并茂的报纸版面印出。

早期经历,扑朔迷离

事实上,要探寻潘玉良的早期经历,是比较困难的。目前已知的民国报刊中,关于她的公开报道,最早可追溯到 1926 年左右,当年北平《世界画报》第 55 期刊有她的一帧玉照,介绍只有"潘玉良女士,为罗马皇家画苑中之中国学生……"寥寥数字。此外,1927 年的上海《图画时报》第 388 期,也曾刊印过一张潘玉良照片,也只有"潘玉良女士为旅欧有数之女画家"一句标题介绍而已。直到 1928 年,归国后已在上海美专任教的潘玉良,因在《上海画报》上的亮相,加之刘海粟的介绍,方才为更多人所知。

潘玉良学生照

潘玉良的艺术人生看似平常。除了远涉重洋求学之早,以及绘画专业成就之卓越以外,纵观其终生以绘画为志业的生涯,无非就是一位职业画家的人生历程而已。但殊不知,坊间还一直流传着她的另一段"非专业"时期的人生传奇。据说,她幼年曾被拐卖入妓院,沦为雏妓;后又嫁入豪门为妾,再奋发学艺,致力于艺术创作。因西洋绘画所要求的人体模特写生,在当时尚不普遍且为世俗伦理所不容,她又混入女浴室偷绘女性裸体,因之屡受非议……总之,作为艺术家的潘玉良的专业简历,在后世受到关注与重视的程度,可能远不及坊间流传着的她的前半段人生"传奇"。而所有这些"传奇"人生,再度为世人所瞩目并渐成焦点,很大程度上来自 20 世纪 90 年代初上映的一部电影《画魂》。

《画魂》与家谱：从雏妓至小妾

《画魂》由上海电影制片厂等摄制于 1993 年，这是一部由黄蜀芹执导，巩俐、尔冬升等主演的爱情片。影片以潘玉良早期经历为故事蓝本，主要讲述了潘如何从苦命雏妓到豪门小妾，再最终成为知名画家的故事。该片一经上映，迅即引起社会各界热议。潘玉良的传奇人生，一时成为街头巷尾的热点话题；她在成为知名画家之前的那段经历，也逐渐成为人们探寻的焦点。

其实，潘玉良的家世姓名，至今也尚无定论，其原名及原籍均无从确证。目前的调查结果，仅姓名就有陈秀清、张玉良、潘世秀、潘玉良四种；籍贯则有《画魂》影片中所称的江苏镇江，"百度百科"上注明的江苏扬州，以及 1928 年《上海画报》上所声明的安徽之说。

不过，据最新发现的安徽桐城《潘氏宗谱》来看，潘玉良"原名陈玉良，原籍安徽"的说法应当更为可靠。这部《潘氏宗谱》正是潘玉良之夫潘赞化的家谱，续修于 1928 年初，当时潘赞化正在南京国民政府任职，时年 43 岁。而潘玉良也在这年即将从法国结束学业回国，时年 33 岁。据《潘氏宗谱》潘赞化（谱名世璧）小传下载：

潘玉良油画《我的家庭》，1931 年

"侧室陈氏玉良,现留学法国。"

从《潘氏宗谱》的记载来看,潘赞化是亦官亦学的世家子弟,当时曾任江苏督军公署咨议、中华农学会总干事等职,潘玉良的确算是嫁入了豪门大院。旧时女子出嫁即从夫姓,由"陈玉良"而"潘玉良"之说可信。但由于宗谱并未标明陈玉良嫁入潘家的具体时间,故而传说中的"从良"时间则难以确定了。

中国女"野兽",传奇再传

姑且搁下那段从雏妓至妾至艺术家的"传奇",再来回顾一下潘玉良艺术的独特风格与魅力吧。观赏潘氏画作,可以感受到一种与同时代中国画家绝然不同的精神气质。与徐悲鸿、刘海粟、林风眠等深受西方绘画技艺影响的同时代中国画家相比,作为女性艺术家的潘玉良,在绘画笔法、构图形式、表现手段方面都有着难得的独创性。

熟悉西方近现代绘画史的读者,可以从潘玉良的作品中读解出明显的法国"野兽派"艺术风格之影响。野兽主义(Fauvism)是自1898至1908年在法国盛行一时的一个现代绘画潮流。它虽然没有明确的理论和纲领,但却是一批画家在一段时期里聚合起来积极活动的结果,因而被视为一个画派。野兽派画家热衷于运用鲜艳、浓重的色彩,往往用直接从颜料管中挤出的颜料,以直率、粗放的笔法,创造强烈的画面效果,显示出追求情感表达的表现主义倾向。野兽主义继续着后印象主义梵高、高更、塞尚等人的探索,追求更为主观和强烈的艺术表现。画面不再特别讲究透视和明暗,放弃传统的透视与明暗关系,采用更加平面化的构图、暗面与亮面的强烈对比和纯粹的写实,同时加入创作者自己的情感。

"野兽派"对西方绘画的发展产生了重要的影响。他们吸收了东方和非洲艺术的表现手法,在绘画中注意创造一种有别于西方古典绘画的疏、简的意境,有明显的写意倾向。这一现代绘画潮流,与20世纪早期正在向西洋绘画学习技法的中国画家的追求不谋而合,让这些中国画家对"野兽派"都有相见恨晚之意,但像潘玉良这样的中国女艺术家,将"野兽派"技法经过逐步改造并运用到绘画当中,"合中西于一冶"的,却并不多见。

潘玉良《自画像》(1944)　　潘玉良《菊花和女人体》(1940)

潘玉良最负盛名的作品《浴女》系列,以传统中国妇女在入浴、浴中、浴后的裸体形象为描绘内容,呈现出真实、自然又略显健硕的人体美感。这种美感不同于西方绘画古典主义时期的

"圣洁"与冷峻,也不同于后古典主义时期纯粹体现健美或情色的那种直观,而更倾向于某种嫁接于西方现代艺术体系,但本质上却富于本地化的、母语体系内部的、原生态的美感。且在这种美感中,又融洽地掺入了有节制的"野兽派"的表现手法,使整个画面更富于力量性与表现力。这种拥有独特美感的绘画风格,在 1930 年代之后的潘玉良画作中逐渐成熟,成为其画作的风格符号。而反观在此之前的潘氏画作,由于不少是在国外绘制,聘请的人体模特也多为西方人,其笔端透露出来的风格自然而然地呈现出当时流行的"野兽派"风格,在构图形式方面也多参照"野兽派"惯用的手法,马蒂斯(Henri Matisse, 1869—1954)的动感与表现力,高更(Paul Gauguin, 1848—1903)的细腻与情调,则贯穿于这一时期的潘氏画作中。

可以这么说,潘玉良从妓妾到艺术家的"传奇"固然传奇,而作为最早将"野兽派"笔法带入中国的女画家,其意义更应当被肯定。作为艺术家的潘玉良,可以当之无愧地被称之为中国的女"马蒂斯",或中国的女"高更"。为这样一位传奇女性拍案惊奇,也是理所当然。

她曾说:公狗都比男人好

1990 年代,人们初次通过巩俐主演的电影《画魂》,了解到潘玉良其人其事。于是乎,很多人把电影当作了传记,把影片内容当作了史实。据此人们一直认定,刘海粟是潘玉良在国内美术界的"伯乐"。或者像影片中所演绎的,是刘海粟亲自把落榜的潘玉良添入榜中,她才因此得以考入上海美专。或者又如坊间传言的,更有陈独秀向刘海粟推荐的细节等等。

殊不知,在上海美专做学生时的潘玉良,是因被刘海粟开除方才赴国外求学的;在上海美专任教之后不久,又被刘海粟解聘,不得不再次赴法旅居。如果说做学生时的潘玉良被开除,是因为当时的社会风气无法接受她曾为"失足女"的事实,那么,后来她从海外学成归来被返聘任教,为什么又会被解聘呢?很多年之后,被解聘的原因终于披露了出来,竟是因为她的一句"公狗比男人好"的戏言。而上述这些,都是其闺蜜苏雪林(1897—1999)晚年爆料,方才为外界所知的。

据台湾成功大学退休教授苏雪林在95岁高龄接受采访时透露,潘玉良在上海美专就读与任职期间,的确曾被开除与辞退。其中,潘任职期间被辞退,起因只是因为潘的一句对"人狗相交"的评论。原来,在一次上海美专的同事闲聊中,有人讲到一个女诗人风流放荡,养了一只狗,与她同眠,以犬泄欲,来满足自己的需要。潘听了后即刻评论说,"公狗都比男人好!公狗为它的女主人服务,听从女主人的指使、摆布,事后绝对没有后遗症,它绝对不会对别人宣讲女主人的私生活。"

她的这一句"公狗都比男人好"就此惹了大麻烦,男同事们认定她因为自己的不齿经历,仇视所有的男人,结果大家一起发难,逼迫刘海粟辞退了潘玉良。1931年,应徐悲鸿之邀,潘赴南京任中央大学美术系教授,直至1936年。因为苏、潘二人曾是一同赴法国留学的同学,且私交甚好,又是闺蜜,所以苏雪林所提供的这一史实应当可信。

苏雪林也是民国时期顶级才女之一,曾因激烈批判鲁迅而震动文坛,与胡适、蔡元培等均有交往,其创作著述数量惊人,既有文学作品也有学术论著。因 1949 年之后赴台湾定居,故大陆读者对其不太熟悉;她以 102 岁的高龄辞世,在台湾也堪称教母级人物了。

苏雪林曾于 1921 年赴法国里昂留学,与潘玉良就是在赴法留学时认识的。当时,吴稚晖和李石曾在法国里昂办中法学院,为中国留学生进行法语培训。该学院在 1921 年从中国招收了 100 多名学生,从上海搭乘邮轮去法国。因为赴法留学的女生不多,同去留学的苏雪林、潘玉良很快就成为闺蜜,情同姐妹。在留学法国的那段时间里,很多女生了解到潘玉良曾为"失足女"的身世,都难以接受,纷纷疏远她。可苏雪林并没有对她另眼相待,反而时时以闺蜜身份出手相助;每当有女生旁敲侧击地攻击潘玉良时,苏雪林都出面阻止,对潘的不幸身世寄予同情。

苏雪林、潘玉良、方君璧在巴黎

苏雪林与潘玉良的闺蜜情谊维系终生,在二人流寓台湾与巴黎两地时也不曾中断;苏雪林于 95 岁高龄时还站出来吐槽潘曾被开除与解聘的真相,就正是这种情谊使然吧。

张充和：桃之夭夭·桃花鱼

张充和(1914—2015)，生于上海，祖籍合肥，长居苏州，后赴美国，为著名的"合肥四姐妹"之一，丈夫是德裔美籍汉学家傅汉思(Hans H. Frankei, 1916—2004)。她擅长书法、昆曲，曾问学于吴梅、沈尹默等诸多学界名师。1949年随夫赴美后，长期在哈佛、耶鲁等20多所大学执教，传授书法和昆曲。

1947年晚春,颐和园听鹂馆戏楼,回廊一侧。一个高鼻子、黄头发,面容平和甚至有些儒雅的外国男子,缓缓地跟在一位着浅绛色素面旗袍的女子身侧。他用不太纯熟的国语对她说:听说,听说你唱曲像黄鹂一样好听。

张充和自幼便过继给二房的奶奶当孙女。这位二房奶奶,是合肥李蕴章的女儿。李蕴章的胞兄,就是李鸿章。李鸿章有个曾外孙女,叫张爱玲。按此亲缘关系,张充和与张爱玲,还是远房表姐妹。当然,这只算作"合肥四姐妹"之一的张充和在家世渊源上的一番题外话了。

美国东部时间2015年6月17日下午1点,中国北京时间6月18日早上8点,被誉为"民国最后的才女"的张充和女士在美国逝世,享年102岁。她那绚丽清逸的一生,就此画上端庄妥洽的句号。

无论后世怎样抒写,张充和的人生履历,都始终很难宏观概述或编年细述。或许,只能以她钟爱一生的昆曲与书法艺术,用某种幽雅微茫的方式去裁量她的一些生涯片断。为此,笔者不揣陋简,据其生平大致,用尽可能符合历史境遇与个人气质的手法,试拟此篇。

桃花鱼·园林

记取武陵溪畔路,春风何限根芽。人间装点自由他,愿为波底蝶,随意到天涯。

——张充和《临江仙·桃花鱼》

1981年4月13日,美国纽约大都会博物馆,以苏州网师园内的一个小院子"殿春簃"为蓝本移植建造的"明轩"庭院中,忽而笛声袅袅,金声玉振,在一群高鼻子蓝眼睛的围簇中,有人在唱昆曲。

人群中,有人忙不迭地翻着一本叫《金瓶梅》的中国古典小说,据说今天开唱的第一支曲子,就出自其中的第九十六回《春梅游玩旧家池馆》,这曲子名叫【懒画眉】:

> 冤家为你几时休?捱过春来又到秋,谁人知道我心头。天,害的我伶仃瘦,听的音书两泪流。从前已往诉缘由,谁想你无情把我丢。

小说中这支曲子是女子重游昔日旧家园林时,有感而唱;而眼前这位正婉转唱来的银丝满鬓的老太太,过去也是常常在中国园林里徜徉游走的。

1931年春,中国苏州韩家巷4号鹤园,正是桃花红艳的时节,园中笛韵悠悠,一群青年男子正在唱昆曲。一曲【宜春令】开唱,似乎是颇合时应景的,而曲词却有些蹊跷:

> 生能几?死较长。有谁逃无常这桩。这腌臢臭腑,把幻身躯抛却无真相。讨得来富贵皮囊,只不过王侯尊长。

一曲生生死死的唱词,在这春光明媚的私家园林里,免不了惹得听者唏嘘慨叹一番的。"这一开春,就唱【叹骷】这一出,难

张充和·桃之夭夭·桃花鱼 | 105

免晦气。""咱们那五亩园前边是杀场砍头的处所,旁边又是停尸陈棺的地界,想不晦气也不成哩。""听师兄的腔,也算给咱们传习所旁边的死鬼超度罢。"大伙你一言我一语,各抒己见。

合肥四姐妹:张充和、张兆和、张元和、张允和(从左至右)

【宜春令】接着唱,"生堪惜,死最伤。万千傀儡扮演这场,似电光石火,一灵怎肯归黄壤?纵然是再得人身,浑不似旧形象。"庭中的男子又洒洒扬扬地将古代哲人的生死观唱将出来。"腔圆字方,真是一番功夫。""这本《蝴蝶梦》,师兄当真是唱活了。""把庄子唱活了不要紧,可别把咱们五亩园里的那些棺材主都唱活了,那可了不得。"场下又一小阵嘻笑评论。

"二姐,接下去,该是【扇坟】那一出了吧?""四妹,别吱声,我们先听听。"听众中,忽而在假山侧多出两个女子,虽则话语声极低,可人群中少不了皆要瞄上两眼,说上几句的。"幔亭曲社的曲友来了,问好了。"有站起来致礼的,两个女子也点头示意。

"听说她们【游园】那出唱得极熟络,要不请她们来一段。"也有窃窃私语,希望她们即兴唱曲的,她们听到了,也只微微一笑,装作没听到。

正在议论不定时,一声"吴先生来了,吴先生来了"的传话,使全场忽而肃然起来。庭中唱【宜春令】的小生住了口,大伙也都肃立着点头致意,这位吴先生灰布长衫,面容清癯、目光灼灼,四十来岁的样子,一派师长风范(来者正是苏州昆剧传习所的发起者之一、曲学大师吴梅先生)。他先拱手、再压臂,示意大家坐下,接着听曲。

张充和出演《牡丹亭——游园惊梦》剧照

原本那个唱《蝴蝶梦》的小生,庭中拱手一鞠,说,"请吴先生示教。"场下顿然你一句我一句地提倡着,"请吴先生来一曲。"吴先生清咳了两声,直摆手,笑笑说,"嗓子不好,嗓子不行。唱不得蝴蝶梦,做不了庄子哦。"场下顿时附和着一阵哄笑。

"若吴先生清唱一曲【浇墓】,也直胜过续那出【扇坟】了。"场边那个四妹似乎压低嗓音窃窃说了一句,而二姐则扯了扯她的衣角,示意其别再吱声。而吴先生似乎听到了这句场外之音,微转过身去,微笑示意。

"吴先生的《奢摩他室曲丛》,我们幔亭曲社都曾研读;看到《粲花斋五种》之一《疗妒羹》后边附的那一曲【浇墓】曲词很是好,还请吴先生示教。"那女子竟上前一步,直接向吴先生请教去了。

吴先生略微一怔,迅即说,"【浇墓】一曲确实好,可嗓子真是不行的,要不,我按笛,你清唱一曲么?"那女子也略微一笑,复又推辞说,"我也是刚刚看到先生的书,这支曲子从未唱过,拍子板眼都不清明,晚辈不敢胡言乱唱。"吴先生正在思忖,女子复又提议说,"不如我还是唱那支【题曲】吧,先生说好么?"吴先生点头赞许,拈着笛管,就悠悠地吹奏起来。

这是一出连唱六曲【桂枝香】的戏文,鹤园不大,不到五亩大的地盘上,顿然玉声婉转、香满林园。园中朱祖谋(1857—1931)手植的宣南紫丁香一株,虽未到花时,似乎也由着这一缕玉音,催开了蓓蕾,清芬满园。

《遏云阁曲谱》中的《游园》曲谱

戏文源自一个多情早慧的女子"小青",因酷爱读《牡丹亭》,触景生情而肝肠寸断的情境。实际上,1931年春在鹤园扮作"小青"唱曲的这个民国女子,也酷爱读《牡丹亭》,不但爱读其中的故事,而且爱唱其中的曲子、折子。那些辅排于苏州园林中曲曲折折的路径,或许最适于这样的"曲折"中唱曲听曲,借此洞悉人生的真谛、情爱的无常。这个民国女子家宅于苏州,也最能领会园林中"曲径通幽"的那个"曲"字。古典园林是一种天然仪态,也要借人工雕琢;如唱曲一般,不但嗓子要好,曲谱板眼也要点得清明才好。

直到 1935 年,这个女子还在拙政园的兰舟一侧,于留听阁前辗转流连,荷风四面亭中,与谁同坐轩傍,她常常唱那牡丹亭中的曲子,唱最多的仍是【游园】那一折。

桃花鱼·鱼化石

> 描就春痕无著处,最怜泡影身家。试将飞盖约残花,轻绡都是泪,和雾落平沙。
>
> ——张充和《临江仙·桃花鱼》

> 一条鱼或一个女子说:我要有你的怀抱的形状,我往往溶化于水的线条。你真像镜子一样的爱我呢。你我都远了乃有了鱼化石。
>
> ——卞之琳《鱼化石》

1937 年 8 月 7 日,浙江温州雁荡山大龙湫前,一个身着灰布长衫,面容清瘦,戴黑色圆框镜架的青年男子对着一泓幽潭怔怔出神。

和惯常的中国山水景致一般,深山密林之静谧中,总会忽而于山谷隙处,淌出一线溪瀑,积成一泓幽潭。而于溪潭之侧,照例会在半高处有一所突崖或石台,崖间台上照例会有一所亭子,亭子中多半也是会有一个诗人或画者对景慨叹,流连一番的。

而这个青年男子也是可以称作"诗人"的,只不过他还是更加标新立异写着自由体诗歌的"诗人"。他仍然照例如所有诗人在写诗之前,于情于景,要四处搜罗、四处寄托一番的。他望着亭子高远处的森然山崖,虽然这里并没有想象中常见的多如斑痕的名人题咏之摩崖石刻,山崖上水流状石纹还是引发了他的感想,他暗自思索:

"名胜地方壁上刻了个'水流云在',很有意思。这里的石头上皆有水纹,或许亿万年前,这个水潭原本是一片汪洋湖海。湖海中游鱼如梭、两两相望;可后来终究沧海桑田,鱼皆变作了化石罢。鱼成化石的时候,鱼非原来的鱼,石也非原来的石了。这也是'生生之谓易'。近一点说,往日之我已非今日之我,我们乃珍惜雪泥上的鸿爪,就是纪念。诗中的'你'就代表石吗?就代表她的他吗?似不仅如此。还有什么呢?待我想想看。不想了。这样也够了。"

在这样一番颇富"诗意"的思索中,青年男子自然地联想到两年前的诗作:

"一条鱼或一个女子说:我要有你的怀抱的形状,我往往溶化于水的线条。你真像镜子一样的爱我呢。你我都远了乃有了鱼化石。"他当时几乎是每天都要为这首诗喝一句彩的,不久就托朋友出版了一本诗集,这首诗原本应当仁不让地收录进去的。可是因为一个女子的一席话,又让他放弃了。

那是两年前,也是一个秋日,那位在1933年某个秋日偶遇的女子,又再一次偶遇。第一次偶遇在北平,而这第二次偶遇则在苏州。按照诗人自己的说法,与这个女子的偶遇是"在一般的儿女交往中有一个异乎寻常的初次结识",自然是非同一般的结识。因为是诗人,对这种非同一般的结识,自然是要有诗意的表达和诗化的行为的。诗人当时拿出自认为最好的诗作,请她欣赏;即将结集出版的诗集原稿,自然也就成为这个女子过目之物,他甚至希望,她能给他的诗集取一个极好的名字,那真是珠联璧合的一桩美事。

可惜,女子没有成全这桩美事。她读完他的诗稿之后,微笑着不置可否;他急切地问询,希望得到一个肯定的答复,好或是不好,行或是不行。女子只淡淡地说了一句:过几日,我这边的曲会散了,我想挑几首我喜欢的诗抄个卷子,送给你,好吗?男子欣喜若狂,满口称谢,竟也忘了诗集取名的事项。

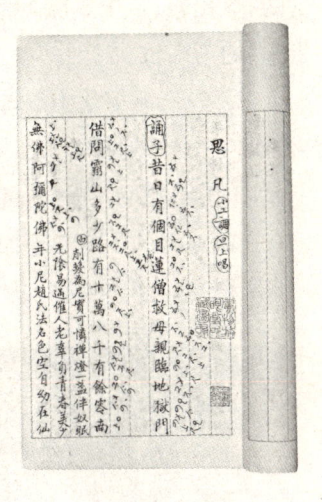

《思凡》曲谱钞本

两日过去,女子抄好的诗卷送了过来。《圆宝盒》《航海》《音尘》《寂寞》《断章》《归》《距离的组织》这七首自由体诗歌,行长行短参差错落地陈列于上,工整细丽的小楷蘸着银粉书写在古意盎然的手卷中,男子视若珍宝,几乎喜极而泣。而卷轴前端题下的《数行卷》题名,又让他思索良久。原来,熟习古典词曲的她,并不认为这些自由体诗行可以最终称其为"诗"的,也实在为这所谓的"诗集"取不出什么题目来。她只是为她觉得尚有些意思的这些诗行,统统地抄录了一遍,然后草草地题下"数行卷"这个名称。

男子苦笑着,领受了这份既珍爱又苦涩的"大礼"。他为自己那部原本珍爱有加的诗稿取名《鱼目集》,将那首女子并不欣赏的《鱼化石》从中剔除,将那女子亲笔抄录的七首诗编印在《鱼目集》的第一辑。

忽然从一番追忆中醒转,是一滴飞洒的雨丝溅在脸庞。青年男子取下镜架,用衣袖拂了拂,复又戴上,径直奔大悲阁而去。那一天,山雨淋漓,山间整日的水雾缭绕,男子寓舍窗前的书桌上,也有点滴溟濛的雨珠。他回到寓舍,关上窗,又即刻抓起桌上的几张废稿,塞在窗棂隙处,方才安稳地坐下,复又开始抄录起来。

张充和,摄于1940年,云南呈贡云龙庵

《金刚经》是他到山中来常做的功课,《观世音普门品》和《普贤行愿品》这类俗课他也常常一抄就是好几遍。桌上一摞普通的方格稿纸,他用钢笔一格一格地抄录,这些来自古印度的梵文经典,经过中国文字的转译,似乎都是格式规范、字句对仗的词章了。而那些七字或五字成行的哲理深远的句子,却终究不是诗,佛家称为"偈"的文字似乎就是某种格式规范的自由体诗歌。他记得,她也是这样认为的,而且就评论过他的诗作,是近于禅偈,虽有哲理趣味,却终究不是诗的。

他又拿出先前抄好的一摞稿纸,认真地翻检起来。这可不是佛经,是他自己以为近期最好的20首诗作,皆是如同一个刚习字的学生,一笔一画对着格子抄录下来的。昨夜已抄录完毕的这个稿本,他在最后一页的末行,郑重地写下:"一九三七年八月七日立秋前夕,为充和重抄于雁荡山大悲阁。"似乎完成了一项极难完成的工作,他长舒了一口气,忽而很有兴致地哼哼,似乎是想唱一支小曲的。

他忽然忆及女子曾经在网师园的那场曲会,在一片如粉云似的桃花丛中,她扮作柳梦梅唱的那一曲【山桃红】:"则为你如花美眷,似水流年,是答儿闲寻遍。在幽闺自怜。"他当时听到,觉得极美,又像是为他自己而唱的。她后来对他说,这是《牡丹亭·惊梦》中的曲子,用的是"天田"韵。他不知道什么"天田",他只记得当时感觉真的"甜"美如梦。

第二天一早,雨后大晴。男子从大悲阁中缓步踱向大龙湫,这一次他没有在半山亭间多作停留,他溯溪而上,似乎饶有兴致地旅行观景。在某个溪流潺潺的隘口,他若有所思地掏出兜里的一张废稿纸,微笑着折叠成一张纸船,轻缓地放入溪中,纸船随着水波晃摇作一个渐远渐小的白点,幻灭于眼波不及之处。

折作纸船的稿纸上写着一首用"天田"韵的自由体诗行:

> 让时间作水罢,睡榻作舟,
> 仰卧舱中随白云变幻,
> 不知两岸桃花已远。

桃花鱼·永字八法

散尽悬珠千点泪,恍如梦印平沙。轻裾不碍夕阳斜,相逢仍薄影,灿灿映飞霞。

——张充和《临江仙·桃花鱼》

1941年4月13日,中国重庆,国民政府广播大厦演播大厅中喧哗纷闹,还不时传出热烈的喝彩与哄笑声,俨然如一座大剧院,似乎正在上演某个时兴的舞台剧。

台下的观众,几乎清一色的绿色衣装。草绿色的军装,束腰的宽宽军用皮带,各式圆盘状的、取下或戴上的军帽(有金色飞鹰、青天白日、红色五星等各式各样的帽徽和领徽)。有拄着拐杖扶进来的,有裹着沁血纱布挪过来的,也有坐着黑色轿车、军用吉普车过来的。有彼此行礼搭讪的,有端立一旁,在腰间搂着一盒公文卷宗的。明眼人一望便知,这是一台为国民政府军人办的演出。

在苏州园林里,终日唱着《牡丹亭》的那个女子,此刻,正在演播大厅后台上妆。依旧的淡施脂粉,依旧的描眉勾唇,似乎又是一折《游园》或者《寻梦》将登台开唱。

【滚绣球】俺切着齿点绛唇,韫着泪施脂粉;故意儿花簇簇巧梳云鬓,锦层层穿着青衫裙。怀儿里,冷飕飕匕首寒光喷;心坎里,急煎煎忠诚烈火焚。俺佯娇假媚装痴蠢,巧语花言诌佞人。看俺这纤纤玉手待剜仇人目,细细银牙要啖贼子心!俺今日呵,要与那漆肤豫让争名誉,断臂要离逞智能。拚得个身为虀粉,拚得个骨化飞尘,誓把那九重帝主沉冤泄,誓把那四海苍生怨气伸!也显得大明朝还有个女佳人!

一支【滚绣球】的曲子唱出,台下早已轰轰烈烈地叫了七八次好,鼓了十几次掌。这位28岁的女子还是有些不习惯这种热烈,眼瞅着台上四个跑龙套的配角都中断了演出,忙不迭地鞠躬回礼,她一时也半是激奋半是紧张起来。毕竟,平日在静悄悄的苏州园林里,终日唱着软绵绵的《牡丹亭》,或是羞答答的《幽闺记》,三五成朋的曲友们或看身段、或听声腔的美滋滋的品评观赏即罢,像这般掌声雷鸣的阵势确实未曾见过。

这一折昆剧《铁冠图·刺虎》,在苏州很少唱过。曲文说的是闯王李自成攻陷大明国都,崇祯皇帝在煤山万寿亭畔自缢身死之后,绰号"一只虎"的李过在宫中搜到一个神色异常的女子,她自称为崇祯皇帝的女儿、大明帝国的公主。李过强娶其为妻,没想到这个原本为宫女的女子竟趁李过酒醉入洞房之时,将其刺死,而后又悲壮地自杀。这折戏从1937年开始,风行于中国各地,至1945年抗战胜利公演不断,其中寓意自然是国破人心在,神州儿女共赴国殇的雄壮气魄罢。

等到女子将"也显得大明朝还有个女佳人"这一句苍苍凉凉的唱完,台下自然又是一阵轰轰烈烈的喝彩;这一次她也跟着台上的四个跑龙套的配角鞠躬致礼。台下的军绿色大阵营中,近排有一位身着暗灰色长衫、面容宽厚的老者频频颔首,偶尔也击节称快,风度儒雅,却也时时奔溢着激奋。老者先前在教育部的一次昆剧公演中,也曾亲睹女子最纯熟的那一折《牡丹亭·游园》,频频赞叹。至此,老者除了照例每天要在家中用羊毫笔写完一百张尺八宣纸之外,只要一听说这个女子的演出,即刻便会抽身前往,一睹为快。这位老者即是沈尹默(1883—1971),与于

《纳书楹曲谱》中的《刺虎》曲谱

右任齐名的民国书坛巨擘。沈来观戏时,女子并不知晓。

女子除了在国民政府教育部供职之外,大半的时间还在张罗各种各样的公演及曲会。在教育部的工作无非是创想着怎样复创一首用于国宾的古乐,而公演和曲会不是《刺虎》即是《游园》;除此之外,女子自小修习的书法,却在这纷嚣浮华的临时国都中,给予她片刻的沉静与安宁。

自小临帖习字的她,以为那涵盖着横竖撇捺弯折钩点的"永字八法",就是这个纷乱人世中自持自守的唯一准则。无论怎样慎之又慎、狂之再狂,无论怎样工整细丽、颠正瘦肥,写好一笔字,总是有法则可循的。书法,正如昆曲一般,阴阳平仄、平上去入四声的基本腔调,加上气韵神韵自通的身姿,同是有不可逾越的基本法度的。有法则、有法度,让她觉得岁月是可以平和、安宁而近于嘉好的。

而那个常来观她唱曲的老者,才让这个自小熟习"永字八法"的苏州小姐明白了,写字的法度并非是笔画的标准,写字的法度要从标准的执笔方法开始。老者寓居重庆曾家岩的一处偏僻宅院,每天门庭若市,探访者络绎不绝,据说从其废纸篓淘选出来的废稿也是需要拿金条换的,可想而知这一定是位有名望的大书法家。而女子造访老者,并非为他的一纸两纸金贵的字幅而来,她只想在一旁静静地看着他写字而已。

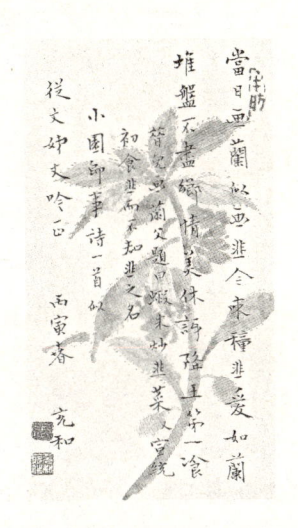

张充和书《桃花鱼》手迹　　张充和书《小园即事》手迹,赠姐夫沈从文

老者见女子过来,也只是微侧着身点头致意而已。之后,仍旧站在书桌前,悬着腕肘,在宣纸上笔走龙蛇。"临过《兰亭序》吧?"老者淡淡地问了一句,像是自语。"一定临过的。"老者果然自问自答。老人递过笔,示意说,"写一行看看。"女子接过笔,工整地写下八个字:"永和九年,岁在癸丑。"写完,女字搁笔,肃立一旁,以为可以聆听到老者什么谆谆教诲。

老者却复又拿起笔,忽而问道:"《长生殿》里有【偷曲】一折,你能唱吗?"女子愕然,惴惴地答道,"那是一折生角戏,而且生角不但要唱多个牌子,还要会撤笛,这一折我没本事唱的。"老者略一沉思,继而微笑着说,"那一折旦角只管唱,生角就在一傍撤笛合上了,你觉得他心里是先搁着曲谱,还是顺着旦角的唱腔吹下去?"

张充和:桃之夭夭・桃花鱼　|　117

女子没料到老者会专门问及这一折她从未唱过的戏文，一时竟怔住了。老者抚了抚胡须，接着自答，"我说啊，这生角之所以能跟着唱词撅笛，既不是他预先知道曲谱也不是他能完全的随机应变，而是一半随机变化，一半是指头功夫过硬。"老者直接拈住笔管，缓缓地写下了一个"永"字，接着说，"学书者都知道'永字八法'，以为那八种基本笔画都是可以标准的，可以根据书家心神气度而变化的，实则不然。跟着描红字贴描了几年格子，脱笔一写，这个'永'字照样无法无天。"女子听了，不禁扑哧一笑，说，"那照您这么说，笔画没个标准的法度，怎么承'二王'衣钵？"

老者也是一笑，接着说，"就我看来，学'永字八法'之前，先要学五种执笔法。学会执笔，才有笔画的端正与风神流露。"说罢，老者并不再写一个"永"字来详加评教，而是回身一转，于书架上取出一支竹笛来，指端拈压着音孔，似乎欲将吹奏起来的样子。女子若有所悟，微微一笑，二人也未再言语。

转眼黄昏时分，夕阳渐染纱窗。老者的宅院中忽而传来一曲悠扬的【画眉儿】，有女子婉转如玉的声腔唱出，"骊珠散迸，入拍初惊。云翻袂影，飘然回雪舞风轻。飘然回雪舞风轻，约略烟蛾态不胜。"接着有一句老者悠然的合唱："这数声恍然心领，那数声恍然心领。"再接着，即是一串爽朗却不喧哗的笑声。

那一年，女子在长江边上，嘉陵江畔，第一次看到一种桃红色水母。以为是深水里罕见的鱼，又似水一般无鳞无骨；以为是落下的桃花，又如雾一般时嫣时白。

桃花鱼·孤独的女子

  海上风光输海底,此心浩荡无涯。肯将雾縠拽萍芽,最难沧海意,递与路旁花。

——张充和《临江仙·桃花鱼》

  1946年初春,女子从那个临时国都辗转千里,返回那个梦中园林——苏州。拙政园,兰舟早拆作了灶间柴火;小飞虹,断了几根梁、塌了几根柱,那一段临波的廊桥早成了"断桥"。鹤园,门扉紧锁,说已是一家纱厂的办公区;门隙中看到那株丁香树上还挂着燃放已久的鞭炮索子,满地褪了朱红的淡桃红纸屑,见证着战争胜利的喜悦与人事消磨的无奈。

  这个惯于在园林间,唱着明朝人曲词的女子,在那个西南孤城,还唱着"也显得大明朝还有个女佳人"的最后一本关于明朝的曲词,而今回到旧时唱游的园林,却着实收拾不起这一大堆劫灰中的旧时图画了。虽然,她于心间还是低吟着《牡丹亭·拾画》这一则的,可最终也不过是让先前一位尊敬的师长在一方锦面册页上题上一页《拾画》中的曲词,便匆匆离去了。这一次,她远赴北平,到北京大学去教授书法与昆曲,在那里,至少还有一所相对完整的园林——颐和园。

  1947年晚春,颐和园听鹂馆戏楼,回廊一侧。一个高鼻子、黄头发,面容平和甚至有些儒雅的外国男子,缓缓地跟在一位着浅绛色素面旗袍的女子身侧。他用不太纯熟的国语对她说,听说,听说你唱曲像黄鹂一样好听。女子微笑着侧过身去,说,黄鹂的声音不好听,叽喳喳的,噪得慌。男子不解地说,这里就是唱戏的地方,为什么叫"听鹂馆"呢?黄鹂的声音真的不好听吗?女子缓步向戏楼台阶外侧走去,一边解释说,这里是听京戏,也就是国剧的地方,声腔是皮黄而不是昆剧。黄鹂,听过那一句"两个黄鹂鸣翠柳"的唐诗吗?男子仍然不解,微皱着眉,问道,那是不是京戏听着像黄鹂的叫声?那昆剧听起来又像什么呢?这一次,女子拾级而上,微笑不答。

男子一边问询,一边紧追了几级台阶,一下子拦在女子身前,微笑着说,想到了,我想到了,我知道昆剧像什么了。昆剧听起来就像夜莺的歌唱,我们德国的诗人歌德就说过女子最美的歌唱就像夜莺,让人忧伤而神秘。女子又笑了,仍然未置可否。

这个外国男子给自己起了个中国名字:傅汉思。德裔犹太人的他,入了美国籍,到中国后经过努力学习,使他有了一个关于语言转译的宏大梦想。他一直努力尝试着用英文翻译中国古典诗词,并试图从中找到两种语言置换中关键的诗意节点。此刻,他正在认真地向这位北京大学的昆曲教授请教,因为他知道实际上很多戏文都是由有韵律节奏的古典诗词转化而来的。而且,他还知道,中国古代的诗词原本都是可以吟唱的,像现在听到的京剧或昆剧一样。

这一次在颐和园的问答,女子并没有太多的答案给到这个外国男子,而男子却以为他对女子唱曲像夜莺一样好听这个重大比喻具有很高的学术价值。他开始搜罗一些关于"歌女"、"夜莺"的中国古典诗词,并试着将它们翻译成英文,然后写出一些感悟和心得,这样的学术成果在国外叫"汉学"。

在他的一本名为《中国诗选译随谈》的著作中,有一个章节题目叫"孤独的女子"。他论述道,中国诗人,无论其性别,都很早就被孤独的女人的形象所吸引。这类作品以"词"为多。"词"起源于八世纪,并于九、十世纪时在歌女中得到了充分发展;因此,"词"的核心形象往往是一位美女——或许,这位外国男子生活和学术的核心形象都应该是一位"美女",而非所谓的"汉学";这位美女自然就是他认真求教并确实认为其歌声如夜莺般好听的那位北大女教授。在颐和园初谈的那一年,他30岁,她33岁。

张充和与傅汉思,在颐和园听鹂馆戏楼一角,摄于1947年

接下来的章节,他精心挑选了三首温庭筠的词作,或许,其中一首是能够打动这位唱曲如夜莺般好听的女子的。这一首《菩萨蛮》写道:

牡丹花谢莺声歇,绿杨满院中庭月。相忆梦难成,背窗灯半明。

翠钿金压脸,寂寞香闺掩。人远泪阑干,燕飞春又残。

1948年11月21日,女子与傅汉思在北平结婚。1949年1月,他们在上海登上"戈登将军"号客轮前往美国。在加州旧金山伯克莱学校图书馆里,他们继续翻阅着那些关于中国古典传统的各种记述。2003 年,傅汉思病逝;而直到 2010 年初春,96 岁的娉婷女子仍在美国耶鲁大学唱着那一折《游园》或者《惊梦》。

这位娉婷百年的女子,正如傅汉思当年用英文记下的读那首《菩萨蛮》时的感悟,他发现"诗作中的主人公根本不会从一处移动到另一处,而是始终留在自己的闺房之中,无论据作者的描写能够从房中看到和听到外面世界中的什么事物"。

张充和与傅汉思结婚照,
1948 年 11 月 19 日于北京

外篇:卞之琳的"单恋"与"当毕"

1936 年 12 月 12 日,西安事变当天,北平《世界日报》的"明珠"副刊,头条文章却是卞之琳(1910—2000)的一篇随笔,题为《"当毕!"》。就目前所见的卞氏各类文集中,还未见辑有此文,各类近现代文学史研究著述中对此文也未见提及,或可称之为"佚文"。为此稍加整理,转录全文如下:

"当毕!"
卞之琳

法文中有一句话，两个字：Tant Pis! 近来我正在译一本法国小说，不时的碰到它。一碰到，精神就一振，非常痛快，单听声音也觉得够爽快了。这自然是就原文而言；译起来可麻烦了：有时候要译作"活该"，有时候"管他"，有时候"算了"，等等。然而这句话对我总是一服兴奋剂，或者简直是一管强心针。因为，我最近累遭了人力所不能挽救的打击，人力所自招的折磨，仿佛被流配到了精神上的天涯海角（我此刻窗外的确有一角海），天天看幻影一点点掉地如门外冬街上我天天独自践踏，愈踏愈少的落叶。而天天逼自己伏案八小时，十小时，叫笔尖像蜗牛似的慢慢地爬稿纸，弄到心身交瘁了，因为怕吸烟，又不能老是嚼几块朱古律，只好搁笔长叹，向椅背上一仰，眯着眼睛耽看有时候（因光线关系）权充写字台的梳妆台镜子里搁着一个死人下颌，这时候忽然使我挺身而直坐起来的就是一声 Tant Pis! 的确，这是我的救星。作"活该"讲：既然自取了，Tant Pis，工作啊! 作"管他"讲：笑骂由他骂，Tant Pis，工作啊! 作"算了"讲：到头来都是一场空，Tant Pis，工作啊! 我简直想今日若有人想发奋用功，当劝他不必学古人用锥戳大腿了，学外国人说一句 Tant Pis! 如何?

　　Tant Pis! 是消极的顶点，积极的起点。这是否定到肯定，破坏到建设的桥梁。这是革命的，前进的。这好比跳远的时候，脚向地一蹬——Tant Pis——人就耸出了。这是塞翁的失马。这是蝉蜕。你要出外，你得离家。旧的不了，Tant Pis，来新的! 失败了，Tant Pis，重起头!"残冬已至，"Tant Pis，"阳春宁尚迢遥!"不过，这是一把快刀，切菜切手指，全看你怎样用。

今晚我仿佛又悟道了。今晚我又受到一点轻轻的磕击,虽然轻轻的,可是对于我一切的绝望,如同对于一杯过饱和的溶液,只一点就点得全体沉淀了——所谓死心塌地吧?我看不起自己,我否定自己的存在价值,我自暴自弃。万念皆休。万事皆休。已矣哉!可以休矣!"当毕!"善哉!这是恰好译的 Tant Pis!可不是?善哉!又是你,"当毕!""当毕!"我的救星!我的神!我绝处逢生。我感激涕零。我俯伏在你足前了。我把满心的沉淀物(这是你要的供品)统统都倒在你面前了。我从此愿日日新,又日新。我要把你的名字当作座右铭。我从此,如同每一篇祷告末尾有一个"亚门",要在我每一篇文字末尾加一个"当毕!"就从这一篇起头吧:当毕!

十二月二日夜

卞之琳《"当毕!"》,刊于 1936 年 12 月 12 日北平《世界日报》

看毕全文内容,可以确定,卞之琳的这篇"佚文",虽于西安事变当天发表,但却着实与时局国事无关,只是纯属个人情感情绪的一次抒写。文中从一个法语词汇而来的种种感想,体现着一位1930年代作家的种种苦闷与郁结,但究竟为何苦闷,究竟因何事郁结,并未明言。

从该文的写作时间来看,很容易让人联想到卞之琳对张充和的那段单恋史。北平西城达子营28号,自1933年初秋沈从文与张兆和新婚后安居于此;"合肥四姐妹"中的四妹张充和因要在北大入学,也投靠暂寓于此。当年入北大就学的张充和,是以国文满分、数学零分的成绩被破格录取的。这位江南才女承袭家学渊源,自幼就在古典文学的精神世界里陶冶芳华,善于琴棋书画与曲词文学,在北平的文人圈子里,渐渐芳名远播。作为北大同学,又同是文学知音,卞之琳与张充和之间的交往,从一开始就埋下了才子才女之间的惺惺相惜。但作为诗人的卞,出于某种敏感与矜持,一直未明确表露情愫,虽自感"彼此有相通的'一点'",却终成一段"单恋",而未能走到一起。卞在晚年回忆起当时的心境:"由于我的矜持,由于对方的洒脱,看来一纵即逝的这一点,我以为值得珍惜而只能任其消失的一颗朝露罢了。"

1935年,张充和因病辍学,由北平返归苏州老家。1936年10月,卞之琳由于母亲病逝,也返归海门奔丧。事后,他由海门去苏州探视张充和,在张家还住了几天,二人也一道游览名胜。他们终于有了一些近距离相处的时光,也因之留下了一帧唯一

卞之琳(1910—2000)

张充和青年时期存照

的合影——在苏州一条小船上。但在这样难得的,也可能是最后一次表白机遇中,卞仍然未能吐露心中埋藏已久的爱意,他自叹"多疑使他不能自信,文弱使他抑制冲动。隐隐中我又在希望中预感到无望,预感到这还是不会开花结果"。他在日记中如是说,结局也如此这般,终归不了了之。正是这次在江南山水中,既兴奋又忐忑却终归寂寥的莫名之旅中,在写无可写、抒无可抒的复杂纠结之情绪中,他写下了这篇《"当毕!"》。

这篇《"当毕!"》看似随笔,实则将卞的诗人气质流露无遗,敏感与神经质、脆弱与想象力,都齐聚一纸。这篇不足千字的短文,与其说是随笔,不如说更像是未分段的自由体诗行。当然,这篇笔触散漫的短文,是可以看作其暗恋史的自省之作的,这是一位暗恋者经常都会有的某种心理"断章"。在这类"断章"书写中,那种单恋沉醉中的挫败感与幻灭感已经再难以洞开新的诗意,让人不由联想到其代表作《断章》。诗云:

> 你站在桥上看风景,
> 看风景的人在楼上看你。
> 明月装饰了你的窗子,
> 你装饰了别人的梦。

显然,仅从文学价值与品读美感而言,这篇《"当毕!"》与卞氏代表作《断章》是无法相提并论的。但从作者个人生活史而言,这篇《"当毕!"》却又和《断章》同属一个情感阶段的文字作品,具有延续递推的编年史效果。众所周知,卞之琳创作于张充和病归苏州那年的《断章》,几乎是新文化运动以来新诗创作的标杆,同时,也为其一生最为读者看重的情诗史划定开端。可以说卞氏情诗的编年史,正是以1935年《断章》开篇,及至1937年《装饰集》《无题》组诗为高潮,是一直绵延无尽,情丝未断的。而他真正与这段暗恋史说"当毕",还要等到他写下这篇《"当毕!"》一年之后。

1937年3月,日军逼近北平,卞之琳南下江、浙、沪等地避乱。5月他在杭州把当年所作的十八首诗加上前两年的两首,编成《装饰集》,题献给张充和,因为这些诗大部分都是为她而写的。卞本拟交诗人戴望舒之"新诗社"出版,但终未果。6月他和芦焚(师陀)经上海至温州雁荡山,住在位于山腰的大悲阁中,在此期间,他一方面仍与张充和保持书信交往,另一方面也开始整理自己的诗作,并于8月7日晚重新抄录《装饰集》一册,准备题赠给张。不知道当时二人的信件中于情感问题透露和表达过什么内容,这份题赠给张充和的诗集,诗人却最终没有送出。据师陀晚年回忆,当时卞为等张充和的信,哪怕是下雨天,他们也要"带着电筒……拿着雨伞跑三里路",到山脚下的汽车站去看有无邮件。

卞的痴情可以想见,可再美的暗恋一旦沦为单恋,终究是花开再美,也无结果的。山水清音,或许只是让诗人发出何处有知音的慨叹;晨钟暮鼓,梵音缭绕也无法尽释诗人怀中的那部"心经"。山中方一日,世外已千年——走出山外的诗人,终归要面对并不诗意甚或苦难重重的现实。

施蛰存日记中保留有这一时期卞之琳行踪的记录,从中可以侧面了解到当年卞辗转多地、颠沛流离的情状。如 1937 年 8 月 31 日这一天,施原本去拜会李健吾,却凑巧遇到了暂寄居于李家的卞。施在日记中提到:"晚饭后同访李健吾兄,健吾夫妇均已早睡。晤卞之琳君,盖寄居李君二楼者。卞君云彼与芦焚君同自雁荡山避暑回沪。"由此可知,卞于当年 6 月赴雁荡山,8 月已返沪。而此刻,两个月的山水消遣之后仍郁结于心的那份情殇之痛,在七七事变、"八一三"事变之后的国难危局之下,却忽然变得微不足道,无从说起了。施在日记中就又提到,卞从雁荡山返沪途中,因携带日文书籍与地图,被当地保安队认作汉奸,送至当地政府关押。后经朋友澄清保释,方才出狱。后辗转来到上海李健吾家中时,卞又因为食用染有"尸毒"的江鱼(江中漂有大量日军屠杀的中国平民尸体)而腹痛中毒,服药始解。

敏感的诗人,当然会第一时间意识到,这一系列的国难剧变中的个人际遇,又岂是暗恋未果这么一丁点青春伤怀可以比拟的。这些民族的大创痛、国家的大悲痛,在这位从雁荡山走出的诗人心中激起波澜,那些私人情感的小伤怀、小情调也渐次停

卞之琳与张充和合影,摄于 1930 年代

息。卞后来回忆那册在雁荡山中抄录的《装饰集》,联系到他对张充和的那份情愫,他自语,"隐隐中我又在希望中预感到无望,预感到这还是不会开花结果。仿佛作为雪泥鸿爪,留个纪念,就写了《无题》这种诗。"

仔细品读《无题》组诗,不难发现这些诗行与《"当毕!"》一文,在情绪与情感时空上的呼应。那种想爱又不敢爱,暗恋又怕失恋,最终只得将爱意付诸失意,将主题归于无题的表述手法,依旧在继续。尤其是这五首组诗的第一首,几乎就是卞与张在苏州小船上那张合影的画外音。诗云:

无题(一)

三日前山中的一道小水,
掠过你一丝笑影而去的,
今朝你重见了,揉揉眼睛看
屋前屋后好一片春潮。
百转千回都不跟你讲,
水有愁,水自哀,水愿意载你
你的船呢?船呢?下楼去!
南村外一夜里开齐了杏花。

写完《无题》组诗之后的卞之琳,应四川大学文学院院长朱光潜之邀,于1937年10月10日抵成都,在外文系任讲师。此时的卞之琳,开始认识到"全面抗战起来,全国人心振奋。炮火翻动了整个天地,抖动了人群的组合,也在离散中打破了我私人的一时好梦,大势所趋,由于爱国心、正义感的推动,我也想到延安去访问一次,特别是到敌后浴血奋战的部队去生活一番"(详见下《雕虫记历》)。诗人的生活重心,开始由情殇之痛转为国殇之切,似乎可以与那段暗恋史说"当毕"了。他也的确说到做到,真的在1938年夏,与好友何其芳、沙汀夫妇奔赴那个时代的红色桃源——延安。

1938—1939年期间,卞之琳热情高涨地去延安和太行山区抗日根据地访问,并一度任教于鲁迅艺术文学院。很难想象,一个新月派代表诗人、一个敏感多情的矜持才子,竟能于此行创作诗集《慰劳信集》与报告文学集《第七七二团在太行山一带》。这些作品完全以写实主义风格,描写和歌颂抗日战士和群众,记叙了抗日根据地的部队生活。大时代的洪流中,卞的情诗史与暗恋史似乎可以告一段落,可以清脆利落地与之说一声"当毕"了!

"百转千回都不跟你讲。"正如当年未曾表白的暗恋一样,卞对张的爱慕持续一生;晚年虽也曾有过交往,却一直有礼有节,没有直白吐露过。从1935年初见意中人到2000年溘然长逝,在这65年漫长岁月中,卞对张的一往情深,终生未能释怀,却始终将爱意埋藏心底,无声印证着那些似水流年中的浪漫诗行。或许,这段现代文学史上著名的单恋史之所以令人关注,就正是男主角一直试图说"当毕",却终究未能说"当毕"的那份诗化浪漫使然罢。

2000年12月2日,卞之琳逝世。之后,其家人向中国现代文学馆捐赠三件遗物:卞之琳为张充和手抄的一卷《装饰集》、一册《音尘集》、一卷张充和手抄的《数行卷》。这三件遗物中,两卷卞、张的抄卷,可谓这段中国现代文学史上最著名单恋史之最重要证物。

《装饰集》抄卷，收录了卞之琳 1937 年的所有作品和先两年的诗各一首，五首《无题》组诗收入其中。在这份诗人亲手抄录的诗集最后一页的末行写着："一九三七年八月七日立秋前夕，为充和重抄于雁荡山大悲阁。"而那一卷张充和手抄的《数行卷》，全卷由毛笔蘸银粉写就，以秀丽小楷抄录了诗人七首诗，卷尾题写的是"为之琳抄"。

张兆和：沉没在沈从文的编年史里

张兆和(1910—2003)，祖籍安徽合肥，长居苏州，为著名的"合肥四姐妹"之一，作家沈从文之妻。1932年毕业于中国公学大学部外语系。1941年开始发表作品，著有短篇小说集《湖畔》、《从文家书》等。

她每天进城上完课后回到龙街家中,就着昏黄的油灯料理家务、照看孩子。原本,张兆和的全心操持与倾力付出,应是沈从文由衷欣慰并为此感到歉疚的;可作为敏感主观的"作家",他所思考的诸如战争与和平、人性与世态等诸多宏观问题,却无法在这个终日为生计运转的家中得到深切关注与探讨。

"合肥四姐妹"中最具文学色彩的张兆和,是作家沈从文的妻子;"三三"和"主妇"是其在沈从文文学作品中的象征符号,熟读过沈从文作品的读者,无不为这两个文学人物感动与心动。能成为沈从文笔下的恋人与妻子,这本身也是一种文学意义上的幸福罢。

然而,作为当事人而非小说人物的张兆和,在文学之外的真实境遇究竟如何?她与沈从文的生活常态,是否真的能从沈从文作品中解读出来?事实上,在创作《边城》和《湘行散记》之后的沈从文编年史里,去探寻其1949年之后不再从事任何文学创作的根本原因,可以明确感受到张兆和的隐形力量,远非文学本身能够描述与说明。她的沉默与沉没,可以给沈从文在文学创作方面无上的自由,也可以悄然收回这一"自由"。

沉默·三三 1931

三三总很安静的自己坐在另一角玩。热天坐到有风凉处吹风,用包谷秆子作小笼,冬天则伴同猫儿蹲到火桶里,剥灰煨栗子吃。或者有时候从碾米人手上得到一个芦管做成的唢呐,就学着打大傩的法师神气,屋前屋后吹着,半天还玩不厌倦。

——沈从文《三三》,1931年8月5日至9月17日作于青岛

"三三"这个永远也长不大的小女孩形象在沈从文小说中出现之前,沈从文还在给一个他称之为"三三"的女生写着情书,最早的一封,是于1931年6月由青岛寄出的。情书中,对"三三"的小孩子脾气无可奈何,却仍竭力说服:

张兆和与沈从文,
1934年春摄于北平达园

> 三三,我求你,以后许可我做我要做的事,凡是我要向你说什么时,你都能当我是一个比较愚蠢还并不讨厌的人,让我有一种机会,说出一些有奴性的卑屈的话,这点是你容易办到的。你莫想,每一次我说到"我爱你"时你就觉得受窘,你也不说"我偏不爱你",作为抗拒别人对你的倾心。你那打算是小孩子的打算,到事实上却毫无用处的。

小说《三三》中,小女孩不允许他人钓自家屋前水潭里的鱼,在阻止不了时,常常有一种幸灾乐祸的小孩子心理,期待着看钓鱼者的鱼竿突然扯断的倒霉样子。小说中这样写道:

有时因为鱼太大了一点,上了钩,拉得不合适,撅断了钓竿,三三可乐极了,仿佛娘不同自己一伙,鱼反而同自己是一伙了的神气,那时就应当轮到三三向钓鱼人咧着嘴发笑了。但三三却常常急忙跑回去,把这事告给母亲,母女两人同笑。

现实生活中的沈从文,因为追求那个叫"三三"的女学生而不得,其窘迫并不比钓鱼时折断鱼竿更好,实则有过之而无不及。

1928年9月,因受徐志摩推荐,时任中国公学校长胡适的保举,只受过小学教育的沈从文开始在中国公学出任讲师,登台授课。是年冬天,也正是在这所大学的讲堂上,邂逅那个叫"三三"的女生,让这位当时享誉新文学界的才俊陷入无边无际的相思。

从1930年2月开始,沈从文开始为这位单恋情人频致情书;一开始,他并不称谓其为"三三",自述体式无称谓的断章,甚至用当时新文学通行的"××"来替代称谓。而半年之久的情书马拉松,沈从文收获的只是对方的沉默与自己的沮丧。当年9月,他和现代大部分单恋受挫的青年一样,希望离开这座伤心之城——上海,奔赴武汉大学执教。

在沈从文的"情书马拉松"中,沉默达两年之久,并始终不予回信的女生,当时年仅18岁,而在沈从文欲远离上海时也还不到20岁。当她从闺蜜那里得知沈从文将远走他乡时,她在1930年7月4日的日记中写道:

我到这世界上来快二十年了,我也不是个漠然无情的木石。可是我是一个庸庸的女孩,我不懂得什么叫爱——那诗人小说家在书中低徊悱恻赞美着的爱!以我的一双肉眼,我在我环境中翻看着,偶然在父母、姐妹、朋友间,我感到了刹那间类似所谓爱的存在,但那只是刹那的,有如电光之一闪,爱的一现之后,又是雨暴风狂雷鸣霆布的愁惨可怖的世界了。我一直怀疑着这"爱"字的存在。

女生首先定位着自己"庸庸"的日常状态,拒斥特立独行的"文学之爱",也怀疑着"现实之爱"的永恒。无论从她的年龄与心理特质,还是从日记中的自我倾诉来看,都与沈从文头脑中的那种文学女神之爱相去甚远。她选择沉默,与其说是暗示着坚决的拒绝,倒不如说是少女时代特有的缺乏安全感的某种表达。

尽管女生的姐姐、闺蜜均与其争论,她们认为与自己的老师谈恋爱,与一个正有所作为的文学青年谈朋友并无什么不妥,甚至还颇有点罗曼蒂克意味,可女生始终不能为任何一种观点所说服。在写下那篇怀疑"爱"之存在的日记之后的第四天,女生终于不再沉默,她径直去找中国公学的校长、当时知名于世的大学者胡适,要坚决地表明不接受的态度了。

沈从文小说中的"三三",也有着这种沉默中的狠决,虽然是近于小孩子恶作剧似的行为。而只有当一个男子深沉地爱着一个女子时,这种狠决才会被美化为小孩子的任性,将近于恶作剧的调皮,描绘得十分可爱。

"嗨",三三抿着小小的美丽嘴唇,狠狠地望了这陌生男子一眼,心里想:"狗来了,狗来了,你这人吓落到水里,水就会冲去你。"想着当真冲去的情形,一定很是好笑,就不理会这两个人,笑着跑去了。

女生这一次向胡适校长"告状",非但没能获得预想中宣言式的了断,反而得到了许多关于赞誉沈从文的"美言"。胡适毫不掩饰对沈从文的推崇,他甚至认为女生应当帮助他,使他有发展的机会!临行时,胡适还煞有介事地做出一种暧昧的"保密"姿态,对女生说,"你们把这些事找到我,我很高兴,我总以为这是神圣的事,请放心,我绝不乱说的!"——女生在九、十岁时就读胡适的作品,那个当时最有名望、最受人推崇的公共知识分子,于当晚谈话之后,在女生的心目中,这个偶像和沈从文一样,轰然倒塌。她在日记中写道:"我没有觉得已和有名的学者谈了一席话,就出来了!"

家人、闺蜜、胡适,谁都无法让她对天天为其写情书的沈从文给予哪怕是一个字的回复。沈从文继续以一种文学青年特有的顽固,继续以一种单恋者特有的爱与哀愁,长篇累牍地进行着自述体式的情书创作。在他将远离上海之前的1930年7月14日,他竟然连续写出6封厚厚的情书,那位女生在读到这些情书后的日记中写道:

看了他这信,不管他的热情是真挚的,还是用文字装点的,我总像是我自己做错了一件什么事因而陷他人于不幸中的难过。我满想写一封信去安慰他,叫他不要因此忧伤。

究竟在这些事上,我仍然是一个小孩,懂得不多,一有点为难便令我束手。

在沈从文离开上海之前,她还是未能给他回信。在小说中,"三三"把城里来她家提亲的人称为"坏人",而且幸灾乐祸的认为城里人很怕狗,当她把这些幼稚的见闻和想法告诉母亲时,沈从文拟着母亲的口吻写道:

三三,你真是还像小丫头,什么也不懂。

沉没·主妇 1936

从 1931 年 6 月从青岛寄出的那封情书来看,沈从文给这个一直沉默着的女生继续写情书的势头不减,他甚至把情书直接发表在了 1931 年 6 月 30 日出版的《文艺月刊》上。情书中那一句"我行过许多地方的桥,看过许多次数的云,喝过许多种类的酒,却只爱过一个正当最好年龄的人",被许多人奉为经典语录。而"三三"这一称呼,从此刻起,成为沈从文对这个女子终身的称谓,一生未曾改变。

而女生除了继续保持沉默之外,那些从异乡飞来的情书继续随着时光的流转递增着,一个单恋者的倾诉,继续喃喃地围绕在这个开始有些彷徨起来的女子周围。女生并没有扔掉或者干脆一把火烧掉这些情书,奇怪的是,她还找来一只箱子专门用于收藏这些情书,甚至还专门为这些前后三年间寄来的情书一一编号,像一个档案管理员那样,时时翻检——"她一面在沉默里享用这份不大得体的殷勤,一面也渐成习惯,用着一种期待,去接受那个陌生的来信。"5年后,沈从文在小说中,这样描述这份特殊的"沉默"。

在青岛大学任教的沈从文,为情书又添注了一些鲜活情趣。他下课后时常漫步海滩,总是有意无意地寻找一些贝壳、海螺、小石子之类,每次封缄情书时,总是塞入这些意外之获。而女生宿舍案头的水仙盆里总会偶尔冒出一颗漂亮的小石子或两片贝壳,闺蜜们对此,总是神秘地嬉笑一番。

沈从文1932年在青岛

在公开发表情书之后刚好一年的时刻,1932年6月30日,有心人沈从文再一次在《文艺月刊》上发表文章。这一次发表的不是情书,而是一部名叫《玲玲》的小说,署名"黑君",文后注明"改三三稿"。很显然,沈从文昔日的学生、今日的单恋情人"三三"对他有了回信,信中具体说了些什么虽不清楚,可的确寄来一篇小说习作,那名为《玲玲》的文稿,请求老师过目指正。这于沈从文来说,不啻于一次天大的恩赐、天大的转机。

当年夏天,沈从文便急匆匆地从青岛奔赴苏州,这一次他直奔九如巷三号——"三三"的家。可是,已从中国公学毕业的"三三"此刻正在去图书馆的路上,从上海坐火车过来的沈从文下午到苏州时,正好与她错过。沮丧无比的他几乎又要即刻走掉,好在"三三"的二姐留下了他暂住旅馆的地址,并一再说她会劝说"三三"来找她,这个清瘦而腼腆的快到 30 岁的男子终于决定,还是在旅馆里再等一等吧。

"三三"回到家中,听到二姐告知沈从文来访的情况时,不禁脸上绯红,犹豫着并不想去旅馆寻他。她说,"谁知道他这个时候来?一个青年女子到饭店去看望一个青年男子,哪里像话?"在二姐的一再劝说下,她仍然打着退堂鼓,她又说,"我去了,怎样开口呢?"的确,在这场沈从文一个人的"单恋马拉松"里,她一直保持沉默,几乎达 4 年之久。沈从文遇到她时,她还是个大学一年级的学生,而此刻,她已经大学毕业,在这种情况下,忽然去见一个一直单恋着自己的老师,怎么开得了口呢?

二姐只得教了她一句极客套的话,叮嘱她说,"你去就说,我家兄弟姐妹多,很好玩,请你来玩玩。"当她怯怯地敲开沈从文在旅馆的房间门时,红着脸,像小学生背书似的一字不改地说,"沈先生,我家兄弟姐妹多,很好玩,请你来玩玩!"这个时刻,沈从文知道,这 4 年的沉默终于有了开启的机会(内心简直会唱:"终于等到你,还好我没放弃。")。正如他经常在情书中将她形容成"月亮"一般,那个时刻,真有"守得云开见月明"似的莫可名状的幸福感。

一直从事小说创作的沈从文,在这一家子苏州弟弟妹妹中间,当然不乏讲故事的天赋与能力,他很快让"三三"一家人取得了信赖与好感,他后来甚至还专为她的五弟创作了一组《月下小景》的寓言故事,虽然题材皆取自于佛经,可从叙事手法上可以明显地看到儿童读物之风格,沈从文用心之深,可见一斑。

而在小说《三三》中的那个小女孩终于在现实中成长，沈从文欣喜而且迫不及待地需要这种成长。早在这次苏州家访之前一年，沈从文就在他的情书中写道：

> 天将不许你长是小孩子。"自然"使苹果由青而黄，也一定使你在适当的时间里，转成一个"大人"。三三，到你觉得你已经不是小孩子，愿意做大人时，我倒极希望知道你那时在什么地方做些什么事，有些什么感想。

"三三"长大后，做的第一件事，沈从文已然有了计划——他要"三三"做他的新娘，组建他们自己的家庭。

1933年9月9日，在北平中央公园的水榭里，沈从文身着一件蓝毛葛夹袍，与那个身着浅豆沙色旗袍的"三三"举行婚礼，结成夫妻。三年后，1936年9月9日，为纪念结婚三周年，沈从文完成了小说《主妇》，小说几乎原封不动地记述了"三三"成长为一个"主妇"的全过程。

> 三年前同样一个日子里，她和一个生活全不相同性格也似乎有点古怪的男子结了婚。一切都是偶然的，彼一时或此一时，想碰头大不容易，要逃避也枉费心力。一年前还老打量穿件灰色学生制服，扮个男子过北平去读书，好个浪漫的想象！谁知道今天到这里却准备扮新娘子，心甘情愿给一个男子作小主妇。

沉默·黑魇 1943

成长为主妇的"三三",和沈从文开始了家庭生活,虽不至于像那段持续 4 年的"沉默",可她也的确话语无多。谁都以为,和这样一位才华横溢、才情卓绝的大才子在一起,几乎是每天都能写一首诗的罗曼蒂克。然而,事实证明,"三三"是一个一旦行动起来并不多作言语的女子,这样的女子和那个时代大多数含辛茹苦的中国家庭妇女并无两样。

这一点,让那些喜欢用文学色彩自述生活,希望用文学编年史替代个人生活史的人感到失望。当然,沈从文一开始并没有这种失望,他只是在婚后三年写成的小说《主妇》中白描这种"主妇"情景,书中写道:

> 为安排那个家,两人坐车从东城跑到西城,从天桥跑到后门,选择新家里一切应用东西,从卧房床铺到厨房碗柜,一切都在笑着、吵着、商量埋怨着,把它弄到屋里。

由于沈从文拒绝了"三三"家中的陪嫁,他们几乎是一无所有地开始了家庭生活。在亲友的多方资助下,他们还是搬进了一处布置一新的小院;屋外尚有一棵枣树、一棵槐树,也许这是他们家庭中最重要的不动产之一,沈从文自我解嘲式地将他们的新居取名为"一枣一槐庐"。后世的文学史研究者,对这个"一枣一槐庐"津津乐道,据考证,这里就是沈从文开始写那部蜚身海内,甚至于得到诺贝尔文学奖提名的名著《边城》的地方。但是，在这里，已经转变为"主妇"的"三三"觉得重要的记忆却是，她在沈从文裤子里发现的一张当票（姑母送给她的一只玉戒指）。或许，在她看来，这张当票于个人生活史而言，远远超过了后世总结的种种关于《边城》的文学价值；这张当票于沈从文的家庭而言，也远远超过了后世颁发的种种文学桂冠之重要。

结婚4个月之后，沈从文返归湖南探亲，又催生出一部经典著作《湘行散记》。在这部主要是以旅行书简方式表达他对妻子的思恋，顺带记述旅途见闻的书信集中，沈二哥与"三三"的柔情蜜意，着实让读者倾羡不已。其中有不少名句，诸如："命运真使人惘然。爱我，因为只有你使我能够快乐！""我要傍近你，方不至于难过。""你若今夜或每夜皆看到天上那颗大星子，我们就可以从这一粒星子的微光上，仿佛更近了一些。"等等。在这些充满诗情画意的书信中，很容易滋生浪漫的想象，几乎可以将从"三三"到"主妇"的全过程，写作一组新月派的自由体诗歌了。

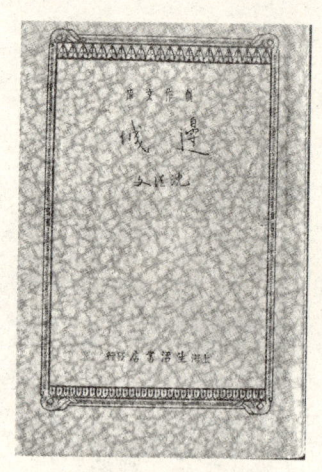

沈从文著《边城》，
1934年生活书店初版

沈从文著《湘行散记》，
1936年商务印书馆初版

特别令人惊讶的是,沈从文婚后仍然精力充沛地大写情书,"三三"却几乎依然以沉默面对。在现在可以看到的相关资料中,只有一封"三三"的信件,并不是回信,而是主动去信,之后似乎是没有对沈从文这一大堆婚后情书以任何回音的。1934年1月9日晚,在沈从文刚走两天之后,"三三"主动去了这么一封信,信中的口吻俨然是一个意志坚决的"主妇",而非那个文学色彩浓厚、女神般的情书主角。信中写道:

接到信,无疑的,你会快乐,但拆开信一看,愁啊冷呀的那么一大套,不是全然同你们的调子不谐和了吗?你接到此信时,只想到我们当你看信也正在为你们高兴,就行了。

落款仍然是"三三",但这不是文学符号意义上的"三三",只是现实生活中的"主妇"罢了。《湘行散记》中的那个文学女神之"三三",在张兆和仅有的这么一封家信中坠落凡尘——女神不再是女神,主妇一直是主妇。这样的行文,理解、宽容、切实的主妇态度,设身处地为丈夫着想的主妇风度都是有的,唯一缺乏的,却是一个小说家需要的审美维度;唯一缺失的,只是那么一丁点有渲染力的、有文学色彩的夫唱妇随。然而,这就是生活。确实,生活不是文学。

从1934年1月1日开始,《国闻周报》开始连载中篇小说《边城》,几乎一夜之间,那个沈二哥远在湘西的故乡成为"乡愁"与文学艳遇的代名词。但在真实的生活中,"三三"与"沈二哥"于此刻却正在逃难途中。他们要去向真正的"边城",是在1937年7月28日北平沦陷之后,向南逃难的终点——云南昆明。

1937年8月12日,在"三三"的再三劝说与催促中,沈从文终于同意先期离开北平,随后再由这个有两个孩子的"主妇"南下与其会合。这一次离去,沈二哥极不情愿,几乎是有些抱怨的。他始终想不明白,为什么"三三"可以那么坚决地让他先走,而不愿意一路同行。他始终想不清楚,为什么一个"主妇"可以如男子般顾大局、识大体,一定要以保护他这个"大丈夫"为先,宁愿自己留在已经沦陷的故都。

文学青年惯有的怨天尤人、伤春悲秋,小说家惯有的叙述想象、潜意识发掘,一下子全部在这位曾经温情脉脉的大才子笔下爆发了,他在一年后抵达云南昆明时写给"三三"的那封信中,表达得淋漓尽致,信中写道:

你还年轻,不大明白我,我也不需要你明白。你尽管照你打算去生活吧。对共同过日子似乎并无多大兴味,因此正当兵荒马乱年头,他人求在一处生活还不可得,你却在能够聚首机会中,轻轻的放过许多机会。你爱我,与其说爱我的为人,还不如说爱我写信。总乐于离得远远的,宁让我着急,生气,不受用,可不大愿意同来过一点平静的生活。

此刻,这个曾经肤色黑黑的梦中情人"三三",似乎转变成一个挥之不去的黑色梦魇。在一家人已经团聚之后的1943年,沈从文创作了小说《黑魇》,仍然无法释怀。

小说中有一个总是沉默着、微笑着的主妇,对丈夫的举动总是不理解也不拒斥,偶尔说一通话,却总能让丈夫哭笑不得、莫名惶惑。沈从文以第一人称,在小说中表述着自己的感受,他

张兆和与沈从文，1935年摄于苏州

写道：

  主妇完全不明白我说的意义，只是莞尔而笑。然而这个笑又像平时，是了解与宽容、亲切和同情的象征，这时对我却成为一种排斥的力量，陷我到完全无助情境中。在我面前的是一颗稀有素朴善良的心。十年来从我性情上的必然，所加于她的各种挫折，任何情形下，还都不会将她那个出自内心代表真诚的微笑夺去。生命的健全与完整，不仅表现于对人性情对事责任感上，且同时表现于体力精力饱满与兴趣活泼上。岁月加于她的限制，竟若毫无作用。家事孩子们的麻烦，反而更激起她的温柔母性的扩大。温习到她这些得天独厚长处时，我竟真像是有点不平。

沉没·传奇不奇 1948

1938年11月4日,"三三"带着沈从文的两个儿子,终于从北平辗转南下,并最终抵达云南昆明,一家团聚。终于,沈从文也从那个忧怨焦虑的文学青年,转变为一个具体的现实的"丈夫"角色,看到"主妇"的微笑,在1943年的那部小说中,沈从文回忆说:

> 从她的微笑中,从当前孩子们的浓厚游戏心情所作成的家庭温暖空气中,我于是逐渐由一组抽象观念变成一个具体的人。"音乐对于我的效果,或者正是不让我的心在生活上凝固,却容许在一组声音上,保留我被捉住以前的自由!"我不敢继续想下去。因为我想象已近乎一个疯子所有。我也笑了。两种笑融解于灯光下时,我的梦已醒了。我做了个新黄粱梦。

"主妇"与"丈夫"在云南昆明的相聚,在那个战乱频仍的年代,或许是有点近于梦幻般的幸运。然而,这种电光石火般的幸运带来的幸福感,很快将在直面困窘生活中消耗殆尽。那时,沈从文一日三餐中能有一碗米线就不错了,如果再加几片西红柿,已属改善生活。战争时期的教师职业,几乎连自己都无法养活。当时,沈从文在西南联大月薪400元,可同时期的物价水准相当高,衬衣700元一件,皮鞋1000元一双。月薪与物价两相比较一下,可以想见作为丈夫的沈从文,是如何的囊中羞涩、力不从

心。仍然是在那部《黑魇》中,沈从文以自嘲的口吻描述自己的职业与境况:

> 我凑巧拣了那么一个古怪职业,照近二十年社会习惯称为"作家"。工作对社会国家也若有些微作用,社会国家对本人可并无多大作用。虽名为职业,然无从靠它生活。情形最为古怪处,便是这个工作虽不与生活发生关系,却缚住了我的生命,且将终其一生,无从改弦易辙。另一方面又必然迫使我超越通常个人爱憎,充满兴趣鼓足勇气去明白"人",理解"事",分析人事中那个常与变,偶然与凑巧,相左或相仇,将种种情形所产生的哀乐得失式样,用来教育我、折磨我、营养我,方能继续工作。

与沈从文的惶惑与脆弱形成鲜明比照的,仍然是"主妇"不可思议的坚强与坚定,《黑魇》中就曾写道,"烧饭洗衣就归主妇,这类工作通常还与校课衔接。主妇的身心既健康而紧朴,接受生活应付生活俱见出无比的勇气和耐心,尤其是共同对于生命有个新的态度,日子过下去似乎并不如何困难。"

这里提到的,家务与校课,"主妇"一人承担,确是事实。

1935年,沈从文与夫人张兆和、长子龙朱及九妹岳萌于北平

1943年初,张兆和就在云南呈贡中学任教,她每天进城上完课后回到龙街家中,就着昏黄的油灯料理家务、照看孩子。原本,张兆和的全心操持与倾力付出,应是沈从文由衷欣慰并为此感到歉疚的,可作为敏感主观的作家,他所思考的诸如战争与和平、人性与世态等诸多宏观问题,却无法在这个终日为生计运转的家中得到深切关注与探讨,以至于在他看到"主妇"充满兴趣地做家务、偶尔与他谈论一些关于家庭理财的琐屑见闻时,沈从文竟深感不安与惶惑起来。《黑魇》中他多次提及"主妇"让他不安的微笑,那个微笑让他感受到某种无处不在的孤独,他写道:

> 主妇一遇到涉及人的问题时,照例只是微笑。从微笑中依稀可见出"察见渊鱼者不祥"一句格言的反光,或如另一时论起的,"我即使觉得他人和我理想不同,从不说;你一说,就糟了。你自以为深刻的,可想不到在人家容易认为苛刻。他们从我的沉默中,比由你文章中可以领会更多的同情。"

1945年9月9日,在沈从文夫妇结婚整一个甲子之际,沈二哥为他的"主妇"又创作了一部小说,名字还是叫《主妇》。"主妇"并不因这部当代一流小说家再次为她创作的小说,而于生活中有任何罗曼蒂克的喜悦,她照例履行着一个"主妇"的职责。这样的情状,在《主妇》中完全是以日记体的方式,纤毫毕现地记录了下来。其中有这样的记述:

> 九月八号的下午,主妇上过两堂课,从学校带了一身粉

笔灰回来,书还不放下即走入厨房。看看火已升好,菜已洗好,米已淘好,一切就绪,心中本极适意,却故意作成埋怨神气说:"二哥,你又来揽事,借故停工,不写你的文章,你菜洗不好,淘米不把石子仔细拣干净,帮忙反而忙我。这些事让我来,省点事!"

显然,"主妇"的一番日常生活话语,彻底解构了沈从文的文学意图以及试图以文学方式来审美生活的种种努力。在第二篇以《主妇》为题的小说中,沈从文终于有从文学中走出,返归日常生活的一点决心,他在小说中总结道:

> 从此以后,凡事再也不能在主妇面前有所辩解,一切雄辩都敌不过那个克己的沉默来得有意义有分量。从沉默或微笑中,我领受了一种既严厉又温和的教育,从任何一本书都得不到,从其他经验上也得不到的。

遥想当年"三三"的沉默,让沈二哥魂牵梦绕;今日"主妇"的沉默或微笑,仍然可以让作为"丈夫"的沈从文无言以对,即使心不悦也只得诚服。事实上,第二次试写的《主妇》这部小说,草草地写了几个段落之后,并未完成。在小说中,沈从文就坦陈:"我看出了我的弱点,且更看出那个沉默微笑中的理解、宽容以及爱怨交缚。终于战胜了自己,手中一支笔也常常搁下了。"此时,不单单是《主妇》这部小说,沈从文几乎已逐渐对写作失去兴趣。

抗战胜利后的 1946 年,一家人终于从昆明返归北平;这一年的 9 月 8 日,沈从文约了几个朋友庆祝抗战胜利一周年,另一方面,也希望能将这未完的《主妇》重新写毕。可正当他意味盎然续写之际,"主妇"并不希望他为了写一个故事而劳累身体,他们和往常一样进行了一场拉锯式的对话,这种对话模式被直接写进了小说,沈从文的小说创作几乎快成了家庭对话簿,且看:

  进入九月九号上午三点左右,小书房通卧室那扇门,轻轻的推开后,主妇从门旁露出一张小黑脸,长眉下一双眼睛黑亮亮的,"你又在写文章给我作礼物,我知道的!不太累,还是休息了吧。我们的生活,不必用那种故事,也过得上好!"

  我于是说了个小谎,意思双关,"生活的确不必要那些故事,也可过得上好的,我完全和你同意。我在温书,在看书,内容深刻动人,如同我自己写的,人物故事且比我写出来还动人。"

  "看人家的和你自己写的,不问好坏,一例神往。这就是作家的一种性格。还有就是,看熟人永远陌生,陌生的反如相熟,这也是做作家一个条件。"

如果继续看完这部小说,也就不难理解,为什么在1949年之后的政治风暴即将席卷文坛之际,沈从文能鬼使神差的、恰恰于1948年的最后一天封笔。其实,并不是郭沫若同志的一顶"桃红色文人"的大帽子压得他喘不过气来,更不是误解深重的丁玲女士为其设置的重重困难使其却步,任何时代风潮,对沈从文这种真正终生需要文学,终生需要审美生活的人,都无法扭转其以私人叙事的方式进行文学创作。实际上，是"主妇"让沈从文逐渐从文学走向生活，彻底从一个理想主义者转变为现实主义者——这些转向与转变，使得那种需要细腻敏感、奇思异想的文学思维方式退出日常生活。

在那篇被后来的文学史家认定的沈从文封笔之作《传奇不奇》的末尾，沈从文以画外音方式来回顾自己的人生境遇与文学创作，他说：

> 我还不曾看过什么"传奇"，经我这一阵子亲身参加的更荒谬更离奇，也想不出还有什么"人生"，比我遇到的更自然更近乎人的本性——一切都若不得已。

真不得已也罢，"若不得已"也罢，皆不仅仅是沈从文一人的不得已与若不得已，那个从"三三"到"主妇"的女子也在这种不得已、若不得已中度过一生。即便她后来供职于《人民文学》编辑部，即便她后来主持整理卷帙浩繁的《沈从文全集》，也并不意味着她与文学本身真正纯粹地发生着什么微妙联系。事实上，关于她的文学传奇，在 1948 年 12 月 31 日沈从文写下那行"三十七年除日封笔试纸"之后已经结束。

沈从文（中）与周有光（右、张允和夫）、顾传玠（左，张元和夫）

张兆和：沉没在沈从文的编年史里

她的沉默,造就一段文学传奇;她的沉默,也造就了"传奇不奇"的生活传奇。她的沉默,沉没在沈从文的编年史里,也沉没在那个时代所有知识分子家庭生活的文学想象中。

严　复：药膏成瘾与妻妾成灾

严复(1854—1921)，原名宗光，后改名复，福建侯官人。清末著名启蒙思想家、翻译家、教育家。毕业于英国格林威治皇家海军学院。首倡"信、达、雅"的翻译标准。译著有赫胥黎《天演论》、亚当·斯密《原富》、斯宾塞《群学肄言》、孟德斯鸠《法意》等。

与林琴南翻译《巴黎茶花女遗事》,感召国人、引领时尚不同,严复翻译《天演论》竟然为自己招来了红颜知己,且还将这红颜知己作了第二任妻子。这真是"书中自有颜如玉"这句老话,在 20 世纪开启之时最具代表性的应验案例了。

楔子:剪不断,理还乱

1900 年 7 月 26 日下午,上海沪西的张园,上海《亚东时报》主笔、33 岁的章太炎(1869—1936)举起一把杭州剪刀,"咔喳"一声剪断了发辫。在会场二百多人的惊愕呼叫中,在莫衷一是的君主立宪和革命民主的争论声中,中国第一根辫子落了地。会场中,有一位名叫"严复"的福州人悄然离去。

1900 年,对 46 岁的严复来说尤其艰难。虽然味同嚼蜡的教职生活让他在天津未能施展才能、青云直上——天津对于这个吃过洋墨水的委培海归来说本也无可留恋——但眼睁睁地看着自己供职二十年的北洋水师学堂被义和团的天兵天将们打砸抢烧,夷为平地之后,也难免有所感慨、一番怅惘了。

然而乱世中并不适宜过多的感慨,正如严先生 3 年前就写出的"物竞天择、适者生存"的句子那样,他此刻最关切的是如何生存的问题,而绝非什么拳匪、洋务、联军、立宪等诸多国策政事。他一溜烟跑到了上海,可还是看到了年轻人剪辫子这一幕,只得再一次避而远之了。

这一年,巴黎正在举办世博会,中国人到法国去参会的各种消息纷至沓来,一时间,国人皆以谈论法国文化为时尚了。严先生的同乡林纾(1852—1924)翻译的《巴黎茶花女遗事》去年就已初版,此时更加炙手可热,大有万人争睹、洛阳纸贵的架势。严先生是早就有林氏签赠本的,此刻,他读着这本洋小说聊以怀旧,却并不去赶什么巴黎世博会的时髦,只是怀念起一些过往旧事和曾经去过的西洋诸国。

"可怜一卷茶花女,断尽支那荡子肠。"——严先生一边看着洋小说,一边吸着"福寿膏",抛下这句云里雾里的感言,自顾自消遣着。在他看来,中国的问题,不是什么文学与文化的问题,而是看热闹不出力的人太多,看热闹不出力还要添乱的人更多。这样的国家状态,不是剪一条辫子就能向好处发展的;这样的国民状态,完全不符合"天演论",绝无任何竞争力可言。他对此颇感失望与无奈,想到

严复1878年摄于法国巴黎

这里,禁不住眉峰重锁,又猛吸了一口"福寿膏"。

中国人向来只管自个儿"福寿双全",管他什么"天演"不"天演"的,老天开不开演,谁能说得准;老天开不开眼,谁也不晓得。此刻,躺在卧榻上吸着"福寿膏"的《天演论》译者,也试图用一种市井小民的口吻自嘲自遣着。垂在一侧的辫子,懒懒地伴随着主人啪啪叽叽的吸烟声,微微耷动着,间或会发出一点毛发与衣物纤维摩擦的细微的沙沙声。

严 复:药膏成瘾与妻妾成灾 | 157

《天演论》引来好姻缘

黄昏时分,广东路河南路口的同芳居茶楼,严先生又来喝莲子羹,伙计们忙前忙后地张罗着。严先生的茶桌上,在端上莲子羹之前,照例摆好瓜子、花生、果脯、点心四小碟;还有一小碟名为"摩尔登"的西洋糖果,可是这里的"洋招牌",大有来历。

原来,这座同芳居茶楼,不是一般的小茶馆、点心铺,它可是旧上海广式茶点"四大居"之一(另外三家是利男居、怡珍居、群芳居)。"同芳居"于1876年开业,位于棋盘街(今河南中路)广东路转角处,是一家远近闻名、旅居上海的广东人必去的粤式茶楼。这里店堂舒适雅洁,茶具精致;茗饮之外,还兼卖粤式糕点和西式糖果。

据说当时南社奇才苏曼殊(1884—1918)也是这里的常客,但他似乎不是冲着这里粤式茶点来的,而是特别喜欢这里售卖的一种叫"摩尔登"的西洋糖果,来此必吃、离此必带。因其曾出家为僧,还就此得了个"糖僧"的绰号来。

这种"摩尔登"糖通常装盛在扁平状的玻璃瓶里,糖体浑圆,色多淡红或淡黄,乍看起来与如今的果味硬糖并无太大差异,算不上什么特别稀罕的吃食。如今还有存世的"摩尔登"糖瓶,可见其上贴有红色标签两张,上方标签用中文注明"摩尔登十景糖",下方标签则为英文,写有"J. T. MORTON"、"LONDON"字样,可知其出产于英国伦敦。这样的中英文双语标签与扁玻璃瓶的包装方式,确实有些特别,如果没有中文标签,将瓶里的糖换成酒水饮料,也颇有洋酒的样式。

当然,在100年前的中国都市里,这样的进口糖果算是个"洋玩意";又据说西洋的"茶花女"最爱吃这种糖,当时《巴黎茶花女遗事》也已译介到中国来了,于是来玩"洋格"、开"洋荤"者也就不乏其人了。苏曼殊只是其中最著名者罢了。据说他也曾想翻译《茶花女》,并公开声称这是他最喜欢的书,且自称"日食摩尔登糖三袋,此茶花女酷嗜之物也"。

至于严先生对这"摩尔登"是否有着浓厚兴趣,后人无从确知。唯一可以想象的场景乃是,他当天应当是在府上过足烟瘾之后,打着舒适的呵欠,登楼小坐;在莲子羹端上来之前,习惯性的环顾周遭,看看有无朝中同僚或师友之类。

无意间,他的眼角余光瞄到邻桌搁着一本摊开的书册,再熟悉不过的字行映入眼帘:"天行人治,常相毁而不相成固矣。然人治之所以有功,即在反此天行之故。"——这即是严先生本人的译著、红遍大江南北的《天演论》里的句子啊。可细看这本册子,字大墨浓,竟然是极精整的木刻线装本,比严先生自己出版的石印本还要精致许多。

他不由自主地走到邻桌,拿起那本精致的《天演论》翻看起来。当看到"且由是而立者强,强者昌;不立者弱,弱乃灭亡"一行字时,字旁行间还有朱笔批注:"强者未必恒强,弱者未必恒弱,强弱之势,相对相成,势随时转,终有化时,此方为天演之公义也。"凝视着这样的读书笔记,他不由地拍案叫好。

严先生叫好的此刻,正好一名20岁上下的女子款款而来。这本书是她方才落下的,出门半道又折回来取书。没曾想,竟与原书的译者不期而遇。后来,这名女子成为严先生的第二任妻子,她叫朱明丽。严先生的朋友黄遵宪(1848—1905)对这段艳遇曾艳羡不已，还有些半信半疑，他在信中感叹道：

> 嗣闻公在申江，因大作而得一好姻缘，辄作诗奉怀，然未审其事之信否也。诗云：一卷生花天演论，因缘巧作续弦胶；绛纱坐帐谈名理，似倩麻姑背蚌搔。

与林琴南翻译《巴黎茶花女遗事》，感召国人、引领时尚不同，严复翻译《天演论》竟然为自己招来了红颜知己，且还将这红颜知己作了第二任妻子。这真是"书中自有颜如玉"这句老话，在 20 世纪开启之时最具代表性的应验案例了。

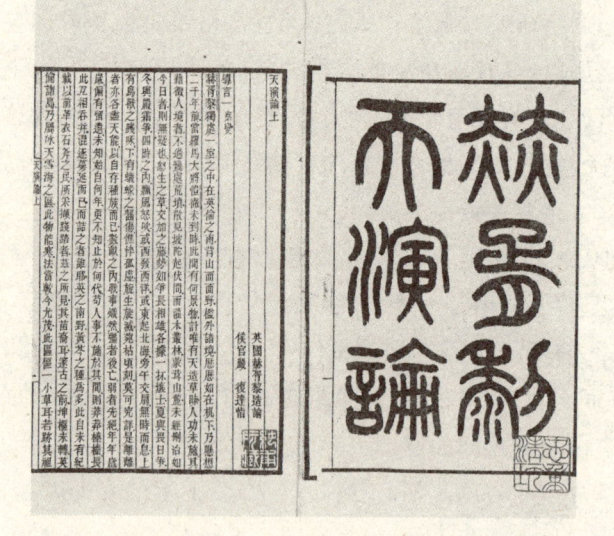

严复译著《天演论》，译自英国生物学家赫胥黎《进化论与伦理学》一书。此为光绪戊戌（1898）侯官嗜奇精舍石印本，是严复亲自监印的版本

先前严复用一句"可怜一卷茶花女,断尽支那荡子肠"来感慨林琴南翻译的《巴黎茶花女遗事》对国人的感召之力,后来黄遵宪用一句"一卷生花天演论,因缘巧作续弦胶"来感慨严复翻译的《天演论》竟生出这么一段"天作之合"来;看来,"洋文"与"西学"在20世纪初的中国都市里,还真有非同凡响的魔力。

然而,生活与理论的符合往往只是"巧合",所有的"奇缘佳偶"与"天作之合",最终往往都会回归平淡与庸常。事实上,朱明丽除了在婚前读过严复的著作并表示过激赏之外,婚后并未和这位名噪一时的"天演学家"继续谈什么"西学"与洋文。那从西方引进的"天演学"与"进化论",在当时的中国社会也没能"天演"出什么特别新鲜的变革——任何一个中国传统家庭中,妻子的职能只能是生育子女、负担家务的两条"铁律",别的都只能是点缀,是可要可不要、最后都不要的点缀。严复的第二任妻子,自然也不能例外。比较特殊的是,在严复的生活世界里,朱明丽除了要服从上述两条"铁律"之外,还要承担两项额外的家庭责任——一是为严复熬制药膏和购买鸦片,二是与其妾莺娘相处。

生活史1:63封信中的病与瘾

与第二任妻子相处不到一年,严复即赴京津谋职。在严复写给朱明丽的63封通信之中,有27封谈自身的种种疾病症状,还有17封则是催促她速寄一种用大烟灰特制的药膏(偶有购买鸦片),有些信则两者都言及。

50岁之后的严复,颇有点病入膏肓的样子。在他的日常生活中,伴随着长期的失眠、肢体抽搐(筋跳)、腹泻与咳喘等疾病,而在当时能够快速缓解病痛的,是一种用大烟灰特制的药膏。但若持续服用后,人体对其便产生依赖性,久服成瘾,是一种轻度"毒品"。世人恐怕很难想象,那个大名鼎鼎的"天演学家",其人生最后的10余年时光,竟是在长期服用药膏,间或吸食鸦片,甚至还要注射吗啡的"常态"中度过的。

1908年9月2日,这一天严复闷闷不乐,始终打不起精神来。此刻,他身在天津,乃是应直隶总督之聘做了"新政顾问官",月薪银三百两。虽然薪水不算低,但初来乍到,身处异地的他感到"甚孤寂"。他在写给妻子的信中感慨,"依人作客,种种不自由,然只得忍耐下去。"夜间失眠的他,对妻子大吐苦水:"药膏一日尚是三遍,夜间多筋跳,睡不着。昨晚直到三点尚不能睡,吃药丸吃睡药都无用。"

1908年9月8日,严复在日记中写道:"是日忽凉,叔吾请客。到长发栈,与叔宜谈甚久。蔡廷幹、哈卜门、林叔泽。"蔡廷幹,曾任北洋水师海军部军制司长。哈卜门(Heckman),德国人,供职北洋水师;1894年在镇远舰上曾任炮务总管,参加过那场著名的中日甲午海战。这些昔日同僚小聚一番,免不了要谈及过往岁月里的明媚与忧伤。如此这般,严先生也禁不住又多吸了几口鸦片,在满室烟云中去追寻那些昔日壮志了。然而,整夜的失眠,让他对那大烟灰制成的药膏依赖更甚,从上海带至天津的药膏眼看着即将用完了。是夜,他忙不迭给妻子写信,信中写道:

> 吾到津以来,别的没有甚么,只是晚间多睡不着,早起

跳筋,昨夜十二点上床,今早五点半即起来也。……药膏吃已过半,事多一日三瓢,不能减少。药单不知往哪里去,又没带有烟灰,市上买灰恐靠不住,今特作快信到家,叫你再熬四剂,一钱灰者,分作两罐,熬好交新铭关买办,即他船亦可,带津交河北学务处严收,切切。

因为担心天津市面上的大烟灰质量不佳,于是,严复让远在上海的妻子亲自置办,再熬好分罐,托付给某位买办,随船运至天津。可想而知,此时的严复,对药膏的依赖程度已经相当深重,几乎到了没有药膏,就无法生活的地步了。

1908年10月3日,朱明丽给严复捎去的两罐药膏,已经有一半被用光了。当天,严复去信称,"药膏两瓶,现已吃完一瓶矣。吾身体如故,惟晚间十二点睡,至多至六点便须起来,其时天或未亮,甚以为苦。一半由肺气不舒,晨间喉中作响如前,须吐痰食药膏后始差。"由此可知,严复的失眠与咳喘症状均未根治,只是完全靠药膏暂时舒缓症状,勉强支撑下去而已。

1908年10月11日,朱明丽给严复捎去的两罐药膏,已经快要用完了。当天,严复写信给妻子,称"药膏再熬剂来,当够用到回时矣"。他的意思是说,再捎来两罐药膏,可以够用到他返归上海探亲时即可。6天之后,药膏"库存"告急,他再次写信给妻子,急切地催促说,"所寄快信,想必收到。此处所剩药膏,不过数日便完,望再熬两剂,装罐寄来,愈早愈妙。"

1909年6月2日深夜,不到一个月前才回家探亲,此刻又重新回到北京学部任职的严复,思家心切,彻夜难眠。回京赴职这段时间,他失眠的症状愈发严重,发展到腿脚抽搐,吸鸦片、服药膏都不一定奏效的地步了。当晚至次日凌晨三点,他给妻子写信,称"到京后虽无甚病,却不算佳,夜间多睡不着,早起大解三五遍不等,药膏只须两顿。临睡因腿跳,常不得已而用吗啡针,所打至少不过数毫之重,然往往仍睡不着,此信即三点钟所写也。"

民国时期吸食鸦片者

原本在 1909 年秋,严复曾有一次机缘,差一点就将这种含有大烟成分、久服成瘾的药膏戒除掉了。他在当年 10 月 27 日写给朱明丽的信中透露,"因患感冒风寒,又缘有同乡医生许钟岳,力劝将烟丸戒净,身体可期强壮。我服其药三四日,便不思再食烟丸,精神食量亦较前稍佳,据言旬月之后,必然大好。"但好景不长,约一周之后,至 11 月 4 日,严复便感到难以支撑,戒烟计划也就此中止。当天,他在给妻子的信中写道:

> 吾从药丸除净后,体力反觉不支,大抵不外泄泻、咳嗽及筋跳三件,昨前两宵作扰尤甚,饭后九十点即非常困倦欲睡,睡又筋跳两三点钟,勤捶不瘥,服睡药亦无效,不得已取家制药膏半茶匙,服下乃得安静。但所睡时刻近益短少,不

过三四点,往往半夜咳醒,坐待天明。

信末,严复仍嘱咐妻子说,"药膏既须服,可再熬两罐来,或寄数两好灰,将方抄来亦可。"据此可知,这一次难得的戒除药膏之机缘,终因严复身心无法支撑,不得不重新服用药膏而结束了。11月16日,严复又开始担心药膏是否够用的问题,他在信中提到,"药膏每日尚须半匙,所用即汝夏间寄由嘉井者,计两罐,可敷过年,不知够否?"看来,他是担心药膏可能用不到当年过年时;但从这条信文又可知,他服用药膏的量似乎突然减少了很多,从先前提到的"一日三瓢"减到了"每日尚须半匙",这又是什么缘故呢?难道,他是因担心药膏不够用,刻意减量服用了吗?或者,虽然戒除药膏未能成功,但对药膏的依赖程度却还是有所减轻了?

事实上,上述的揣测都不成立。严复服用药膏之所以减量,乃是由于朱明丽在药膏上"动了手脚"。这从11月26日严复致朱明丽的信中,就可以得知。信中提到,"药膏一天只服半茶匙,怪不得这么灵,吾知烟灰加重,以后当更少服。"看来,朱明丽是将药膏中的大烟灰成分加重了,所以每天只须服半匙,药效却更"灵"了。当然,严复在得到妻子的告知之后,也意识到了这样做的危险性,遂称"以后当更少服"。

就这样,严复服用这种大烟灰含量增高、纯度更高的药膏,支撑到次年9月;每天的用量却在逐渐增长,并不能控制在最初的每天只服半匙的用量。那"以后当更少服"的想法,当然也只能是一句空话了。

1910年9月15日这一天,严复又向朱明丽催送药膏,他在信中写道:"吾到京后,身体尚支撑得住,咳嗽筋跳泄泻诸症好些,药膏尚日服两茶匙,现又须煮,但前带烟灰已罄,大小姐若来,家中烟灰可先带两把应用也。"

严复为苟延残喘的大清帝国才忙活了几年,安稳日子过了没多久,就迎来了辛亥革命之后的中华民国。新时代来临之际,他又为袁大总统所聘,于1912年出任大学堂总监督,薪水和之前在清廷学部任职一样,仍是月薪银三百两。药膏自然仍是常备之物,但吸食鸦片从先前的间或为之,也要开始成为生活"常态"了。

1912年3月26日,严复在给朱明丽的信中提到,"闻君潜来京在即,来时可托带鸦片二两来京,五元一两便可吃矣。"4月15日,提到"本日于戈升来津取物,已付二十元,叫伊买烟带京"。5月16日,提到"汝处如有钱文,洋烟可再带二两前来"。5月28日,提到"今付上支条三十元一纸,代买大烟六两,有妥人托其带京,千万"。

生活史2:南妻北妾的隔空"天演学"

除了要经常打理那时时刻刻、切切实实挂在夫君心坎上的药膏与鸦片之外,作为妻子的朱明丽,还要学会与随侍其夫左右的小妾江莺娘相处。

江莺娘何许人也?须知,这位女子实际上才是严复真正的第二任"妻子"。自严复首任妻子王氏病逝之后,从1892至1900年,在严复迎娶朱明丽之前,这位江莺娘都陪侍在侧;当时严复38岁,江莺娘才15岁。据严复孙女严倬云说,"她(江氏)

本是书香人家的小姐,但父母相信算命的话,说必须给人当偏房,夫妻才能白头偕老,于是祖母来严家当祖父的姨太太。"

江莺娘为严复生有两个儿子严璿与严琥,一个女儿严璸。但严复与她的关系一直不很融洽。据严复所述,她不识字,个性内向寡言、脾气欠佳,严复甚至这样评价她,"此人真是无理可讲,不但对我漠然无情,饥寒痛痒不甚关怀,即对别人,除非与渠路数对者,差不多人,亦是如此。"可想而知,与服用药膏成瘾的夫君长相厮守之外,朱明丽还得学会与这位"无理可讲"的小妾江莺娘长期周旋。

江莺娘

早在1907年,"天演学家"严复就预见了家中妻妾的纷争不可避免。

当年10月,刚到北京学部谋职的严复,给朱明丽去信告知近况时,特别嘱咐道:"卿与莺娘须格外和好,互相保重,忆吾临行尝作无根之谈,与卿戏笑,千万不可认真,致有介意。"信末,还捎带了一句"莺娘以此信给看可也"。严复的意思是说,这虽然原本是一封写给妻子的家信,但小妾莺娘也可以看看这封信。至于给不给小妾看这封信,则还是由朱明丽说了算。再者,严复信中嘱咐很明确,要妻妾二人"和好",不要再有"介意"。至于为什么介意,他与妻在临行前又什么"无根之谈",虽不得而知,但可知他们夫妻二人的谈话,可能已经引起了小妾的介意与不满了。

当时,在学部负责为公费出国留学生出考题的严复,觉得无法施展才华与抱负,过得心焦头痛,并不舒坦。他很想早日返家,继续做学问或者译"洋书",一心指望着重归书斋,方才觉得岁月静好。然而,从他写给妻子的信来看,却因"学部必欲留我在京","只得暂行答应,然吾心实所不欲,不敢直辞,乃恐招怪耳。"为此,他开始跟妻子商量暂时驻京的一些事宜,还开玩笑说,想再在北京纳一房小妾,以便照顾其生活起居。信中,他以戏谑的口吻谈及此事:"吾若果驻京,尚是置一小眷在此,最为便当,岁时回沪相见,岂不回回新鲜。但太太必吃杨梅酸酒,奈何奈何!一笑。"

后来,严复果然长驻京津,确实需要身边有个女人为其打理生活、料理内务。他当然没有再纳妾,只是那个要追随其北漂的"小眷",最终还是选定了其妾莺娘,而非其妻朱明丽。或许,"天演学家"以为在北京可以顺便管束一下粗悍不识字的莺娘,此后再去通融一下知书识理的上海妻子,终会是个北漂南归、双美团圆的绝好收场。孰料,相隔千里的南妻北妾,竟然也可以隔空对阵,常为一些家中琐事闹腾得不可开交。两年之后的一场闹剧,更是让严复深感妻妾之争的烦扰。

1909年冬,严复在北京任职于学部名词馆,生活渐次安稳,可妻妾之间却因一件琐事再发争端。这一次是朱明丽抱怨严复偏心,在北京买西洋参寄给莺娘的孩子,却不给她的孩子买。严复则写信解释,说明西洋参是萨镇冰送的,由莺娘寄回上海,孩子们都可食用,他并无偏袒之意。除了解释误会、稍加劝慰之外,严复对朱明丽晓之以情、动之以理,特别希望她以正室的身份与风度,尽可能与小妾及其子女和谐相处,以期更好地管理家业,为他分忧解难。

1909年12月27日夜,严复在给朱明丽的信中写道:

> 前次带沪之西洋参,非在京买得,乃鼎铭(即萨镇冰)所送,姨太说细宝必食此物,故听其寄归。我不知毛头亦食此物,今果食之,可向其分用,个个都是我儿女,妇人浅度量,必分彼此,此最不道德讨厌之事,汝为太太,切须做出榜样,以公心示人,而后乃可责备别人也。至于姨太心性,我岂不知?意孤心傲,就劝她亦不受的。其对我尚然如此,他人可知。然亦汝从前于儿女中不善调处之故,致其有以借口也。世间惟妇女最难对付。人家有大小,有妯娌,有姑嫂,甚至婆媳,但凡相处,皆有难言,惟有打头者系贤淑大度之人,处处将私心争心与为己心除去,然后旁人见而服之,不致互相倾轧,然此甚难事耳。

在这场隔着千里之外尚能引发出来的妻妾之争中,"天演学家"也不得不仰天长叹,"世间惟妇女最难对付。"一桩由一根西洋参引发的"血案",竟可以让北京的妾与上海的妻隔空对骂,这可让饱读"西学"、颇通"进化"的严复始料未及。对此,他也万般无奈、束手无策,甚至无助到"自家暗想,真天下第一可怜人也"(严复致朱明丽信中语,1910年5月11日)。之后,在金钱安排、儿女教养等方面,莺娘与朱明丽还屡有冲突,严复只能左右周旋,不胜其烦。

严复1905年存照

翻阅严复在1909年的日记，不难发现，旷日持久的妻妾之争，对他的身心健康造成了多么巨大的影响。譬如他在8月1日的日记中写道："无故又为人所大怪，呜呼，难矣！西北风。"第二天（8月2日），又写道："刘梦得有言：'长恨人心不如水，等闲平地起波澜。'此境非阅历人不知。痛过辄忘，可恨。"遥想当年，这一对"等闲平地起波澜"的南妻北妾，让严复多么烦忧郁闷又无能为力；结果只能是，何以解忧，唯有药膏与鸦片了。

恰在1910年春，江莺娘的一场大病，终于让严复得以摆脱困局。1910年4月24日，严复在给朱明丽的信中，回顾了这场大病的来龙去脉。他写道：

> 姨太当二月初十夜间，不知因何受过惊恐，当时目神甚直，情思昏迷，此即渠打电报叫我回京之候。嗣经培南夫妇来宅，延请美国女医为之诊视服药略愈，经到天津嘉井处住有二十多天。吾到津后，初七与之一同到京，还住石附马大街故宅，所有东西幸尚无恙。姨太初来尚无甚么，至近数日，旧病大有复发之意，日惟困卧，夜间则睡不着，饮食亦甚少进，问所以然，自己亦讲不出，但云上月起心事极为驳杂。耳边常若有人对渠说许多古怪奇离之语，当如此时，则眼睑

自闭,状类昏迷,渠清醒时经我细问,亦述一二,则皆全不接头之语。十三日请女医来诊,给药与服,亦不甚见差。我因渠迷信,顺意而行,曾于当于许愿,病愈回闽建设克神大醮,但渠终是不言不语,欲领渠出门散心,又无处可以投奔,只得听之而已。

此刻,严复又向朱明丽提及江莺娘病倒之后,欲就地纳一新妾,以就近照顾生活之意。他在信中写道:"至我身边乏人侍候,即亦无法,俟届时再作计议。所以年来极想更置一人,但亦艰于物色,若性情不对,即亦无益而徒增累耳。"当然,这只是严复一时的烦闷之语,并不是真有计划再纳新妾。随后,他更为直接的道出了与江莺娘相处的痛苦:"此间京寓本极清静,除两人外余皆是下人……江姨向极寡言,既不出门,又不能看书,针黹近亦厌弃,……凡无一事,只是闷坐卧床而已。度日如此,亦自难堪!"

《天演论》导言五的名目叫"互争",其中的一句话"人治天行,同为天演矣",可以看作是"天演学家"摆脱妻妾之争困局的预言。这么久以来,他自己没办法解决这妻妾之争的困局,"人治"是不行了,好在老天助了他,来了个"天行"——江莺娘莫名奇妙地害了一场疯癫之症;"同为天演矣。"——到了老天淘汰她出局的时刻了。

5月10日晚,江莺娘莫名其妙的突然坚决要求返归福州,为此,严复再也忍无可忍,痛责其非,并表明态度,称其若离家出走即是与严家彻底脱离关系,他不会阻拦,甚至还可以成全。1910年5月11日,严复致朱明丽的信中,比较详细的叙述了这

场"家变"的全过程。信中写道:

> 昨晚汝信来时,吾与江氏正在大相冲突之际。渠自我回京以来,经前更加孤冷,有时闭目不语,有时自笑,问其理由,率不肯说,我只得延医许愿为其诊治。当其高兴,却是好些,面前伺候之事,亦肯稍动手脚。惟不时则说要回福州,或到烟台。昨晚吃饭时节,忽说后日一定要走,铁柱不移。我对渠说:要走可以,但汝是姓严的妻妾,例应凡事受我调度,即十分欲作之事,亦须与我商量,心甘意允,自然可行,而一切经费亦当代汝筹给接济。汝今既欲自由,吾是文明人,亦不肯硬加压制,尽可后日离家。汝从前赔办确花一二百元,即今以此奉赠,作为盘费,一经出门之后,便永远不算我严家之人,一文不能接济,所有衣饰,皆我血汗银钱;所有儿女,系我儿女,上海家是我的,福州住宅是我儿媳的,皆不准住。以后西洋盘经三十二向,任汝爱往何方,吾亦不复过问。要行即便请行。吾年将花甲之人,实在不能受此闲气,汝不走我且要汝走矣各等语,渠亦哑然无词。我说完之后,时已四更,昨宵彻夜无睡,加以这数十日京师少雨,天气燥热,与上海五月底相似,大家皆穿单衫,我实在气苦,今日晨起头痛发烧。自家暗想,真天下第一可怜人也。

终于,江莺娘于5月31日负气离京,取道天津,欲往烟台其弟处暂居。但在天津时,因友人劝说,又于6月5日返归北京,重回严府。6月9日,因其再次与严复发生言语冲突,最终还是离京,奔赴福州而去。当天晚上,严复将这第二次也是最后一次

"家变"的全过程,写信告知朱明丽。信中写道:

  江姨于四月廿三出京,本意即行南去,到津后嘉井多事,将伊劝说一番,乃于廿八日重行到京。但回京之后,人仍是忽明忽昧,或闭目独坐,或无故自笑,或长吁短叹。昨日初二,因渠代我梳辫,时时叹气,我说:"汝既不乐在京,何不当时即行回南,了此一番心事。"渠乃骂嘉井,并说:"我明日即行。"于是重新捆扎行李,至今日四点行矣。渠说这回不到烟台,系一直在沪,在沪一两日,有船即回福州,吾亦悉从其便,但写信与嘉井,嘱其照应上船,并代付洋一百四十元与她。渠现在看似明白,实是糊涂,至于算数账目,更不清了,钱财多付与彼,颇难放心也。

  再者,此人虽有痰病,但其性质,本极寡情,又脾气极其傲兀。回思自渠十五岁到我家,于今十有八年,别说现在,即汝未来之先,便是如此。在阳岐,在天津,哪一天我不受她一二回冲撞。起先尚与她计较,至后知其性情如是,即亦不说罢了。至汝来后,更是一肚皮牢骚愤懑,一点便着,吾暗中实不知受了多少闲气。此总是前生业债,无可中何,只得眼泪往肚里流罢了。且与此人真是无理可讲,不但对我漠然无情,饥寒痛痒不甚关怀,即对别人,除非与渠路数对者,差不多人,亦是如此。如培南夫人,以其夫之命,时常来看;又幼固夫人,与有亲属;琴南姨太,与渠同居妾位,当我正月回中,也曾来宅问好,渠总是板着面孔,与人不交一语,使人不好意思而去。故刻下京中,严姨太性情偏拗,而且孤冷,颇出名也。因其底质本是如此,再加神经有病,愈加不可收拾,既是可气,又复可怜。细思吾命里必然有此偏财七煞,则亦安命而已。刻渠已去,吾耳目倒也干净。……细思起来,即使我老病不堪,渠亦是半路相抛而去,怎的不叫人心冷!

对江莺娘的再次离去,严复既感解脱,亦感心寒,无论是从感情还是亲情层面,他觉得与江氏的宿缘,就此应当决然了断了。他甚至在信中评价说,江氏即使连自己为严家生下的一儿一女(另一子早夭)也无爱念之意。信中称,"又据我看来,伊于亲生儿女爱情,亦的确有限。袁枚诗云:'无情何必生斯世。'我则云:'渠既这等无情,亦何必生此一对儿女耶?'可叹可叹!"

严复与朱明丽,摄于1917年

一封又是写于深夜的长信,写至此处,长期纠结于妻妾"天演学"之中的严复,终于长舒一口恶气,将孤斋暗夜中的喃喃自语换作了与小妾的诀别书:"吾今日即算与伊永别,不但今生不必见面,即以后生生世世,亦不必窄路相逢罢了。"此后严复每月"付姨太四十元",算是尽了赡养的情分,但二人就此分手,不再共同生活。

孰料,江莺娘回福州3个月后,又想回到严复身边,大有复合之意。但严复已断了复合之念,根本不可能再接纳她。1910年9月28日,严复在给朱明丽的信中,明确表达了决不复合的态度,甚至连见面的机会也不再给了。信中写道：

> 惟闻江姨复出，令人毛悚。求汝面恳大奶奶，仍带回闽为祷。若复一同来京，便是促我十年寿数。老实话说，自与春间作别，业已自誓，今生不愿再见其面。因此人过不知足，过于麻木，过无情理，从前已是如此，何况今日！我年将六十之人，虽说前世今生造下种种罪孽，致令闺房之中，有许多难言之痛；且神经瞀乱之人，岂足与伊计较；但现余年无几，实望和平过日，取了残生，不愿再遭反对，终日勃谿。又神经已乱之人，极易反复，当其发作，劝慰威吓，百术俱穷，假使重复来京，我亦不能与之相见。且伊因嫌恶老爷，即老爷所生子女，亦是不爱。他日重行发作，又想回闽，则不独多一番跋涉，亦何苦糟蹋我之钱文乎？我看一家之中，渠与大奶奶以后不知何苦，此时尚讲得来，即大爷亦看她甚好。烦汝对大奶奶说，老翁别无他语，望渠当个慈善事业，家中让一间房屋，将她收养，譬如老翁弃世，做儿子媳妇的，收养一个父妾，亦不算过分事。假使实在难以料理，便把渠送到阳岐，或其外家有亲属人承领，乃至医院尼庵，均无不可。横竖我总酌量出钱，养渠一生，但断断不愿再见其面而已。

信中提到的"大奶奶"，是严复的长子之妻，即所谓"长媳"。严复让本来要到北京探亲的长媳，设法将江莺娘带回福州，否则"便是促我十年寿数"。可见，严复对江氏可谓厌烦至极，见上一面都要折十年的寿，实在是"今生不愿再见其面"了，更何况与其复合？另一方面，严复也承诺可为江氏养老，想了种种办法，也愿意出钱出力,但就是绝计不愿再见其面。

此前,严复已在太安候胡同租了房子,付了租房的定金,原本是想搬家眷同住的。当他听闻江氏可能要与长媳同来北京时,他在信中明确表示,"若使江姨必来,则吾家眷宁可不搬,房子宁可退还赔定,我一生凡事随和,然到断决时,则绝对的固执也。"这是在给包括朱明丽、长媳等在内的所有家眷提醒,江氏绝不能再来北京,若真来了,大家就都别来了。心意之坚、语气之狠,真是一清二楚。

小结:一个人的天演学

《天演论》导言五"互争"中还有一个有意思的比喻:"则盍观张弓,张弓者之两手也,支左而屈右,力同出一人也,而左右相距。然则天行人治之相反也,其原何不可同乎?"大意是说,拉弓射箭,左手支撑,右手拉伸,左右手看上去是各自抵触着的,实际上却是相辅相承的。换句话说,"天行"与"人治"看上去是格格不入的,其实也是暗自融合在一起的。

《天演论》中的这句话用在著译者严复自己身上,也非常匹配。这位"天演学家"一天乃至一世的生活,即可以此写照。一天之中,试想他白天伏案疾书,以信、达、雅的文言文翻译《天演论》《原富》《法意》《社会通诠》等一大批那个时代能看到的第一手西方先进理论,鼓励国人发愤图强,变法求存;黄昏时分,他却间或躺在床榻之上吸食鸦片,吞云吐雾、舒啸呵欠起来;夜间则必得服食用大烟灰秘制的药膏,否则腿脚抽搐、咳喘难眠,一副衰朽残年的惨状。这是一幅多么诡秘莫测的画面,这又是一番怎样的人生秘境啊?

或许,那毒瘾袭来时的"天行"与译著者感召国民时的"人治",以及那识字的妻与不识字的妾,皆是严先生左右开弓的手,虽各自抵触,却自有张力;虽各自矛盾,却借此依存。他的晚年生涯,就在药膏成瘾与妻妾成灾之中,黯然蹉跎,悄然流逝着。

严复用印:天演学家陶江严氏

1921年10月27日,福州郎官巷16号的花厅楼上,不断传出一个老人粗重的咳喘声。不一会儿,有轻微的"咚"的一声,打断了咳喘声。瞬间,一切又复归寂静。一枚刻着"天演学家陶江严氏"的朱文印章落在了地板上,几页信纸飘散其间,67岁的"天演学家"死在自己家中。

1921年12月20日,严复长子严璩从北京回到福州,为其父举行葬礼。然而,朱明丽与江莺娘均未到场出席,一妻一妾均在"天演学家"的葬礼上缺席。遵照严复生前遗愿,他与发妻王夫人合葬于阳岐鳌头山。为严复生育有二子三女(次女严璆、四子严璿、三女严珑、四女严顼、五子严玷)的朱明丽,则独自生活在上海,于1941年病逝。至于江莺娘,因史料文献的缺乏,至今未知其下落。

(注:严复信札、日记内容均摘引自《严复集》,中华书局,1986)

刘世珩：红袖纪年谱添香

刘世珩(1874—1926)，字葱石，号聚卿，别号楚园，安徽贵池人。曾任天津造币厂监督，历办江南商务官报、学务。后任直隶财政监理官、度志部左参议等职。辛亥革命后，移居上海，以清朝遗老自居。酷爱收藏，精于版本校勘，所刻印书籍版本精良、工艺考究，为民国刻本中佼佼者。编著刊刻书籍颇多，有《玉海堂景宋丛书》《宜春堂景宋元巾箱本丛书》《聚学轩丛书》《贵池先哲遗书》《暖红室汇刻传剧》等。因曾收藏唐代大忽雷、小忽雷琴，自号"双忽雷阁主人"，又号"枕雷道人""沉雷道士"。

从某种意义上讲,这个"我朝"只是刘世珩一个人的帝国与家国。刘世珩的"我朝",正以一个人的力量强力维系着,妻妾盈门、奇宝满库的这所庭院楼阁中,他一个人的帝国在一个人的纪年中恍惚存续着。

小引:朱砂痣与红眼病

"红袖添香",历来是中国传统文人心间的一颗朱砂痣。"痣"这个字是一个加了病字旁的"志",有所志向而终为所病者,结成一颗"痣"。这颗痣是铭于心间的一种理想化宿愿,实则也是一种一厢情愿的心病。"红袖添香",一种斯斯文文的艳遇,一种大大方方的炫耀,是多少文人笔下的绚烂却又低调的联想,是多少书生杯酒间的诗梦与行囊中的寄托。

与之相比,"妻妾成群"的想法似乎庸俗了一些,但也更通俗。在古典小说或者戏曲中,男人们一旦有了财富之后,尾随其后的"环肥燕瘦"总是成群结队,似乎财富是达成"妻妾成群"的最直接因素,而无须更多的文化想象。但如果有一个男人,将"红袖添香"与"妻妾成群"完美结合,势必把普天下男人心间的那颗朱砂痣统统都揉碎了,碎沫渗进了眼珠子里,是彻彻底底的让人"眼红"了罢。

这个男人,他曾有两妻两妾,"红袖添香夜读书"是伴随终生的生活方式,而且书读得很精,藏书也很丰富,自己还刻书印书。他的闲适生活,甚至有不知天地岁月般的逍遥,他的妻妾们用笔墨为他书写着这样的人生,并为之留下精彩的纪念。他的生活方式或许根本就不具备普及性,但确实具有典型性,因为他将天下读书的男人和不读书的男人之向往融于一身。他叫刘世珩。

1894—1900:梦凤楼中双红袖

清光绪十五年(1889),刘世珩随其父迁居江宁(今南京),居南城门西三铺两桥卢氏宅之三唐琴榭。不久,已任广东巡抚的刘父为儿子操办了一桩婚事,他选择与同僚缔结姻亲,聘江宁县广东盐课大使傅讳鑫公之女傅氏为媳。这就是刘世珩的元配夫人傅春媺。一对十六七岁的少年就此成为夫妻,傅春媺的名字是刘世珩取的,她原来的乳名叫"小凤"。

媺,读音为"美",古义仍然是美好的意思。"媺人"比美人更进了一步,不但指姿容美好的女子,还概借指有才德(心灵美)的人。或许,刘世珩将这忽忽飞来的"小凤"作为内心最美好的一份宿缘来对待,十六七岁的两个少年就此开始了比"美好"一词更富完美色彩的姻缘。

可惜的是,太过完美的期望往往归于失望,太过完美的人物往往终于早逝。傅春媺在清光绪二十年(1894)正月二十七日子时,在那一声声渐次零落的花炮余响中,在一个江南庭院里黯寂无声的正月深夜中,没有等到春日的明媚,没有待到夫君的弱冠礼毕,就溘然逝去。没有缘由的早逝,让刘世珩的心碎甚至没有来得及付诸笔墨,只是在族人的记载中,给"傅春媺"这个名字留下一个永久的位置和一行简短的文字。

刘世珩聘江宁县广东盐课大使傅讳鑫公之女傅氏

（凤），同治甲戌十三年九月二十九日卯时生，光绪二十年正月二十七日子时卒。

——《贵池南山刘氏宗谱》

刘世珩一家自安徽贵池迁至南京江宁时，曾寄居在城南卢宅，他把这所要经过三铺两桥的暂时寓所称之为"五松七竹九蒲之斋"。或许，这些居所周围主要植物的数目之所以如此重要，之所以要一一记入斋号之中，是因为这些草木或是少年夫妻当年的指盟证物，或是此时少年鳏夫对往事的精确记忆所在。无论如何，过往诸种皆是那一段"即草木皆有情"的见证。傅春媖逝去的那一年，刘世珩考中举人。这一年，他将自己的住所称为"梦凤楼"，自称"梦凤楼主"或"梦凤"。

1900年，七夕。刘世珩又在楼中秉笔直书，似乎在完成一件重要的文稿，总是些兴国安邦的良策罢。在书卷的末行，他题写下一段文字："光绪二十有六年太岁在庚子，双星渡河日，梦凤楼主贵池刘世珩，识于江宁城南三铺两桥寄庐，五松七竹九蒲之斋。"

他搁笔之际，身旁现出一个如玉的女子来，依依静伫，奉上香茗。女子竟然和傅春媖十分神似，又似是而非。难道真有"七夕相会"的神话，或者"天外飞仙"的故事重现？刘世珩接过香茗，未及啜口，即关切地说，"春姗，你也累了，早些歇息罢。"春媖？春姗？春媖、春姗，原是同一家的姐妹。

原来，这对形影相照的女子，皆是傅家女儿。傅春媖的妹妹，乳名小红，后来也嫁给了刘世珩，更名为傅春姗。可能是因为太过奇巧的缘故，刘世珩也暗自惊喜着这"天外飞仙"式的姻缘,他还为傅春姗取了一个私号,唤作"淑仙"。

这一天,刘世珩提笔写卷时,她也正在忙活着一件笔墨物件。她将薄薄的油纸紧紧地衬贴在一册泛黄的古籍页面上,用拈作一绺的极细的毫笔尖,顺着透现出来的线条轮廓轻描细勾,似乎是要将原本的版画一丝不差地摹绘出来。这会儿,她正在描摹着一幅古代的仕女肖像。刘世珩在旁静静地看着她,仿佛眼前的这位女子与她笔下摹绘出来的肖像都如梦境一般美好无瑕,令人难以置信。

刘世珩悄悄地蹑步离去,刚走了两步,又悄悄地折返回来。他从袖中掏出一件小小的物品,轻轻搁在了春姗的书桌一侧。那是一枚小小的朱文印章,上面铭着四个小篆:"暖红室主"。

1900—1908:玉人生香暖红室

1908年,暖红室主人傅春姗依旧在描摹着那些古籍中的精美版画,夫君的藏书日渐丰富,她的画稿也寸积尺累,多出许多来。

时年33岁的刘世珩,由于勤奋聪慧、应时而动,很受朝廷的赏识,已经担任直隶财政监理,离开南京,到京城当差去了。他这一次的升迁,得益于他的一个国富梦想——金本位的帝国货币体系。

他设想,以银1两为单数本位起级,其上再分为5两、10两、20两3种金币,下为5钱、2钱、1钱3种银币和5厘、2厘、1厘3种铜币。自厘至钱至两,皆为10进。此举将克服以前生银称量和铜钱侵冒本位等旧习。他还预想到了实行办法,即先统一国币铸造之局,再统一各地流通之银行金库。在此基础之上,他还希望推行纸币,并已得到朝廷批准,在京师设立币钞印制厂,在湖北设立专供印钞纸张的造纸厂。这一切,他皆奔忙其中,并全力以赴。

在北京临时的寓所中,在西堂子胡同中,他为傅春姗构筑了一所爱巢,名作"宜春堂"。她遵从夫君,款款而来,恬恬而居,随身依旧携带着那枚镌着"暖红室主"的印信,好似她仍然住在过往的那间老宅里。无论身在何地,夫君给她居室取的第一个名字"暖红室",始终是她最中意,也是最执着的所在。

这一年,她继续在那些有精美版画的古籍中找寻慰藉,那些夫君的宠物也成为她的最爱。她甚至模仿着夫君做学问时的口吻,谈论这些古籍和版画,俨然已是一副版本学家的模样。她在那一年的一个冬日里,摹绘完 41 幅《牡丹亭还魂记》传奇中的版画时写道:"右十行本图四十、冰丝馆改本图一都四十一图。盖冰本刻图皆橅此本而去款字,世皆以为冰丝馆所重画者。梦凤楼主今刻四梦,其图皆橅臧晋叔原本,以归一律。余又重橅此图,弁之卷首,可以知冰本之图所由来。益以见余二人之好事矣。戊申仲冬既望,暖红室主人淑仙刘傅春姗并识。"

暖红室刻本《牡丹亭》言怀图

原来,刘世珩除了雅好藏书、读书之外,更喜刻书。凡收藏一种珍贵的古籍,就希望照着它的原样重新刻版,再印出一套全新的、便于广为传播和研究的"准原本"来。早在8年前(1900),刘世珩意外地得到一册《董解元西厢记》,他认为是现存最古老的《西厢记》原本,后来看到并熟知的"金圣叹评第六才子书《西厢记》"已经是删改得一塌糊涂的通行本了。他是一个肯钻研、爱探究的人,于是把手头收藏的各类《西厢记》版本统统考证了一遍,写成一篇考证文章。

傅春姗影摹《西厢记》宋本崔莺莺像全图初印本　　傅春姗影摹《西厢记》唐寅绘崔莺莺像

在考证查阅各种版本时,一套明崇祯十三年庚辰(1640)由湖州刻书家闵齐伋主持刊印的彩色套印本《西厢记》,给他留下了极深刻的印象,妻子傅春姗也连连说好。顾玄纬著《会真记杂录》附有一幅崔莺莺的宋人画像,还有"河中普救寺西厢图",妻子也每每流连,说以往只知道西厢故事,未睹其人真容也不知道具体地理位置,现在看这两幅图便一目了然。为此,傅春姗将这

些古籍中的珍贵版画——描摹了副本,留作自我欣赏的同时,也颇得夫君刘世珩的赞赏。从这一部《董解元西厢记》开始,将古籍的原文、他的考证和夫人的摹本版画一起制版刷印,成为刘世珩除却官差之外的另一份"兼差",他乐此不疲,也颇有成就感。他甚至力图以这种方法和印制模式,出一套规模庞大的、格调高雅的、版本珍稀的、校勘水平极高的、足以流传千古为后人称颂的古代戏剧戏曲丛刊,他将其命名为《暖红室汇刻传剧》。

1912年之前:忽雷双奏宜春堂

1909年,刘世珩仕途顺利,已经任职度支部左参议。这一年他接到友人的一封重要来信,信中装着时任江楚编译官局总纂缪荃孙(1844—1919)寄到京师的《小忽雷传奇》抄本。这当然是刘世珩颇感兴趣的古典戏曲剧本之一,但剧本中透露出的一个信息,更令他心驰神往。

原来,这个剧本是大名鼎鼎的《桃花扇传奇》作者孔尚任与友人合作的一个作品,剧本内容讲的是孔尚任如何传奇般的得到唐代名琴"小忽雷",以及他想象中的关于这把琴在唐代的种种经历。通过对剧本内容的考察以及相关考证,刘世珩了解到,所谓"忽雷",是唐代宫廷乐器中的一种胡琴,体似琵琶,两弦弹奏。除却"小忽雷"之外,尚有"大忽雷"。自唐代制作出来,历来皆为一对儿,孔尚任后来也收藏到了那把"大忽雷",并且也曾与友人合作,编创过一部《大忽雷杂剧》。

这双忽雷琴,原系晚唐德宗时,由江淮转运使晋国公韩滉(723—787)精心制作进献给宫廷的。唐文宗时,它被列为宫闱禁物,郑重保藏。据说清代画家桂馥(1736—1805)曾经亲眼目睹过宝琴,并为之专门撰写了《小忽雷记》一文,文中描述了小忽雷的形状,说琴之首为龙头状,胸部为凤凰形,腹部以鳄鱼皮蒙成;琴柱上有双弦,从龙口中吐出,由颌下一龙珠将两弦分开。其上有篆书"臣滉手制恭献建中辛酉春正书"的嵌银字顶。刘世珩查阅的各种相关资料越多,对"小忽雷"和"大忽雷"的向往也越深;他愈发地痴迷起来,仿佛睡梦中都怀抱着这稀世奇珍。

这一年,傅春姗又为夫君描摹了10幅《红拂记》中的明代版画,在落有年款的那幅图上,精细地描绘着柳枝、小径、筑于河边的楼阁,以及楼阁中静坐案前若有所思的女子。版画的配文是一段小生的唱词,这曲牌为【不是路】的曲词曰:"金勒丝缰,柳外垂缰指短墙。停骖望,依然流水绕村庄。"小生唱完曲词后的自言自语是,"此间是了,不免扣门则个,开门开门。"也许,当年傅春姗在暖红室中、宜春堂里也是这样静候怅望,切盼着夫君扣门的声响罢。

1910年,功夫不负有心人。在刘世珩的苦心搜求之下,小忽雷终于率先浮出水面。1910年春,他听到原籍江苏太仓的陆应庵说,华阳(陕西商县)有个卓文端住在京都,家藏小忽雷和两本乐谱。联想到康熙辛未(1691),孔尚任也是在北京街市上购得小忽雷,这一次200余年后的再度现身,当然不能放过这天赐机缘。费尽心力、财力之后,刘世珩终获大小忽雷的故事,在毫无悬念中继续展开。在两把唐代宝贝皆纳入怀抱的同时,"味经书屋"校抄的《小忽雷传奇》和《大忽雷杂剧》也随之为刘世珩所笑纳。

这一年,刘世珩在暖红室中,与傅春姗把玩奇珍,"大小忽雷"亦成为众多玩物之一种。《小忽雷传奇》和《大忽雷杂剧》因为同样的珍罕,也将纳入"暖红室汇刻传剧"丛书之中。只不过由于没有现成的版画可以描摹,刘世珩将另请刻版高手重新创作版画。与此同时,妻子也没有闲着,20幅明代《西厢记》的版画又描摹完工,也令夫君欣悦不已。

那一年,傅春姗按照夫君收藏的明代凌濛初评本《西厢记》中的20幅珍贵版画,精心描摹,逼真传神。刘世珩即刻请来版刻高手新安人黄一彬按照夫人的画作刻制上版,并在版画的最后一幅右上角郑重地铭刻下两行小字:"宣统庚戌四月江宁傅春姗橅明凌濛初成即空观本,新安黄一彬手刻原图。"

清末暖红室刻本《小忽雷》版画

与搜求奇珍同步进行的,仍然是刘世珩在仕途中的奋发有为。事实上,他从来就不是一个玩物丧志的人,即使他可以花费相当大的精力与财力去搜古觅奇,但这并不妨碍他尽心职守,全力为政。也许恰恰是那些宜春堂中的珍罕古物,让他倍加珍惜眼前的闲适岁月。头上的顶戴、项上的朝珠即是这些古物的护身符——"今朝若不努力,明朝人去楼空"是所有古物聚散与今人浮沉的规律。此刻,在奇珍满贮的宜春堂外,帝国的诸多危情困局,他是看在眼中,急在心上的。

1910年春天,刘世珩继续努力实现金本位帝国理想,他决定说服朝廷,从官僚体制上加以改良,以适应未来的金本位货币体系之运作。他拟具长篇说帖,上书度支部,详细阐述删减财政例案、改良收支制度的建议。说帖详细列举应该删减、改革的各种则例与积习,尤其对以往奏销制度下各类名不副实的款目、收支拨解的

刘世珩刊印《暖红室汇刻传剧》之《小忽雷(附大忽雷)》

习惯以及会计簿记制度等痛切指陈,以祛除妨碍预算的制度性、习惯性障碍作为改革方案,既有利弊剖析,又提供改良的具体方案。

该说帖得到度支部尚书载泽(1868—1929)的激赏,清理财政处立即将这份条陈择要摘录,令各省清理财政局参照执行。度支部在致各省督抚的咨文中称:

> 盖我国尚未有金库制度,财政出纳之机关分歧复杂,既不统一,又不分明,加以苛则繁碎,款项纠纷种种情形,诚与预算、决算前途均多窒碍。现值试办预算,各省自应速订收支章程,相辅而行,使预算方有着手之处。

当然,虽然说人可以创造历史,但历史往往不为个人的意志所转移,更何况是一个小小的刘世珩。这份说帖的主要内容还没有完全变作官方文件,还没有来得及直接作用于次年清政府财政案之际,辛亥革命已经以迅雷不及掩耳之势爆发。此刻,历史不再需要改良主义者,舞台中央的占据者头上只插着一个标签——革命。刘世珩等注定要退出这个舞台了,区别只在是被革命者踢下台去,还是自个儿找个台阶悄悄地下来。

1912—1919:妻妾同作无情游

1912年,民国元年。

宜春堂中一片狼藉,残稿破纸散乱不堪。除了一队荷枪实弹的"革命军"之外,尾随其后的古董商、书贩子、帮闲,甚至于原来府上的一些仆佣皆纷至沓来,以为终有几枚洋银、一卷古画、几册旧书的收获。奇怪的是,他们竟一无所获。

后来有人回忆说,"革命"那一年,除了见到傅春姗进出走动过之外,根本没见到过刘世珩。也有人说,当时刘氏尚在湖北督造纸钞,根本就没有回过京城。还有人说,当年革命军在湖北炮轰纸钞厂,耽怕是早把刘先生给灰飞烟灭了。另有一种说法,则更为怪异,说是傅春姗因为心神不宁,去请了一个道士来宜春堂上看风水、祈平安;有人曾亲眼看见傅春姗给那个道士及其徒儿们大批赏赐,大包小包地运出了堂外,扬长而去。

传闻中的那个道士,已在上海偏远的郊区购置了十几亩地,筑建了自己的居所。这里有一条东北至西南走向的小河浜,因当年周围居民以编织草鞋为业,上海人管这里叫"草鞋浜"。道士并不孤单,傅春姗随之而至,相伴左右。这一年,她依旧描摹了一些夫君藏书中的精美版画,其中就有明代徐渭的《四声猿》杂剧原刻本中的8幅版画。

第一幅版画,是"狂鼓史渔阳三弄"剧本中的一个场景,讲述的是忠臣冒死痛骂奸臣的传统故事。故事出场的第一个角色,不是人而是鬼,准确地说是一个"鬼官",是帮助阎罗王判案的一名"判官",自称别号为"火珠道人"。他出场的开场白是,"咱这里算子忒明白,善恶到头来撒不得赖,就好那少债的会躲也躲不得几多时,却从来没有不还的债!"

鬼官开场白旁边就配着一幅傅春姗描摹的版画,版画中人间的长官向这位鬼官点头哈腰,甚是尊敬,跟随的一大帮鬼卒手捧各式美食,陪侍其间。在版画左下角翻涌的云朵纹样一侧,写着"小红景图"的字样。"小红"就是傅春姗的乳名,"景图"就是用薄纸影摹的意思。

在《四声猿》的"雌木兰替父从征"剧本的配图中,傅春姗则留下了更为明确的纪年与题记:"宣统壬子秋江宁傅春姗橅图。"插图一旁,剧本中替父从军的花木兰有一套唱词,傅春姗在这一年也常常轻声吟唱:"休女身掷、缇萦命判,这都是裙钗立地撑天,说什么男儿汉。"

这一套唱词的格律所依是北方杂剧乐曲中的曲牌,名为【点绛唇】。傅春姗唱罢,屋外的道士往往也要随之附和唱上一曲【点绛唇】,那苍凉雄浑的北方声腔,即便隔着那条小河浜的对岸都能听得到。

道士的唱词仍然出自"小红景图"一旁的配文,那是"狂鼓史渔阳三弄"剧本中的唱词:"俺本是避乱辞家,遨游许下、登楼罢,回首天涯,不想道乍相逢,就惹出顿闲相骂。"

1914年,上海草鞋浜的道士居所内,已经张挂起"楚园"的匾牌。园内又新建了一所阁楼,叫"双忽雷阁";而道士的名号也公开了出来,他叫"枕雷道人""沉雷道士"。他就是刘世珩。

原来,辛亥革命之后,刘世珩早已携财产家眷奔赴上海,在草鞋浜购地置房,聊以避世自娱。随他而来的,除了夫人傅春姗之外,当然还有那"大小忽雷"和点检无遗的万卷珍籍。他不愿赴民国政府谋职,也不愿剪辫子、换年号,不愿就这样做了"顺民"。他以前清遗老自居,索性将发辫盘卷头上,簪冠束服,俨然一副道士模样。

他之所以称之为"枕雷道人""沉雷道士",一方面是称时应景,符合现在的这一番扮相;另一方面,也看得出来对"大小忽雷"的珍爱之至,既要"枕雷",还要"沉雷",可谓朝夕不离左右。当然,知情者更知其另一内幕,这两个新名号的由来还另有隐情,这与他新纳的两名小妾有莫大的干系。

吴观岱作《枕雷阁图》

刘世珩新纳的两名小妾童嬛、柳嬺,不但聪慧伶俐,而且擅通音律、能奏琴吹箫,还粗通文墨、能料理文档。在刘世珩喜得

"大小忽雷"之后不久，又不愿宝琴空置，希望能物色到可以弹奏宝琴、且粗知曲文的可人女子为妾，常侍左右。童嬛、柳嬿一入"楚园"，便被刘世珩径直呼作"大雷""小雷"，友人间有"人琴俱枕双美全"之誉。

就在前一年，也就是1913年，69岁的吴昌硕更为刘世珩的这段佳话，治印"双忽雷阁内史书记童嬛柳嬿掌记印信"，款曰："葱石参议，辟世海上，自号枕雷道士。盖于京师得唐时大小忽雷，名其阁曰双忽雷。二姬即以大雷、小雷呼之。焚香洗研，检点经籍，有水绘园双画史风。为作此印，亦玉台一段墨缘也。癸丑暮春之初，安吉吴昌硕记。"

这一年，"暖红室汇刻传剧"丛书的刊刻仍然没有中止，反而增加一个分类，即"双忽雷阁汇订全本曲谱"丛书。刘世珩的想法是，除了要搜罗刊印各类珍罕的古代戏剧全本之外，还要对一些简短的、篇幅不太长的戏剧作品订立曲谱，使之不但能够在案头阅读欣赏，还能够在舞台上下浅吟低唱。他邀约曲学大家吴梅、订谱名家刘富梁等专为他这个想法提供专业顾问与实际编撰。当然，"双忽雷阁汇订全本曲谱"的编写过程中，两个小妾自然也常伴左右。

双忽雷阁内史书记童嬛柳嬿掌记印信

于是，在署有"梦凤楼、暖红室校订"的剧本丛书之外，又多出一种新署为"沉雷道士鉴定,大雷童嬺、小雷柳嬺侍拍"的曲谱丛书来。从"大忽雷杂剧"开始,到"通天台杂剧""临春阁杂剧",目前能见到的三种曲谱,皆是刘世珩和两个小妾厮守的存照罢。

《大忽雷》杂剧曲谱

这一年秋,傅春姗描摹完毕明代《疗妒羹》传奇剧本的14幅版画。奇怪的是,这项工作似乎并没有按照夫君的旨意进行,因为作为"暖红室汇刻传剧"第21种的这个剧本,原本并没有排在这一年的出版计划之中。事实上,在刘世珩生前,这个《疗妒羹》传奇剧本也并没有能印制出版。那么,傅氏为什么会对这个剧本情有独钟呢?

《疗妒羹》传奇剧本,以多情才女"小青"的悲惨经历为原型,主要描写了旧式家庭中妻妾争宠、相互猜忌又相互伤害的传统故事,剧本以"小青"的早逝结束,为这一场妻妾相争的闹剧画上了一个于妾而言是悲剧、于妻而言是喜剧的句号。《疗妒羹》的结局无论是痛惜小青的悲剧,还是旁观妻妾争宠的喜剧,都无法挣脱一个旧式家庭的传统情结,即男人宠妾而薄妻。与"小青"一样同具才情、同具聪慧且一直以来深受夫君宠爱的傅春姗,在其夫突然新纳两妾的情形之下,对这个剧本又作何感想呢?

对此,她没有更多诉诸文字的抒写,只是一如既往,在最后一幅描摹完稿的版画一侧题写下纪年与名款:"甲寅九月暖红室主江宁傅春姗橅原图。"而这最后完稿的图画,画面上却是一番闹腾不宁的景象——一名持剑男子在堂上正对着一个妇人吵嚷,妇人呼天抢地,似乎是在哀求着什么,旁边一群人作看客模样,喜怒随意。这是《疗妒羹》的最后一出戏中的内容,发生在爱妾小青死后。男主角为了教育好妒泼悍而一直没有生育的妻子,在让其一起出席一位友人喜得贵子的满月宴会。原来,友人的妻子秉性贤良,在不孕之际主动帮男方纳妾,结果妻贤夫得福,妻妾竟奇迹般地同时育子。最终的结果是,来出席这场满月宴会的妒妇终于悔悟,表示痛改前非,允许男主角纳妾。画面上的场景,就正是男主角怒不可遏,现场为妒妇说法的情形。

这一年冬,傅春姗又为夫君描摹了明代《紫钗记》传奇剧本中的35幅版画,在全剧最后一出戏的插图中,她的题款为:"宣统甲寅冬,刘傅春姗影橅臧晋叔本原图,于上海楚园。"画面上官员模样的夫君与妻子一同跪伏于堂中,展开的香案边有钦差正在宣读圣旨,一家人夫贵妻贤的场景复又跃然纸上。

1919—1926:暖红一辑再无香

1919年11月某日,上海楚园中高朋纷至,笙歌鼎沸。

这一天,童嬛、柳嬿依旧盈盈侍立于枕雷阁中,客人们有需要翻阅图书、把玩古物的皆随她们张罗。笛韵茶香、墨漆纸白间,两位侍妾穿梭于刘世珩与各位宾朋之中。忽而刘世珩起身拱手,示意有话要讲。

他拿出案上的一函书,示意大家观赏。在座的有况周颐、吴昌硕、林纾、吴观岱等书画名宿,打开函套,翻开首本书册扉页时,都凝视不语。半晌才啧啧发出赞叹来,扉页上有一手清秀的隶体字,"董解元弦索西厢记,暖红主人傅春姗署检。"显然这个"名家"题签,出自刘世珩夫人之手,还是颇令这些书画名宿们有点始料未及。

历经近 20 年工夫的"暖红室汇刻传剧"丛书,从这一册《董解元西厢记》开始,到 1919 年正式汇辑为丛书统一印制出版,前后共有 6 函 32 册,正 30 种,附录 14 种,附刻 6 种,共 50 种,别行 1 种。如此庞巨的规模,让刘世珩在序言中不无自豪地宣称:"我朝论传奇杂剧之有汇刻,当以余为五丁之首凿蚕丛。梦凤楼、暖红室之名,其或可不蔽于天壤间也乎。"

实际上,刘序中的"我朝"此时早已覆亡了 8 年之久,而一直以来他仍以"宣统"为纪年,"暖红室汇刻传剧"丛书中看不到任何一处"民国"字样,即使在傅春姗摹绘的版画题款中,也只有光绪、宣统或者甲子纪年的方式。

傅春姗署暖红室汇刻传剧
之董解元西厢记

或许,这个"我朝"还不能完全地认定为"大清帝国",从某种意义上讲,这个"我朝"只是刘世珩一个人的帝国与家国。刘世珩的"我朝",正以一个人的力量强力维系着,妻妾盈门、奇宝满库的这所庭院楼阁中,他一个人的帝国在一个人的纪年中恍惚存续着。

在这一个人的帝国中,周代的青铜、汉代的明灯、宋代的纸墨、明代的图画,以及各种珍罕的古籍,随处可见可观、可读可用。在这里,不但有原汁原味的深宅秘藏,还有主人为之翻刻、翻拓、翻造、翻版的各种新生"古物",荟萃一堂。美丽的红颜也为他的古物厮守,有经典的沧桑,也有华艳的新篇。

即便是唐代的霓裳曲,在刘世珩一个人的帝国中,也是可以亲耳聆听、再得耳福的。曾经秘不示人、更难得弹奏一曲的"大小忽雷",在刘氏授意、妻子傅氏主持、二妾大小雷监办的同心协力之下,竟仿制成功。那红木琴身,龙头曲项,梨形音箱,蒙以蟒皮,皮边缘镶牙一道的忽雷琴,几乎在每次欢宴之际,都可送来一曲唐乐雅奏。满座的高朋俊友,聆此天籁,每每有今夕何夕之感,不复天上人间之慨。那些仍然坚持用"宣统"纪元的遗老故友,听到这富丽苍劲的"唐音",甚至禁不住老泪纵横,潸然涕下。

1923年7月2日,前清县令级别的遗老吴鸣麒回忆起当年在楚园亲聆"唐音"时的感触,挥泪写下一首诗来。诗云:

杂剧洋洋集大观,四弦挑拢玉葱寒。
童嬛柳嬨归何处,一枕双雷泪未干。

吴老在"泪未干"一句之后特意加了注解:"嬛、嬨两内史名,先后逝去。"原来在吴老泪涟涟地写下忆旧诗篇之际,刘世珩的两名爱妾已先行逝去了。至此,"大小雷"先后的逝去,也让"大小忽雷"从此不再鸣奏。唐音也罢、天籁也罢,原琴也罢、仿琴也罢,双忽雷阁上、枕雷阁中,只留下刘世珩一人,尚能哼唱一曲《小忽雷传奇》中的小曲儿了罢。

刘世珩:红袖纪年谱添香 | 197

看忽雷无端悲又喜,游戏浮生世,
都悲白发生,谁把乌纱弃?
听那景阳钟儿,还要早些起!

也许,刘世珩就哼着这样的一支小曲,睹琴思人,观物念旧。一大堆自刻自印、自掏银钱发自家感慨的剧本就搁在案头,随意拈出一支两支来唱念一番也足可消遣。只是忽而想有个笛儿、箫儿的伴一伴声儿,随口喊一声"大雷""小雷",却再无人应答,怅惘亦是难免的。暖红室主人近来也不怎么摹绘了,说是眼神不太好,有些力不从心了。

刘世珩着道服存照

刘世珩一声叹息,不看剧本,又去看他的那些宋本《孔子家语》《杜陵诗史》去了;不听大小忽雷,自顾自又去翻看那些周鼎汉碑的金石拓片了。1926年,刘世珩至杭州为其父修佛事,归后咳血未止,旋即病逝,时年52岁。

暖红室主人的下落则语焉不详,没有明确的记载。那些刻着她精心摹绘的版画刻板从此再也没有印刷过,"大小忽雷"也被后人分拆典卖。1947年,刘世珩的儿媳杨婉伊通过旧书店主李德元的介绍,把暂存于狮子林中的刻板辗转卖给了时任上海市长的钱大钧。那些在民国时代刻着前清年号的戏剧剧本底板,在民国行将结束之际,又戏剧化地完成了一次自己的纪元。

这套板片,在后来的一九五〇——一九九〇年代均有无数次的零散刷印,让后世读者在渐次模糊的刻印线条中,在那些需要细心考证的纪年与题款中,体味和揣度当年的华丽与无奈、香艳与苍凉。

吴　梅：暖香楼中折子戏

吴梅(1884—1939),字瞿安,号霜厓,江苏长洲(今苏州)人。一生精研曲学,以执教为业。自1905年至1916年,先后在苏州东吴大学堂、存古学堂、南京第四师范、上海民立中学任教。1917年至1937年间,在北京大学、东南大学、中央大学、中山大学、光华大学、金陵大学任教授。对诗、文、词、曲研究精深,朱自清、田汉、郑振铎等都曾向其问学,梅兰芳、俞振飞等也曾向其学艺。辑有《霜厓诗录》《霜厓曲录》《霜厓词录》等行世,著有《中国戏曲概论》《顾曲麈谈》《词馀讲义》《南北词简谱》《元剧研究ABC》等。

少年才俊们痴怀难舍的温柔乡,往往系于一人一时之间,湘真阁、暖香楼,都是这样梦魅一般的场所。而年过半百,盛名南北的吴梅,此刻回首少年游迹,这一支当年在"暖香楼"上唱彻风月的南曲,实在是逞尽才华,华艳依然。

第一折:子虚乌有暖香楼

《红楼梦》第50回回目是"芦雪广争联即景诗,暖香坞雅制春灯谜"。暖香坞是惜春的住所,名虽动听,但只是小说虚构的。而"暖香楼",则是吴梅在一本杂剧中虚构出来的处所,虽然与惜春无关,但却与一个真实的女子有关。

1906年,23岁的吴梅创作了一本杂剧《暖香楼》。按照他自己在序言中的说法,"丙午岁,乡居杜门不出,杂取各家笔记读之。"他创作的这本杂剧,就是根据明末才子余怀所作《板桥杂记》里记载的一则文人轶事而演绎出来的。原来的故事,书中记载如下:

> 莱阳姜如须,游于李十娘家,渔于色,匿不出户。方密之、孙克咸并能屏风上行,漏下三刻,星河皎然,连袂间行,经过赵、李,垂帘闭户,夜人定矣。两君一跃登屋,直至卧房,排闼开张,势如盗贼。如须下床跪称:"大王乞命!毋伤十娘!"两君掷刀大笑,曰:"三郎郎当!三郎郎当!"复呼酒极饮,尽醉而散。盖如须行三郎当者,畏辞也。如须高才旷代,偶效樊川,略同谢傅,秋风团扇,寄兴扫眉,非沉溺烟花

之比,聊记一条,以存流风余韵云尔。

一个叫"姜如须"的文人,在秦淮名妓李十娘家中留恋声色,不愿出门与朋友交游。两位朋友装作盗贼模样,夜闯李十娘家,惊扰了姜如须的闭门春梦。当然,这是一个文人雅士才玩的把戏,带有"雅谑"的意味。在秦淮风物中,自然因这个400年前的"雅谑",平添风韵。吴梅正是把这个故事情节非常简单的风韵旧事,按照古典戏剧的格式,重新演绎了出来,貌似一本喜剧。

遥想16岁的吴梅,因追怀戊戌变法六君子,在这六个"乱党"被砍头之后一年即提笔写下《血花飞》传奇,吓得父亲连夜焚稿,深恐因此惹祸。22岁时完成的《风洞山传奇》,也是写明末抗清的悲烈故事。无论是《血花飞》还是《风洞山》,其忧愤追怀、借古讽今的意味都非常明显。生逢晚清乱世的少年吴梅,似乎也一直是壮怀激烈的热血书生。可此时的他,为什么会选择看似结构简单、毫无波澜的一桩文人琐事来作为创作的素材呢?

吴梅在《暖香楼》杂剧自序中称,"暖香楼之作,非独寄艳情,亦且状故国丧乱之态,虽谓之逸史可也。"如果按照这个说法,似乎这是以儿女情长为故事线索,借情事映衬史事,以此来表露世态沧桑的剧本。《桃花扇》《长生殿》等名剧都是这个套路,这是家喻户晓的剧本创作经典技法。然而,《暖香楼》自序中的"自说自话",却很难"自圆其说",因为与这些名剧相比,无论从故事本身还是创作手法而言,似乎根本没有相提并论的可能。这仅有一折内容的新派"折子戏",不但篇幅极其有限,难以展开,而且所采素材本来近乎玩笑,实在看不出任何有寄情于兴亡的意味。

吴梅著《暖香楼》杂剧，
1910年出版

吴梅著《暖香楼》杂剧，
未删节原文

吴梅的"逸史"说，也并不充分。《板桥杂记》中并没有提到过李十娘的住所叫"暖香楼"，只有《桃花扇》里的李香君居所名"媚香楼"似乎与此比较接近而已。吴梅自序中提过一句"暖香楼，盖即李十娘所居也"，完全是一笔而过的交待，根本没有线索可循。或许，当年类似青楼之所，都可以叫做"×香楼"的吧。

尽管尚有诸多疑问难以解释，这个吴梅花一天时间就完稿的《暖香楼》杂剧，第二年还是相当顺利地在好友黄摩西主办的《小说林》杂志第一期中刊登了出来。刊登出来的反响应该不错，引来一些报刊的转载。当年《小说林》第三期刊载有一则维权"特别广告"："本社所有小说，无论长篇短著，皆购有版权，早经存案，不许翻印转载。乃有□□报馆将本社所出小说林日报第二期《地方自治》短篇，改名《二十文》更换排登；近又见□□报馆将第一期《暖香楼传奇》直钞登载，于本社版权大有妨碍。除由本社派人直接交涉外,如有不顾体面,再行转载者,定行送官,照章罚办,毋得自取其辱。特此广告。"

由"盗版"已然出现可知《暖香楼》杂剧在当年的受欢迎程度。虽然故事内容简单,但因事涉香艳,读者涉奇猎艳之心还是被调动了起来。从开始写《暖香楼》那一年(1906)开始,吴梅给自己的书房取了一个古怪的名字:"奢摩他室"。"奢摩他"是一个梵语词汇,在佛教经典中意为"止"。

吴梅在这一年想"中止"或者"停止"什么呢?在他那间书房中,他真的想心若止水,就此了断什么样的事物呢?他在《暖香楼》序言中提到的"杜门不出",难道与佛家修炼有关?在序言中谈到一大堆前朝旧事,抒发人情伤怀之后,吴梅接着又以一种隐晦的忧怨笔调写道:

> 余自甲辰以来,颓唐抑郁,江郎才尽矣。今以儿女之事,乃复盗我笔墨。冯妇下车,刘伶赌酒,岂故朝遗事大足以医我懒耶。然而寄托如斯,亦足自伤。或者谓天不为人恶寒而辍其冬,人亦不为穷困而劫其才。吾辈生于斯世,正赖丝竹陶写,步兵隐于酒,秘演隐于浮屠,汤若士亦谓其次致曲。而子反以为忧夫子,犹有蓬之心乎。嗟乎,人世之事,犹桴鼓也。击之则声,勿击则平。余不知何所感慨而为此言情之书也。抑亦有托而然也。

吴梅所说的甲辰之年,即1904年,时年21岁的他正以饱满的热情,花了整整一年时间创作了剧本《风洞山传奇》,为什么会"颓唐抑郁,江郎才尽"?也许是长时间的写作让他心生厌倦?

"今以儿女之事,乃复盗我笔墨"句中的那个"复"字,说明在此之前,还有因"儿女之事"付诸笔墨的? 最后的那句感叹,"嗟乎,人世之事,犹桴鼓也。击之则声,勿击则平。"是否说明在此之前,吴梅遭遇了某种"不平"之事,因之要再操笔墨,以抒心中块垒? 末尾处那句欲说还休的话,"余不知何所感慨而为此言情之书也。抑亦有托而然也。"基本上已经否定了《暖香楼》是一本借儿女情长抒写王朝兴亡的历史剧,而又回到了托物言志、借景伤情的个人心路上来。那么,这样一部短短的《暖香楼》杂剧,究竟寄托了吴梅怎样的悠长情怀呢? 一座子虚乌有的暖香楼,又会有着一段怎样的传奇故事?

第二折:迷楼幻作七宝阁

1910 年,苏州临顿路南艺林斋,吴梅的剧作《暖香楼》第一次以木刻本的形式刊行。在此之前,《风洞山传奇》及《奢摩他室曲话》等都是以连载的方式分别发表于报刊之上,尚称不上专著。即便后来《风洞山传奇》也得以结集出版,只是简单的铅字排印,而绝非木刻线装这么古雅,这么郑重其事的印制。

《暖香楼》杂剧第一次以吴梅专著的形式面世,然而这自费刊刻的工程,印出的线装本只用于文人之间的相互赠阅,并没有太大的社会反响。这个简单的"香艳"故事,和吴梅那一篇忧怨的序言,在 1910 年作为《奢摩他室曲丛》中的一种剧本匆匆闪现后,并没有再重版或者加印过。毕竟,23 岁少年的试笔之作,在声誉日隆的曲学家吴梅的众多著述中微不足道。

1927 年,时年 44 岁的吴梅已历任北京大学、北京高等师范学院、东南大学教授,曲学大师之名南北交誉。这一年春,因东南大学停办,他回到苏州,开始重新校订《奢摩他室曲丛》,根据自己收藏的各种戏曲善本、孤本,编选出 152 种,并已与商务印书馆协商妥当,将于次年推出初集、二集。

这一次的出版物与 17 年前的木刻印制不同,商务印书馆采取了更为便捷的铅字排印方式,装帧则仍为古雅的线装方式。也许,那一部《暖香楼》,这一次又将改头换面,以铅印线装本的方式再度面世。

吴梅著《湘真阁曲本》,
1927 年苏州利苏印书社出版

吴梅著《湘真阁曲本》,
吴梅定谱分折手迹

须知,这一次吴梅作为学界名人,与 17 年前的自费出版有着天壤之别。这一次出版这么多作品,不但不用自己掏一个铜板,还要接受商务印书馆一笔数额不小的稿酬。按常理而言,作为当年印制的《奢摩他室曲丛》第一种的《暖香楼》,这一次也理应入选,作为其少年创作的纪念。然而,吴梅却没有将其辑入丛书。在当年 5 月,《奢摩他室曲丛》校订工作完成之后,他单独将《暖香楼》拈出,修订完稿后改称《湘真阁》,仍是要自费印行。

关于"湘真阁"这个名号的由来,吴梅仍然没有给出确凿的"史实"依据。只不过,"湘真阁"的名号比之"暖香楼"而言,似乎更为接近晚明史实,因为《板桥杂记》中有交待,"李十娘,名湘真。""湘真阁"比"暖香楼"更容易让人联想到"李十娘"这个历史人物,但以"湘真阁"命名的这座建筑,在秦淮河边也是找不到的。"李十娘"居所的确切名称,已不可考。无论暖香楼还是湘真阁,皆是出于吴梅一己之杜撰。

名称可能并不重要,换汤不换药,《湘真阁》仍旧是当年《暖香楼》的内容,变化不大。只不过,这一次吴梅要为整部剧本谱曲,要将其从文人的案头读物变为可唱可演的专业剧本。他亲自将当年的《暖香楼》全文抄录,每一段曲词旁加注工尺谱,并将原有的内容分为四折,成为一本完全遵照元代杂剧格式而来的"曲本"。一般而言,这样的"曲本"交付给戏班,直接就可以上台演戏唱曲了。吴梅在《湘真阁曲本》的序言中写道:

> 此吾丙午岁乡居时作。匆匆二十余年矣。事见板桥杂记,非吾臆造也。时喜搜集明季事作院本,实不脱云亭山人窠臼。此作词华尚蕴藉,单太艳耳。适吴中有新剧班,遂作谱,付之登场一演。亦足见少年情状,非如此日鬖丝禅榻光景也。丁卯六月霜厓居士自题。

此时,吴梅自称"霜厓居士",已不见了"奢摩他室"的名号。在苏州蒲林巷的吴梅居所中,醒目的是那个面积更为敞阔,藏书更为丰富的"百嘉室"。所谓"百嘉",意为收藏有一百种以上的明代嘉靖年间刊行的古籍善本,这当然不是当年那个闭门穷文、待在"奢摩他室"中的少年所能做到的。

吴梅在北京大学任教授的数年间,薪俸可观,囊中闲银渐多,于是常游走于琉璃厂、隆福寺等多处书肆;之后任教东南大学,又复于南京和苏州等地搜购古籍,所藏古籍渐成规模。但在吴梅序言中看不到任何洋洋自得之意,甚至于落款中也看不到颇令同仁称羡的"百嘉室"名号。他自称"霜厓居士",似乎仍沉浸于当年"止"的禅定氛围之中。

序言中最后一句感慨,"亦足见少年情状,非如此日鬓丝禅榻光景也。"那么,吴梅的"少年情状"究竟若何,从《暖香楼》到《湘真阁》,仍然是一个无法破解的"哑谜"。

如今查阅这两部"哑谜"作品,仔细比照《暖香楼》与《湘真阁》原文,或许是洞察吴梅"少年情状"的唯一方法。可以看到,在《湘真阁》中,除了为更适于唱曲而改动的字词细节,吴梅还直接删去了原序和友人题词。此外,《湘真阁》还删去了原有的两支曲子和两段对话。

这两支被删掉的名为【梁州新郎】的曲子,与一前一后另两支同为【梁州新郎】的曲子,原本一气呵成,无可挑剔。四支曲子的末句同为"春色炫,春风腻,人生艳福非容易。论恩爱,我和你",可谓极尽香艳之能事,可以称为当年《暖香阁》中最为"香艳"的部分。吴梅于17年后将其删去,除了去其冗繁、便于搬演之外,难道还担心会有"有伤风化"之嫌?这其中,是否又另有隐情呢?

据考,吴梅改订完成了《湘真阁曲本》之后,当年即在苏州上

演此剧。演出当天,他填词《寿楼春·观演〈湘真阁〉南剧》一首以作纪念:

> 过春风旗亭,记长干系马,消受闲情。此际南州留滞,怨歌重听。身未老,心先惊,动乱愁梅花江城。纵茂苑人归,青溪梦好,枯树伴兰成。云屏外,霜猿鸣。指斜阳霸国,金粉飘零。漫向琼楼怀旧,板桥寻盟。淮水碧,钟山青,恨隔江无多商声。剩词客哀时,萧萧鬓星,弹《广陵》。

"怨歌重听"的吴梅,此刻坐在戏台下静思前事,回忆过往。"身未老,心先惊"的他,在 44 岁时仍旧守口如瓶。虽然少年情怀似乎已经可以释怀,但"暖香楼"这出戏从纸上到台上,从笔下到口中,仍然还只是停留在"前明旧事,秦淮遗韵"的解释层面。

无论在当时还是 90 年后的今天,就一般读者而言,"暖香楼"似乎仍然与作者吴梅本身的际遇无关,更何况后来还改作了"湘真阁"。

第三折:湘真阁外少年游

1935 年 3 月 7 日,晴。

时任南京中央大学教授的吴梅,早起阅书的习惯仍未改变。他翻开《淮海词》与《诗词丛话》,读了几页,感到有一丝倦乏。正搁卷闭目之际,书商周鉴秋登门求售。他拿来两本元代的古书,一本是《通鉴纲目》,一本是《韵府群玉》,因为索价过高,吴梅没有买下。

下午，吴梅仍旧去他兼职的金陵大学讲课，困乏不已，归家后就想卧床睡去。可亲友们络绎来访，直聊到天黑方才罢休。在家中吃过晚饭之后，吴梅又伏案读书，忽而什么也看不进去了，搁下书籍，复去欣赏和把玩他收藏的字画去了。

其中有一幅《藕龄忆曲图》使他凝神注目，画面上一叶孤舟静游于水巷板桥之间，透过船舱开启的窗户一隙，可以看到有一个少年书生正在伏案做书写状，而一旁则有佳人舞袖，似在浅吟低唱。吴梅看罢，长叹一声，径直展纸挥毫，写下了一支"仙吕长拍"的曲子，填词曰：

薄醉当风，薄醉当风。微吟延月，此际闲情难话。佳期如梦，绮语满纸，恨匆匆镜中年韶，鹦鹉记呼茶。傍玉兰干畔，并肩歌罢。我未成名汝未嫁，同惜取锦年涯（一样未开花），谁料盟言都是假，剩藕龄残卷，怅望蒹葭。

藕龄残卷中的女子是谁？当天在日记中写下这首曲子的吴梅，也没有过多解释。他只是在"同惜取锦年涯"一句旁加题了一句"一样未开花"，似乎可以彼此替换。"我未成名汝未嫁，同惜取锦年涯。"这一句听上去似乎更雅致一些，但近乎于文人词藻，总费琢磨；用来唱曲可能并非上口响亮，通俗易懂。而如果改作"我未成名汝未嫁，同一样未开花"，则曲味更浓，听者易懂。但无论是读者还是听者，无论是"锦年涯"还是"未开花"，这一句感慨都极容易让人联想到少年吴梅，或曾有过某一段伤心情事？否则怎么会在52岁时，作为曲学大家的吴梅发此浩叹，暗自感慨那一段"我未成名汝未嫁"的旧时光，进而得出"谁料盟言都是假"的幽怨之结论呢?

一年之后(1936),吴梅的弟子卢前自费刊刻了一套《饮虹簃曲丛》,这是一套搜罗详尽的明清两代散曲专集。卢前蒙吴梅许可,曾在"奢摩他室"中读尽各种散曲藏本,成就了这一套丛书的辑选;他将老师的多年散曲创作辑入丛书,有敬佩赞赏的成分,也有感恩回馈的成分。总之,无论如何,吴梅的这一首近作肯定入选,毋庸置疑。丛书出版时,其中有一册《霜厓曲录》,即是吴梅的散曲专集。那一首长拍曲,被重新题名为"仙吕长拍·重读《藕舲忆曲图》,感少年事",词句也略有改动,如下:

薄醉当风,薄醉当风。微吟延月,此际闲情谁话。佳期如梦,绮语满纸,恨匆匆镜中年华。鹦鹉记呼茶,傍玉阑十二,枕肩歌罢。我未成名汝未嫁,同一样未开花。谁料盟言都是假,剩藕舲残卷,惨淡云霞。

细细品味,不但题目的"感少年事"更为直截了当,曲词也更加明了易懂,似乎忧怨的意味更为明显。而在《霜厓曲录》卷二的第一支套曲"南吕懒画眉·赠蕙娘"中,在卢前为此所加注文中,我们看到,年过半百的吴梅终于吐露新声,提及了少年情事,在忆述中浮现出了一个叫"蕙娘"的女子来。

卢注云:"蕙娘为金阊妓。吾师尝语前云:此词成,蕙喜极。教之度声,积半月而【懒画眉】【金络索】略能上口。后委身虞山富人。存此以志少年之迹。"一支记述吴梅少年情怀的曲子,悠长婉转,恍若隔世般幽幽唱来:

【南吕懒画眉】曾记相逢九华楼,恰好的天淡云闲夜月秋。当筵一曲乍回头,怎生种下双红豆,把一个没对付的相思向心上留。

【商调金络索】[金梧桐]重来北里游,亲把铜环叩,人立妆楼,比初见庞儿瘦。晶帘放下钩,[东瓯令]看梳头,你也凝定了秋波冻不流。我年来阅遍章台柳,[针线箱]似这一朵幽花何处走。[解三酲]难消受,[懒画眉]怕云寒湘水怨灵修。[寄生子]印鸳鸯风月绸缪,端正好画眉手。

吴梅编著《奢摩他室曲丛》初集

【黄林封白袍】[黄莺儿]不让媚香楼,赋芳华你在第几流。你小名儿恰称着兰花秀,[簇御林]素心儿应傍我梅花守。[一封书]两相投,乍勾留。[白芙蓉]一枕梨云如病酒,正花弱不禁秋。[皂罗袍]欢踪如梦,脂温粉柔;年华似锦,花粃叶稠,护幽香莫被东风漏。

【琥珀解酲】[琥珀猫儿坠]疏帘淡月,一笛度清讴,九曲回肠曲曲柔,不堪重作少年游。[解三酲]谁能够把风尘妙种,移植红楼?

【尾声】国香也要人生受,早偎暖了啼红翠袖。怎肯说不及卢家有莫愁?

吴　梅:暖香楼中折子戏 | 213

"不让媚香楼"的蕙娘，就住进了吴梅用笔墨韵律造就的"暖香楼"中。"谁能够把风尘妙种，移植红楼。"——或许在现实生活中，吴梅也做不到将风尘妙种移植红楼，否则也不会有蕙娘最终"委身虞山富人"，而令他发"不堪重作少年游"的慨叹。

少年才俊们痴怀难舍的温柔乡，往往系于一人一时之间，湘真阁、暖香楼，都是这样梦寐以求的场所。而年过半百、盛名南北的吴梅，此刻回首少年游迹，这一支当年在"暖香楼"上唱彻风月的南曲，实在是逗尽才华，华艳依然。曲终一句"国香也要人生受，早偎暖了啼红翠袖"让我们终于明白了"暖香楼"这个名字的来由，在蕙娘口中唱出的这一曲"我未成名汝未嫁"时的情怀，只有当年的曲中人、此时的曲学家自掂轻重。

第四折：暖香楼下情怀旧

据卢前在《奢摩他室逸话》中的回忆，吴梅在 1935 年 3 月 7 日作那一支仙吕长拍的曲子之后，曾"录《藕舲忆曲图本事诗》。凡关涉蕙娘事者，皆汇钞卷中，追忆甲辰年月，以志少年游冶之迹焉"。这一组《本事诗》并没有流传下来，关于"蕙娘"种种，只得雪泥鸿爪，难以真切感受。不过，在 1910 年《暖香楼》自序中，吴梅提到的"余自甲辰以来，颓唐抑郁，江郎才尽矣"的说法，再次得到印证。甲辰岁月（1904），可能正是吴梅流连于"暖香楼"中之时。

1904 年，时年 21 岁的吴梅两赴南京应江南乡试不中，郁郁难堪。羁旅之中，吴梅用整整一年时间完成《风洞山传奇》，以抒怀抱。这一年时间是否正是在"暖香楼"上度过,不得而知。《暖香楼》自序中提到的"今以儿女之事,乃复盗我笔墨",除去他曾为蕙娘唱曲所作的那一支【懒画眉】套曲之外,在《暖香楼》中吴梅究竟有哪些笔墨可能事涉蕙娘,这却是可以重新查考的。

事实上,《暖香楼》改为《湘真阁》之后,由于《湘真阁》是附谱的曲本,搬演场次渐多,《湘真阁》之名遂远播南北,成为近代中国文人

吴梅的高足卢前

自撰杂剧搬演频度最高的一个剧本。《暖香楼》作为《湘真阁》的曾用名,渐为人们所淡忘。

1933年,在1927年《湘真阁曲本》基础之上,吴梅再次改编此剧。他将"科白""排场"部分全部删除,只保留部分可用于清唱的"清曲",重新标注工尺谱,与另两部剧作合刻为一部剧作专集《霜厓三剧》。至此,《湘真阁》再度改编出版,读者离"暖香楼"也更为疏远,更无从揣摩那一段少年情态。

《霜厓三剧》的出现,《湘真阁》顺理成章地作为一个技法纯熟的剧作亮相,50岁的吴梅已经将这一段少年情事碾压成泥、重塑金身。《湘真阁》作为其最重要的早期剧作之一,仅仅是因为"工于曲、利于唱"而著称于世,不再成为少年情态的存照。更多的人以寄史实于情事的心态打量此剧,自然也是无可无不可,痴人不再说梦也好。

吴　梅:暖香楼中折子戏 | 215

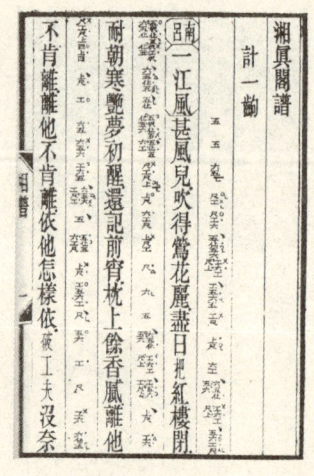

吴梅著《霜厓三剧》中的"湘真阁曲谱",1933年出版

1942年7月,吴梅死后三年,《霜厓词录》由友人夏敬观整理出版。集中有一首《吴梅年谱》中无法确定其写作年代的词作,其中意味,似又回到"暖香楼"中。其一《秋思·读旧作落叶诗,次梦窗韵》,词曰:

曾倚雕阑侧,伴翠娥来试故园秋色。明月二分,禁霄三五,花药低窄。正螺墨题情,个侬初见寸黛抑。面映红,樽劝碧,算话别前踪,惜香今恨,纵有素衣蒗泪,俊游空忆。

幽夕。重听漏滴,对镜写想象容饰。画楼调瑟,星辰依旧,义山发白。记出浴妆成少年,双鬟妆成少年,双鬟蝉罢翼,笑座客浑未识。叹病榻茶烟,何时欢事再得?况隔天南地北。

由旧作《落叶诗》,引发感慨,作了一首词。由一幅《藕舲忆曲图》,引发感慨,作了一支曲。而无论《落叶诗》还是《藕舲忆曲图》,现在都无从观瞻;吴梅曾提到的那个钞本《藕舲忆曲图本事诗》,更不知下落。

看到过《藕舲忆曲图》的柳亚子,曾赋诗《题瞿安〈藕舲忆曲图〉》云,"樽前容易几回肠,凄艳温馨两擅场。语到暖香楼上事,

销魂岂独孔东塘!"虽然在众多看客听众中,第一次将《藕舲忆曲图》与"暖香楼"联系了起来,但柳亚子的"暖香楼"是带了书名号的暖香楼,他眼中的《暖香楼》是与孔尚任的《桃花扇》一样,是作为一副专治文人兴亡伤怀的"大药"而存在的。

当年站在暖香楼下的吴梅,和所有传统文人一样,除了伤怀之外,只能离去。而当世人读到《暖香楼》杂剧原文,或听到改编为《湘真阁》的唱词时,摘选的不是"艳情"即是"兴亡",如此而已。所有的风物、事物与人物,或都只能在诗韵词律中,曲婉漫漶地呈现出来,虽然诗情画意,却不复真实自然。

吴梅在 1927 年改编《暖香楼》杂剧之际,究竟删掉了一些什么样的内容? 在吴梅与"蕙娘"的这一段少年情事隐约浮现于其曲集、词集、诗集之后,这部分删掉的内容更耐人寻味。除却 1910 年以木刻本刊行的《暖香楼》杂剧之外,后世各类吴梅著述之出版物(包括《吴梅全集》)均不见这些原本文字,现摘录如下,酌加句读,以酬嗜痂之癖。

【梁州新郎】

〔前腔〕(旦)花儿低亚,人儿偎倚。如此风光有几。良辰美景,何妨烂醉如泥。便是奴家得遇官人,好不侥幸也。承你知疼着热,体贴温存。百样相怜惜。是两情和合也。莫轻离,畅好把湖上风华细品题。(生)只是今日早起,未免有些乔性子儿。(旦)谁叫你早起来。(各笑介)(合)春色炫,春风腻,人生艳福非容易。论恩爱,我和你。

〔前腔换头〕(生)数平生落落无奇,算知音聊聊无几。偏偏的秦淮河上为你,来风流旖旎。(旦)这也是一定的缘分了。你是个人间仙吏,天上文星。也消的青衣婢,怕秋风团扇也硬分离。到大来,酒冷香销乌夜啼。(合)春色炫,春风腻,人生艳福非容易。论恩爱,我和你。

(注:吴梅日记、曲词内容均摘自《吴梅全集》,河北教育出版社,2002)

梁启超：在革新与旧俗之间

梁启超(1873—1929)，字卓如，一字任甫，号任公，又号饮冰室主人、中国之新民、自由斋主人等。中国近代著名思想家、政治家、教育家、史学家、文学家。戊戌变法(百日维新)领袖之一、中国近代维新派、新法家代表人物。辛亥革命之后，倡导新文化运动，支持五四运动，曾为清华国学院四大导师之一，其著作合编为《饮冰室合集》，对后世影响巨大。

很难解释的是,此时梁启超坦然纳妾,却又似乎不那么顾及自己那"为众人所仰望"的声名以及"新党"的声名。或许,那些虚浮的声名终抵不过情欲的炽烈罢。即使是理性至极的一代名流梁启超,也终究难以用顾全"声名"来自圆其说。

1925年10月26日,清华留美预备部学生王政给梁启超写了一封信,为纳妾蓄妾的社会现象发表了自己的意见,对梁授课中的默认国人蓄妾态度表示质疑与不解。信文如下:

任公先生惠鉴:

今年选习中国通史,得聆先生宏论精言,无任仰佩!惟于"社会组织篇"婚姻章讨论蓄妾问题一段,窃有疑义。上礼拜五于萧一山先生班上提出供众同学讨论,惜结果不甚满意,兹将浅意谨陈于后,若先生以为可教而教之,则幸甚矣。

先生曰:"从人权上观察,蓄妾制之不合理,自无待言;但以家族主义最发达之国,特重继嗣,此制在历史上已有极深之根柢:故清季修订新民律时,颇有提议禁革者,卒以积重难返,且如法律以无妾之故,而仆仆于私生子之认知,亦未见其良。故妾之地位,至今犹为法律所承认也。"鄙意先生既承认蓄妾制在人权上为不合理,则当设法以革除之。若以其在历史上已有极深之根柢,遂任其自生自灭,则一九一一年之革命特多事耳。何则?盖君主专制在吾国历史上根柢之深,至少亦不减于蓄妾制也。

至于私生子乃道德上的问题,绝非行一夫一妻后始有之现象。中国法律许置妾矣,孰能言中国社会无私生子耶?
矧在欧美文明国家,男女因爱情而结婚;既婚以后,夫妇异体而同心,有外遇者甚少。偶因一时审慎未过,或中途情迁,亦干脆以离婚了之。所谓私生子等,大半为未婚男女一时不能克制兽欲之结果耳。法律应否追认私生子,系另一问题,现不必讨论。但学生以为蓄妾制诚非防止私生子之方法也。

欲论蓄妾制有无存在之理由,必先知一般人纳妾之原因。《中国妇女问题讨论集》所载单毓元先生《中国禁止纳妾之方法》中列为二十条,鄙意以为最普通者不外下列三种:

(一)对于正妻不满意,而又无法出之者。

(二)结婚多年膝下犹虚者。

(三)有钱有势,遂欲充分发展其兽性者。

第一种乃旧式婚姻之恶果,实行自由结婚、自由离婚以后自可免除。"不孝有三,无后为大"一语,久成为蓄妾者之护身符,故上列第二条,在讲求宗法之中国社会里,已公认为牢不可破之理由。其实严格说来,亦不能成为理由。夫四十而不生子,不能专责女性方面。世有后庭娇艳二三十人,而求子如登天者,论者能谓此二三十女子均无生子能力,或由于两方面俱无生子能力。是故最公平之办法,已结婚者应于相当时期用医药方法查验。若果系女性方面无生子能力,而男子方面又不肯为爱情而牺牲子嗣,万不得已,或可再娶一妻(无论如何不得有第三妻,蓄妾更无论矣),但此妻之地位须与第一妻完全相等,且须得第一妻之同意。如此则与旧道德吻合,同时又不至与新道德抵触矣。至于第三种蓄妾者乃道德破产之人,唯法律足以禁止之。

总之,由各方面观察,蓄妾制均无存在之理由。吾国法律许置妾,是吾国法律的缺点,吾辈负有改造社会之责任,当思所以补救之方。即事实一时不能做到,言论间亦不妨尽量发表。

政自幼读先生伟著,以其思想新颖,立论精确也。今于上蓄妾制一段虽不敢苟同,犹疑先生有未尽之论,故不揣冒昧,敢以上闻。先生若抽空为文再详细说明之,则不惟政一人之幸福,亦关心社会问题者的幸福也。敬颂

著安

学生王政　鞠躬上
十四,十,二十六

《清华周刊》第二十四卷第九号,刊载《为蓄妾问题质疑梁任公先生》

梁启超阅罢此信,交给《清华周刊》公开发表,并在信后附上跋语,略作申论。1925年11月6日,《清华周刊》第二十四卷第九号印行,这封信以《为蓄妾问题质疑梁任公先生》为题,以封面文章的形式发表了出来。可以看到,信末梁启超的跋语相当简短,照录原文如下:

所论自是正义。吾所著者,乃历史讲义,非作论文,故征引当时不主张废妾者所持之理由云尔。其理由充足与

否,则未暇论及。以现状论,凡已有妾者须承认其地位,毫无可疑;否则,将现在国内之妾悉判离异,牵涉到妾子问题,其扰乱社会实甚。若立法禁止,亦只能定自某年之后不准置妾耳,亦须俟实行婚姻登记后,此种法律,乃能有效。至弟所主无子再娶一妻之说,与旧伦理观念相去甚远,殊不可行。余功课太忙,无暇作文论此事,草草答复如右。

梁启超的跋语,算是给了学生王政一个答复。除了认可学生"所论自是正义"之外,梁仍坚持自己合乎"国情"的主张,即必须承认"现状",必须承认现有妾的"地位"。即使将来立法禁止纳妾蓄妾,从可操作性上言,"亦只能定自某年之后不准置妾耳。"言下之意,从中国社会多年传统来看,纳妾蓄妾有一定合理性,且目前也属合法行为。当前已纳妾蓄妾者只能维持现状,既往不咎,留待将来立法解决。

至于王政在信中曾提到的,"已结婚者应于相当时期用医学方法查验,若果系女性方面无生子能力,而男子方面又不肯为爱情牺牲子嗣,或可再娶一妻(无论如何不得有第三妻,蓄妾更无论矣),但此妻之地位须与第一妻完全相等,且须得第一妻之同意。"这一"一夫二妻"制观点,梁坚决反对,称其"与旧伦理观念相去甚远,殊不可行"。王政的"一夫二妻"观,看似迎合了梁的"特重继嗣"论,为什么还是遭到坚决反对呢?

梁启超早已纳妾

其实,梁启超之所以反对"一夫二妻"却默认纳妾蓄妾之现状，主要还是从妻妾地位差异悬殊的传统观念来加以判定的。

这种对现状的默认，对现实的妥协，自然是"过来人"的经验之谈——梁启超本人自1903年即纳妾，当他看到学生反对纳妾蓄妾的这封信时，已经过了20年的"一妻一妾"制生活。

梁启超青年时期留影　　　　　王桂荃

1890年，17岁的梁启超参加广东乡试，榜列第八名举人，受到主考官李端棻的器重。李端棻主动牵线搭桥，将妹妹李蕙仙许配给了梁启超。梁、李二人夫唱妇随，恩爱有加。事实上，梁本人就是中国最早提倡"一夫一妻"制的学者，他还创立了"一夫一妻世界会"。梁、李二人的夫妻生活也十分美满，堪称一时典范。追随康有为的"百日维新"失败后，梁启超只身逃亡日本；不久李蕙仙也赴日本，夫妻二人团聚。1901年，李蕙仙为梁启超诞下长子梁思成，但因梁思成从小身体羸弱，为了香火有传，1903年，李蕙仙让梁启超将其侍女王桂荃（原名王来喜，1886—

1968，四川广元人），纳为侧室。从此，梁启超的"一夫一妻"之理想主张，变作了"一妻一妾"的现实生活。

对于这桩发生在日本的纳妾事件，梁启超一生从不张扬，尽量避讳。他在家信中提到王夫人时，多称"王姑娘""三姨"或称"来喜"。只是在1924年，李蕙仙病重，王桂荃又怀上小儿子思礼，适值临产时，梁启超在写给好友蹇季常的信中，首用"小妾"之称。从延续子嗣的角度而言，王桂荃为梁启超生了六个子女，即梁思永（子）、梁思忠（子）、梁思懿（女）、梁思达（子）、梁思宁（女）、梁思礼（子），可谓"有功"；从料理家务、分担家事的角度言，王桂荃20余年的尽职尽责，可谓"有劳"，这些"功劳"，梁家上下有目共睹，梁启超本人对她也颇为看重。

梁启超曾对长女梁思顺说："她也是我们家庭极重要的人物。她很能伺候我，分你们许多责任，你不妨常常写些信给她，令她欢喜。"但从始至终，妾的名分不可更改，梁从不称王为妻；他的元配夫人只有一个，即妻子李蕙仙。由此不难理解，梁为什么坚决反对"一夫二妻"的说法，却能够默认"一妻一妾"与纳妾蓄妾的现状了。

梁启超和长女梁思顺、长子梁思成和次子梁思永

梁启超早想纳妾

　　事实上,梁启超早在纳王桂荃为妾之前,就已然有过纳妾的想法了。只不过当时他想纳的那位妾,比之王桂荃还更为新潮与热烈,更富青春活力与魅力。原来,1900 年,梁启超在美国檀香山宣传保皇会时,曾与一位名叫何蕙珍的女子产生恋情,但最终未能成事。她是当地侨商子女,当时年龄约 20 岁,从小接受西方教育,16 岁便任学校教师,英文极好,因侨商宴会中有外国人参与,暂时就由她做梁启超的翻译。当时,因清廷大肆攻击以康有为、梁启超为首的新党,在国外也大量发布英文文章攻击他们,梁苦于英文水平欠佳,无法撰文回应攻击,一直颇感苦恼。孰料,不久他就在某英文报纸上看到了为梁辩护的连载文章,文字清丽,论说精辟。后来得知,这些文章皆出自何蕙珍之手。为此,梁大为感动,对何也颇有追慕之心。据说,当年这位女子曾握着梁的手说:"我万分敬爱梁先生,虽然,可惜仅爱而已,今生或不能相遇,愿期诸来生,但得先生赐以小像,即遂心愿。"面对这大胆的爱情表白,梁一时无措,只有"唯唯而已,不知所对"。

　　梁启超在理智上尽可能克制自己,但内心深处仍被何蕙珍的炽烈情爱所感染。这期间,他陆续写了 24 首情诗,记述对何蕙珍的赞美、思念和无奈之情,其情其意,在字里行间表露无遗。其中有一首诗,甚至称何为"第一知己"。诗云:

　　　　颇愧年来负盛名,天涯到处有逢迎;
　　　　识荆说项寻常事,第一知己总让卿。

当年5月,梁启超给妻子李蕙仙写了一封家信,详细汇报了他与何蕙珍从相识、交往,直至分手的过程。他告诉妻子,何蕙珍是当地一个华侨商人的女儿,她的父亲是保皇会的会员。这个只有20岁的女孩儿,英文水平很高,整个檀香山的男子,没有能赶上她的,而且她有很好的学问和见识,喜欢谈论国家大事,很有大丈夫的气概。她16岁就被当地学校聘为教师,至今已经四年了,可见是个才女,而且不是旧时才子佳人式的才女,而是有新思想新精神的才女。他在信中说:"吾因蕙珍得谙习官话,遂以驰骋于全国;若更因蕙珍的谙习英语,将来驰骋于地球;岂非绝好之事?"可见梁启超对拥有此女子的向往,然而他又说:"无如揆之天理,酌之人情,按之地位,皆万万有所不可也。""吾因无违背公理、侵犯女权之理。若如蕙珍者岂可屈以妾媵,但度其来意,无论如何席位皆愿就也。惟任公何人,肯辱没此不可多得之人才耶?"

李蕙仙读了梁启超的信,左右思量,给梁启超写了一封回信,大意是说:你不是女子,大可不必从一而终,如果真的喜欢何蕙珍,我准备禀告父亲大人为你做主,成全你们;如真的像你来信中所说的,就把它放在一边,不要挂在心上,保重身体要紧。

妻子要把问题交给梁启超的父亲梁宝瑛去处理,此举让梁启超着了慌,他急忙复信,求妻子手下留情,并再三向夫人表白,对何蕙珍已"一言决绝,以妹视之"。信中说:

此事安可以禀堂上?卿必累我挨骂矣;即不挨骂,亦累老人生气。若未寄禀,请以后勿再提及可也。前信所言不过感彼诚心,馀情缱绻,故为卿絮述,以一吐胸中之结耳。以理以势论之,岂能有此妄想。吾之此身,为众人所仰望,一举一动,报章登之,街巷传之,今日所为何来?君父在忧危,家国在患难,今为公事游历,而无端牵涉儿女之事,天下之人岂能谅我?我虽不自顾,岂能不顾新党全邦只声名耶?任公血性男子,岂真太上忘情者哉。其于蕙珍,亦发乎情,止乎礼义而已。

梁启超欲纳何蕙珍为妾的想法,至此不得不中止。之所以未能纳此女为妾,他自己的解释看上去是冠冕堂皇、大义凛然的。因为"吾之此身,为众人所仰望,一举一动,报章登之,街巷传之,今日所为何来?君父在忧危,家国在患难,今为公事游历,而无端牵涉儿女之事,天下之人岂能谅我?我虽不自顾,岂能不顾新党全邦只声名耶?"总之,国事家事天下事,对他来说,都太过沉重,一己私欲、儿女情长,只可暂时搁下了。(以上详参《梁启超年谱长编》,上海人民出版社,2009)

梁启超中年时期留影

当时,梁启超中止纳妾,给出的最直接理由,乃是为了自己以及参与其事的所谓"新党"的声名,但同时亦坦承"发乎情",不否认内心着实是向往并愿意的。对妻子这样的坦白,也算是中国男子在家事方面少有的坦荡了。对此,妻子看在眼里,也放在了心上。3年之后,她主动让梁启超纳其侍女王桂荃为妾,算是了却了一桩心愿。但很难解释的是,此时梁启超坦然纳妾,却又似乎不那么顾及自己那"为众人所仰望"的声名以及"新党"的声名。或许,那些虚浮的声名终抵不过情欲的炽烈罢。即使是理性至极的一代名流梁启超,也最终无法拒绝纳妾,终究难以用顾全"声名"来自圆其说了。

梁启超低调纳妾

诚然,梁启超在纳妾问题上相当低调,对外绝口不提,即使在写作中、讲演中涉及到妻妾问题时,也是女权妻权大讲特讲,但"妾权"则语焉不详。他在清华开设的《中国文化史》授课中,"社会组织篇"里提到"婚姻"一章时,关于纳妾问题只有两句话,即如学生王政在信中提到的那样,"故妾之地位,至今犹为法律所承认也。"这就算是梁启超对中国婚姻中的"妾权"问题的一个基本态度。在他看来,纳妾不但一直合法,且合乎中国传统的礼法伦理,实在是无法革新的"旧俗"了。"潜台词"乃是,至少他这一辈人,恐怕就不能免"俗"了。

当然,梁启超"低调"纳妾于1903年,"低调"蓄妾至1925年时,已有长达22年的妻妾生活史。对此,无论怎么"低调",终会为外界所知所晓,也终会因其社会名流、知名学者的身份,引来外界多番猜测与非议,上述清华学生王政的公开批评即是明证。老实说,梁家"一妻一妾"的生活状况,在1920年代的中国社会,实在是再平常不过的现状了。

梁启超 54 岁时留影

　　那时虽然已经推翻帝制、创立民国十余年,鼓吹"三民主义"、提倡男女平等也已多年,但从法制与道德层面的"破旧立新"还远未令人乐观。民国法律上的"一夫一妻"原则虽在,但对社会上普遍存在纳妾蓄妾问题却视而不见,始终没有行之有效的惩戒与定罪办法。那些曾与梁启超一样注重文明风尚、男女平等的诸多社会名流,也大多纳妾蓄妾,有的比之尤有过之而无不及,如康有为、唐绍仪、严复、马寅初等。军界、商界名流纳妾蓄妾之风更炽,如张宗昌有 10 余位姨太太,广州十三行行商潘士成更是妻妾成群,共计有 50 位之多。街头坊间对"妻妾"问题的讨论,无论是反对还是赞成,大多只停留在茶余饭后的谈资,少有严肃认真的法律上的追究、道德上的探究。

　　步入 1930 年代,"北伐"结束之后,国民政府已达成全国形式上的统一,政府法令也渐有普及全国的效力,为法制上解决纳妾蓄妾问题提供了可能。与此同时,传媒资讯渐趋发达,屡屡见诸报端妻妾之争，或酿成种种惨剧，或促成桩桩血案，也从社会舆论层面，开始"倒逼"解决这一社会问题的明确办法。然而，始终是"雷声大雨点小"，无论怎么群情激愤，无论怎么口诛笔伐，纳妾蓄妾的状况始终普遍存在。在道德层面上的谴责与批评，始终不能在法律层面上找到支持与呼应，纳妾蓄妾者依旧"逍遥法外"。

徐志摩：带一本《浮士德》去春游

徐志摩(1897—1931)，浙江海宁硖石人，现代诗人、散文家。原名章垿，字槱森，留学英国时改名志摩。先后就读于上海沪江大学、天津北洋大学和北京大学。1918年赴美国克拉克大学学习银行学；同年，转入纽约哥伦比亚大学研究院。1921年赴英国留学，入剑桥大学研究政治经济学。在剑桥两年深受欧美浪漫主义和唯美派诗人的影响，奠定其浪漫主义诗风。1924年任北京大学教授。1931年11月19日，因飞机失事罹难。代表作品有《再别康桥》《翡冷翠的一夜》《落叶》《猛虎集》《爱眉小札》等。

人生中,情感理想的不完美,现实结局的不圆满,本就是一场令人气馁的戏剧;只不过有人场下写诗,有人场上演戏,还有的人则既演戏也写诗。徐志摩为此投入了全部,虽然他仍旧为此气馁……

带一本《浮士德》去春游

1922年的春天,会是什么样子的?

> 春天里来百花香
> 朗里格朗朗里格朗
> 和暖的太阳在天空照
> 照到了我的破衣裳

好像任何时代、任何地点的春天,都无非是这个模样,有这一般的歌唱。有盛开的百花、和暖的阳光与随之而来的好心情。当然衣裳是光鲜亮丽还是寒酸破旧,这只是个人境况的问题;有钱人和叫花子的春天,在自然环境上大致都是相同的罢。可对于诗人而言,仅仅心理环境不同,春天里的一切环境与机遇就都是不同的。中国新诗的杰出诗人徐志摩,在1922年的春天就是这样与众不同。

民国十一年(1922),26岁的徐志摩再一次做了父亲。这一年2月24日,他的次子德生(彼得)生于德国柏林。而他却在不到一个月后,由吴德生、金岳霖作证,在柏林与张幼仪离婚。

那一年四月,离了婚的徐志摩,一个人在德国春游。柏林的

徐志摩与张幼仪（1921年，巴黎）

旧书店里，诗人的目光仍旧在那些诗集间流连。他挑到一册皮面烫金的精装诗集《FAUST》，那是歌德的名著《浮士德》。或许，在柏林的春夜里，可以试着读一读歌德的诗句，试着译一译此时此刻自己的境遇罢。

众所周知的《浮士德》，是德国文豪歌德（1749—1832）一生最重要和最有代表性的文学作品。这部巨著的完成，前后曾用时60年之久。《浮士德》是用诗剧形式写成的，全书长达一万一千二百一十一行，题材采自十六世纪的关于浮士德博士的民间传说。全书分为两部：第一部二十五场，不分幕，完成于1808年法军入侵的时候；第二部则二十七场，分五幕，完成于1831年8月31日。这部不朽的诗剧，以德国民间传说为题材，以文艺复兴以来的德国和欧洲社会为背景，写出新兴资产阶级及知识分子不满现实，竭力探索人生意义和社会理想的心路历程。后来流行一时的"布尔乔亚""公共知识分子""独立学者"之类的时髦话题，在这部诗集里都能找到原型。

事实上,《浮士德》的中译本,那时还未有全部译出过,更没有出版过。据考,虽然早在1919年10月10日,《学灯》杂志就曾刊登了郭沫若所译《浮士德》第一部开首独白,随后,在1920年3月20日,《学灯》又刊登了郭沫若所译《浮士德》第二部第一幕《风光明媚的地方》,但毕竟在中国文艺圈里,当时还没有完整的单行本译著问世,也没有选译的单行本出现过。当然,徐志摩既不是与郭沫若等创造社一派的海归愤青,更不可能是小报小刊收藏者,看到《学灯》杂志并仔细阅读的可能性也不大。最初在徐志摩眼中的《浮士德》还只是一册未经译解过的、异乡人的古奥诗句而已。

可惜的是,那一册德文原版《浮士德》,并没能在他旅居柏林时的书桌上搁得太久。他在扉页题上一行字:"春游柏林买书送叔明兄,志摩,四月。"便将书转送到了友人手中。

德文版《浮士德》,书扉有徐志摩题记

得到这本《浮士德》的人，名字叫张歆海(1898—1972)，字叔明，浙江海盐人。这人正是徐志摩前妻张幼仪之兄，受赠《浮士德》一个月前还是徐的舅子，受赠这本《浮士德》之后，则已然只是"前舅子"了。他当时正在哈佛大学攻读文学博士，是白璧德(Irving Babbitt, 1865—1933)的弟子，这一册诗集在当时对他的用处可能比徐志摩更多，但据他后来的生涯行踪来看，这一册《浮士德》可能最终还是束之高阁了。他后来曾任中央大学和光华大学教授，又任外交部欧美司司长，并先后出任驻葡萄牙、波兰等国公使。他公务繁忙，也终究未能成为诗人或者诗学理论家。这一册德文原版的《浮士德》，是搁置自家书房一角的遗忘之物，还是立在办公室里做了"背景墙"上的一员，不得而知。总之，这本书没有多大用处了。

1931年8月，就在徐志摩购读并转送《浮士德》9年之后，他的《猛虎集》由新月书店出版。在诗集前的自序中，他终于提到过一次《浮士德》，这也是他生前最后一次提到《浮士德》(3个月后，徐搭乘中国航空公司"济南号"邮政飞机，因飞机失事坠毁而遇难)。原来，正是《浮士德》让他对写诗本身产生了怀疑与恐惧。或许，就是那一次9年前的柏林春游，才让他看到了中国诗人的先天缺陷，以及小资情调本身的脆弱。他在序言中写道：

> 咱们这年头一口气总是透不长——诗永远是小诗，戏永远是独幕，小说永远是短篇。每回我望到莎士比亚的戏，丹丁的《神曲》，歌德的《浮士德》一类作品，比方说，我就不由的感到气馁，觉得我们即使有一些声音，那声音是微细得随时可以用一个小拇指给掐死的。天呀！哪天我们才可以

在创作里看到使人起敬的东西？哪天我们这些细嗓子才可以豁免混充大花脸的急涨的苦恼？

莎士比亚、但丁、歌德的诗文经典，在徐志摩看来，中国诗人要去模仿甚或超越，几乎没有可能。按照鲁迅的办法，多译一些西方名著、少做一些模仿创作，似乎是一个长远的计划。然而，在徐志摩眼中，这些办法与号召本身，在看到诸如《浮士德》德文原版时，都会"不由的感到气馁"。很难解释，这是一种怎样的失望与沮丧，徐的现身说法，应当切实可信，没有作秀的必要。毕竟他好歹也算是个文学偶像级别的人物，原本可以把小诗的微言大义抒发一下，把所谓"中国特色"感性化提升一点，蜂拥而至的徐大诗人追随者们，一样会看得一愣一愣，震天响地叫好。

徐志摩著《云游》与《志摩的诗》

徐志摩能看到的《浮士德》中译本，只可能是1928年2月上海创造社初版之后的郭沫若译本。其开篇"献诗"一章，与徐死前4个月所作的《云游》一诗，几乎是可以达成默契唱和。或者，简直可以说，《云游》一诗就是《浮士德》"献诗"章的中国简约版。不知道当时与后来的诗人们，有没有这样的中西诗学"共同体"之发现，如果没有，倒的确是会让人"不由的感到气馁"的。

《浮士德》"献诗"
（郭沫若译本）

浮沉着的幻影哟，你们又来亲近，
你们呀曾现在我朦胧眼中的幻影，
在这回，我敢不是要将你们把定？
我的心情还倾向在那样的梦境？
你们逼迫着我的胸心，你们请！
尽可云里雾里地在我周围飞腾；
我的心旌感觉着青春般地摇震，
环绕着你们的灵风摇震我的心旌。

你们携带着欢愉时分的写生，
和些亲爱的肖像一并来临：
同来的初次的恋爱，初交的友情，
好像是半分忘了般的古话模棱；
苦痛更新，又来把人提醒
又提醒生涯中走错了的邪路迷津，

善良的人们已从我眼前消尽,
他们是被幸运欺骗,令我伤神。

听过我前部的灵魂
听不到我后部的歌咏;
往日的欢会,久已离分。
消失了的呀,啊!是当年的共鸣,
我的歌词唱给那未知的人群谛听,
他们的赞声适足使我心疼,
爱听过我歌词的友人,
纵使还在,已离散在世界的中心。

寂静森严的灵境早已忘情,
一种景仰的至诚系人紧紧,
我幽渺的歌声一声声摇曳不定,
好像是爱涅鲁司琴弦上流出的哀吟,
我战栗难任,眼泪连连涌迸,
我觉着和而嫩了呀,硬化的寸心,
我目前所有的,已自遥遥隐遁,
那久已消失的,又来为我现形。

徐志摩《云游》

那天你翩翩的在空际云游,
自在,轻盈,你本不想停留

在天的那方或地的那角,
你的愉快是无拦阻的逍遥,
你更不经意在卑微的地面
有一流涧水,虽则你的明艳
在过路时点染了他的空灵,
使他惊醒,将你的倩影抱紧。
他抱紧的是绵密的忧愁,
因为美不能在风光中静止;
他要,你已飞渡万重的山头,
去更阔大的湖海投射影子!
他在为你消瘦,那一流涧水,
在无能的盼望,盼望你飞回!

  在中国气馁的徐志摩,岂止是为看到《浮士德》的恢宏气度而不自信,岂止是因为写不出长篇巨制而难受。在德国春游的徐志摩,又岂止是因为一场离婚而了无生趣,而索性将柏林淘得的《浮士德》德文原版随手送人。那未曾见面就迎娶的张幼仪,那为之离婚而终嫁作他人妇的林徽因,那《爱眉小札》的收信人、女主角陆小曼却一生默诵"你离婚的初衷并不是我"的潜台词。这一切,都难免使人气馁罢,更何况徐志摩作为一位敏感的诗人,有一颗脆弱的小心脏。

  人生中,情感理想的不完美,现实结局的不圆满,本就是一场令人气馁的戏剧,只不过有人场下写诗,有人场上演戏,还有的人则既演戏也写诗。徐志摩为此投入了全部,虽然他仍就为此气馁。诗是短小的篇幅,人生的戏剧性却因其突然的离世,而得以最大化拓延。当然，这并不是诗人自愿的人生设计。

徐志摩终究不是支着老花镜的专家学者，更不是喝二锅头发酒疯的愤青诗人。他面朝的大海，是一个人的情海，而不是诗学研究的茫茫人海。他的春暖花开与秋风落叶里，是一个人的沉醉与气馁，而不是古今中外的博学与八卦。诗人的气质，使他有不同于常人的思维方式与行为方式，不能按规律办事儿。而徐志摩的浪漫气质，也让后世少男少女们倾慕不已。每逢春暖花开时节，人们总会诗情勃发；而关于徐志摩的诗与爱情故事，已经说得太多，但似乎又是说不尽的。瞧，这一册徐志摩春游柏林时的《浮士德》德文原版书，不就在这百年后的春天浮现了出来吗？这一些拉拉杂杂、鸡零狗碎的围绕于此的闲侃，也在这春风沉醉的时光里生发出来了。

徐志摩与陆小曼婚后合影

"单车王子"存照

坊间曾流行一种说法，说是陆小曼下了前夫王赓的"宝马"，心甘情愿地上了徐志摩的"自行车"。诚然，王赓是西点军校的高材生，归国后在军中也做到了少将，但陆小曼为什么甘愿要上徐志摩的自行车呢？其实很简单，徐志摩的自行车上，能看见诗和远方。

徐志摩不是买不起汽车,他或许更酷爱自行车所具有的时尚与情调。他并不是骑着自行车灰头土脸赶时间的上班族,也不是把自行车当作出了地铁站还有几里地才到公交站的交通工具,他只是把自行车视作郊游代步工具,而这里的"郊游"不是普通的中国城乡结合部的"骑游","郊游"的地方是在英国的康桥(即剑桥)。

"单车王子"徐志摩,在《我所知道的康桥》一文中透露了他与自行车的奇妙关联。他这样写道:

> 瑰丽的春放。这是你野游的时期。可爱的路政,这里不比中国,哪一处不是坦荡荡的大道?徒步是一个愉快,但骑自转车是一个更大的愉快,在康桥骑车是普遍的技术;妇人、稚子、老翁,一致享受这双轮舞的快乐(在康桥听说自转车是不怕人偷的,就为人人都自己有车,没人要偷)。任你选一个方向,任你上一条通道,顺着这带草味的和风,放轮远去,保管你这半天的逍遥是你性灵的补剂。这道上有的是清荫与美草,随地都可以供你休憩。你如爱花,这里多的是锦绣似的草原。你如爱鸟,这里多的是巧啭的鸣禽。你如爱儿童,这乡间到处是可亲的稚子。你如爱人情,这里多的是不嫌远客的乡人,你到处可以"挂单"借宿,有酪浆与嫩薯供你饱餐,有夺目的果鲜恣你尝新。你如爱酒,这乡间每"望"都为你储有上好的新酿,黑啤如太浓,苹果酒、姜酒都是供你解渴润肺的。……带一卷书,走十里路,选一块清静地,看天,听鸟,读书,倦了时,和身在草绵绵处寻梦去——你能想象更适情更适性的消遣吗?

徐志摩:带一本《浮士德》去春游 | 243

这篇文章写于 1926 年 1 月 15 日,后来收入《巴黎的鳞爪》一书,1927 年 8 月由新月书店出版。据徐志摩在书前的序言所述,这些回忆其在法国与英国生活与思考的文章,并不是在巴黎或康桥写成的,竟然全是在陆小曼香闺里写成的。

徐志摩开篇即如清风徐来般娓娓道来:"这几篇短文,小曼,大都是在你的小书桌上写得的。"这是何其浪漫动人的事情——趴在情人的闺中小书桌上,描述自己在英国读书那会儿,骑自行车游康桥的种种美妙。这是何其与众不同的事情——那会儿人家骑自行车是在英国康桥休闲郊游,如今你开一破汽车塞在北上广的五环上!

徐志摩访问苏联归来后留影

文中提到,徐志摩"在康桥听说自转车是不怕人偷的,就为人人都自己有车,没人要偷"。他之所以这样说,是因为当年在康桥骑自行车郊游的人们,并不需要自行车上锁——因为不怕人偷,所以没必要上锁。这样的情形可比如今的"共享单车"还要开放,二维码都不需要了,一人一辆自行车,根本没租车行什么事儿。就凭这一点,徐志摩的自行车,非一般人的自行车可以企及。须知,那是在英国康桥才有的,不上锁、不怕人偷的自行车哩。

试想,那在英国康桥骑自行车郊游的徐志摩,浑身上下皆是英国绅士的教养,举手投足都是中产阶级的情调,怎能不迷倒陆小曼等中国女子。难怪即使在其死后16年,陆小曼对徐志摩骑自行车的"倩影"仍然念念不忘,将其在英国康桥的骑车照片收入由她整理出版的《志摩日记》之中。翻开1947年3月出版的《志摩日记》可见,头戴花格鸭舌帽,身着呢子大衣外套,内着领带西背的徐志摩,正左脚踩着自行车踏板,准备骑行——那是他在英国剑桥大学留学期间的存照。

徐志摩骑自行车,摄于英国剑桥大学时期

即使在当时的中国大都市,北上广的城市道路之上,一辆价值80块银圆左右的自行车,对于大多数人而言,仍然是可望不可即的奢侈品。当时的中国读者,看到徐志摩于20年前在英国康桥骑的"洋车",恐怕仍是会觉得"洋气"得了不得罢。事实上,徐志摩的自行车,不但令陆小曼等念念不忘,那些百年后骑着"共享单车"而来的中国文艺青年们,仍然对此津津乐道——须知,这真不是一辆普通的自行车啊!

胡　适：新郎爱上伴娘

胡适(1891—1962),原名嗣穈,学名洪骍,字希疆,笔名胡适,字适之,安徽绩溪人。中国近现代著名思想家、文学家、哲学家,以倡导"白话文"、领导新文化运动闻名于世。19岁考取庚子赔款官费生,留学美国,师从哲学家约翰·杜威,1917年夏回国,受聘为北京大学教授。1918年加入《新青年》编辑部,大力提倡白话文,宣扬个性解放、思想自由,与陈独秀同为新文化运动的领袖。胡适一生的学术活动主要在文学、哲学、史学、考据学、教育学、红学几个方面,主要著作有《中国哲学史大纲》《尝试集》《白话文学史》和《胡适文存》等。

这段短暂的"神仙生活",终究结束,不可再来;这对婚外恋的"烟霞仙侣",终究分手,不可重续。究其原由,乃是胡适终究无法逾越与原配江冬秀的传统婚姻之道德束缚。

新郎爱上伴娘

胡适与曹诚英的恋情旧事,近年来已披露极多,渐成"定案"。这段当事人不愿过多提及,却又情不自禁留下多种"证据"的婚外恋,成为近现代文史研究者及普通文史爱好者颇为热衷的话题。

胡适那首《秘魔崖月夜》中,一句"山风吹乱了窗纸上的松痕,吹不散我心头的人影",如今早已成为忆述与概括这段恋情的经典名句。在这首写于1923年12月22日的诗中,那深深镌刻在胡适心头上的"人影",正是他的表妹、还曾是他婚礼上的伴娘——曹诚英。

曹诚英(1902—1973),别字佩声、珮声,乳名行娟,安徽绩溪旺川人,中国农学界第一位女教授。她是胡适三嫂的妹妹,小胡适11岁。1917年胡适回乡成亲,她是婚礼上的伴娘之一,由此两人初识。胡适夫妇到北京

胡适题诗,为表达对曹诚英的恋情而作,此为1959年6月在台湾题写

定居后,她常写信给胡适,不时作些小诗请胡适评阅,两人通信往返,互有好感。曹称胡适为縻哥(胡适本名原作嗣縻),胡适称曹为表妹;《胡适日记》中则称其为"珮声",或直呼乳名"娟"。细查《胡适日记》可知,在胡适婚礼之后,两人再次见面于1923年4月底,9月16日,胡适在日记中已经用"佩"称呼曹诚英,而从9月18日始,胡适常常用曹诚英乳名(行娟)的简称"娟"称呼对方。不难揣测,两人感情在这段日子里迅速升温。

1923年6月8日至10月5日,胡适在杭州度过了他一生中从未经历过的"神仙生活"——这段时间,他与曹诚英确立恋人关系,之后又即刻分手,那"心头的人影"也就此铭刻。其时,他经上海到杭州西湖南山的烟霞洞疗养。烟霞洞在南高峰下,洞中有精巧的石刻,洞高200余米,峰高300米,可鸟瞰西湖全景。洞旁有屋数楹,是

曹诚英青年时期存照

金复三居士的住宅,胡适在这里租了三间房。在这一段时间内,虽然徐志摩、高梦旦、陶行知、任叔永、陈衡哲、朱经农、汪精卫、马君武等友人都曾探访过胡适,但长期陪伴在他身边的却是曹诚英。表面上是曹帮胡适照料日常生活,胡适则帮曹补习功课,实际上发生了恋爱关系。

胡适原配江冬秀当时并没发觉,她在给胡适的信中还说:"珮声照应你们,我很放心。不过,她的身体不很好,常到炉子上去做菜,天气太热了,怕她身子受不了。我听了很不安。我望你

们另外请一厨子罢。"不过,从这一时期胡适的创作和日记中,可以隐约窥见他与曹交往的蛛丝马迹,比如,一起"下棋"、"喝茶"、"观潮"、"看桂花"、"游花坞"、"游李庄"等。

这一年7月31日,胡适写了一首《南高峰看日出》,诗末附记云:"晨与任白涛先生、曹珮声女士在西湖南高峰看日出,后二日,奇景壮观,犹在心目,遂写成此篇。"显然,这首诗是胡适为他与曹诚英同游留下的一份文字纪念,其中蕴含着的情意,已然流露。胡适好友徐志摩最能洞察他的这点小技巧,他曾断言:"凡适之诗前有序后有跋者,皆可疑,皆将来本传索隐资料。"

9月23日,胡适开始写《烟霞洞杂诗》系列组诗,这一天他写了一首描写山间梅树的诗。诗中称树叶带着"秋容",梅树有的"早凋",这恐怕也有点自言心境的成分。诗末写道:"让他们早早休息好了,明年仍赶在百花之先开放罢!"这正是胡适对二人爱情的祈盼。因为曹诚英爱梅,常以梅自喻。胡适此刻以梅喻人、以梅写情,完全是情不自禁了。但胡适又是一个言行十分谨慎的人,他跟曹诚英热恋期间的作品大多秘不示人。胡适将《烟霞洞杂诗》拿给徐志摩、陆小曼看时,徐故意问:"尚有匿而不宣者否?"胡适"赧然曰有,然未敢宣,以有所顾忌"。

10月3日,是胡适与曹诚英分手的前夕。因为次日,曹就要回杭州女师读书,而胡适也要回上海办事。10月4日凌晨,胡适写下一段十分哀婉的日记:"睡醒时,残月在天,正照在我的头上,时已三点了。这是在烟霞洞看月的末一次了。下弦的残月,光色本惨惨,何况我这三个月中在月光之下过了我一生最快活的日子!今当离别,月又来照我,自此一别,不知何日再继续这三个月的烟霞洞看月的'神仙生活'了!枕上看月徐徐移过屋角,不禁黯然神伤。"像这样直露私情的文字,在胡适笔下,并不多见,但由此亦可见,那份情到深处的难以自持罢。

这段短暂的"神仙生活",终究结束,不可再来;这对婚外恋的"烟霞仙侣",终究分手,不可重续。究其原由,乃是胡适终究无法逾越与原配江冬秀的传统婚姻之道德束缚。早在这段"神仙生活"渐入佳境的8月17日,胡适就曾作《怨歌》诗一首,诗中感叹与曹的相恋恨晚,明确表达了对现有婚姻的不满,诗的末尾处更激昂慷慨地写道:"拆掉那高墙,砍掉那松树,不爱花的莫栽花,不爱树的莫种树!"这里的"高墙"概指传统道德观的阻隔,松树则就是象征遮挡"雨露和阳光"使爱情之花"憔悴"、"早凋"的原配罢。

胡适的侄媳李庆萱回忆说:"胡适和曹珮声都是博学多才的学者,情投意合,彼此爱慕。后来被江冬秀发现了,以死相逼,胡适只好暂罢离婚之议,饮泣割爱。"胡适的远房表弟石原皋回忆说:"江冬秀为此事经常同胡适吵闹,有一次大吵大闹,她拿起裁纸刀向胡适的脸上掷去,幸未掷中,我把他俩拉开,一场风波,始告平息。"胡适的外侄孙程法德在致胡适研究专家沈卫威的信中说:"家父知此事甚详,他曾告诉我,一九二三年春,胡适去杭州烟霞洞养病,曹诚英随侍在侧,发生关系。胡适当时是想同冬秀离异后同她结婚,因

胡适、江冬秀夫妇存照,
1925年7月

胡　适:新郎爱上伴娘 | 251

冬秀以母子同亡威胁而作罢。结果诚英后由胡适保送到美国留学,一场风波平息。"

无论如何,在杭州的"神仙生活"终究结束,成为胡适私人生活史上一桩渐行渐远,但又确为世人所共知的风流韵事了。然而,除了《胡适日记》的隐晦流露与胡家后人的事后追忆,毕竟还没有十分确切的"铁证"可观。

事实上,想从查阅《胡适日记》着手,完整复原这段新郎爱上伴娘的秘密情史,迷雾重重,几乎如同破译"密电码"一般。自1923年6月9日起,《胡适日记》突然中断了3个月之久,没有一个字存世,自9月9日,方才重新有日记存世。而这中断了日记的3个月,恰恰是胡适与曹诚英确立恋人关系,最为亲密的"蜜月期"。曾有研究者敏锐地指出,《胡适日记》曾出现过三次意义重大的"空白期",除了与曹诚英的这段"蜜月期"之外,另外两次则可能是因为有批评孙中山与诋毁蒋介石的内容,而整页整页地撕掉了。由此可见,胡适对保守这一段情感秘史之格外重视,竟然可与其曾诋毁国家领袖相提并论了。

据研究者推测,胡适之所以要刻意删除掉日记中的这段"蜜月期",可能是受了徐志摩死后其遗留日记归属问题引发多方纷争的影响。

原来,徐志摩生前曾将其日记存放于凌叔华处,并曾嘱托过凌,当他逝世后,凌可以查阅他的日记并为其编写传记。当然,当徐健在时,这种说法只能当作一种朋友间的信任或者开玩笑的随意之说。孰料,后来徐不幸因飞机失事而遇难,他遗留在凌处的日记归属问题遂成争议焦点。因日记中可能有关涉徐与林徽因、陆小曼等恋情的内容,林要涉及到自己的日记,而凌坚持要自己保管。胡适也曾参与到这场纠纷之中,他认为徐的日记是其生平的重要史料,作为徐的生前好友,他应当有调阅全部日记的权利。此外,他站在林、陆二人的立场上,也希望凌尽快归还徐的日记,涉及林的内容可以保密不予披露,但日记本身应当归徐的遗孀陆小曼所有。这看似极其合理的要求,却未能立刻获得凌的认可与接受。因为凌认为徐生前曾嘱托由她来保管日记,虽然斯人已逝,她理应遵守信诺,继续保管。为此,凌、林、胡等多人均卷入这场日记归属权的纷争之中。在胡适的催促之下,凌最终交出了徐的日记,但胡适认为凌对徐的日记做了"手脚",交出的日记内容并不完整。

胡适与友人1931年合影,高梦旦、郑振铎、胡适、曹诚英(从左至右)

1931年到11月22日,胡适在日记中写道:"为了志摩的半册日记,北京闹得满城风雨,闹得我在南方也不能安宁。今天日记到了我的手中,我匆匆读了,才知道此中果有文章。我查此半册的后幅仍有截去的四页。我真有点生气了。勉强忍下去,写信去讨这些脱页,不知有效否。"此刻,胡适应当也会联想到自己日记中那些隐秘已久但终归有暴露之日的内容,这样一来,他着手删除这部分内容的诱因与动机就都出现了。很可能正是在这时,胡适将1923年6月9日至9月8日的日记销毁,造成了其日记三大"空白期"之一。

当然,胡适想彻底删除这段情感秘史,并不容易。在未删除的日记中,"空白期"前后都难免会留下诸多蛛丝马迹。譬如1923年5月24日"得信"中有佩声,5月25日"作书与佩声",6月2日"收信佩声二",6月5日"收信"中有佩声,6月6日"发信"中有佩声;9月12日"晚上和佩声下棋",9月13日"下午我同佩声出门看梅花",9月14日"同佩声到山上陟屺亭闲坐",9月16日"与佩声同下山"等等。至于这一时期其他的诗文作品中,对这段情史也多有流露,一如前述种种。

1973年1月18日,终身未再有婚姻的曹诚英,因患肺癌在上海去世,跟胡适一样,终年也是71岁。遵其遗嘱,亲友将她安葬在绩溪县旺川公路旁。她认为胡适如果魂归故里,一定会经过这里跟她相聚。曹去世之后,一些文史研究者关心她遗稿的下落,想从中挖掘她跟胡适交往的史料,但都徒劳无果。据胡适研究者周筱华称,曹诚英曾经珍藏多年的诗、信(装在一小铁盒内)、日记和诗词草稿(竹纸自订本),以及相册和记载往事的本子,全都在"文革"中被红卫兵抄走了(她原想要这些东西随她同葬,可是至死没有找回)。又经沈卫威教授调查,她有六本日记,但在上海沦陷时期通通流失了。还有一些书信材料,曹诚英一直带在身边,1969年她退休回乡经杭州,将这些东西交给了汪静之夫妇,"命令"他们在她死后"一定要烧掉"。看来,汪静之夫妇按照她的意愿做了。但新近现世的一张胡适与曹诚英在烟霞洞前的合影,又为这原本尘埃落定的往事再添新注,或许,这张照片就正是上述这些下落不明的遗物之"焚余"罢。

胡适与曹诚英,1923年9月27日于杭州烟霞洞合影

西泠印社2015春季拍卖会中,有一张胡适与曹诚英在烟霞洞前的合影上拍。该照片背后还有胡适亲笔题写的"烟霞洞。十二、九、廿七"的字样。这张照片的出现,为这对"烟霞仙侣"的"神仙生活"留下了最为确凿的证据。因为,就目前所知,胡适与曹诚英的合影,大多是与众多亲友们一起拍摄的,照片上仅有胡、曹二人合影的,之前还未曾出现过。加之,该照片背后又有胡适的亲笔题记,这就更绝无仅有了,极可能就是当年胡适赠予曹诚英的私密之物。

胡适题记"烟霞洞。十二、九、廿七",指明了这张照片的拍摄时间与地点,即民国十二年(1923年)9月27日,二人在杭州

胡　适:新郎爱上伴娘 | 255

烟霞洞所摄。这一题记,也正好与胡适日记相互印证,当日日记中提到:"傍晚与娟同下山,住湖滨旅馆。"这张照片上,但见曹诚英背倚烟霞洞口的山岩而坐,手扶竹杖,面容清癯;养病期间的胡适两眼惺忪,竟未戴眼镜,一袭白布长衫,侧立于曹身后,宛若旧式情侣或夫妇合影惯态。洞口"烟霞此地多"的篆书古碑,自然而然地纳入了照片的背景之中,也在不经意间旁注着这对"烟霞仙侣"的情缘旧梦。

如今抚看这近百年前的"仙侣"合影,真可谓:百年前铁证如斯,百年后梦影似昨。烟霞洞中仙侣一瞥,世上情缘已过百年。

"民国第一红娘"美国证婚记

胡适素有"民国第一红娘"之誉,特别乐意促成他所认可的青年男女的恋爱与婚姻,由其促成的有情眷属数不胜数。蒋梦麟夫妇、赵元任夫妇、徐志摩夫妇、沈从文夫妇、陆侃如夫妇、李方桂夫妇、千家驹夫妇、马之骕夫妇、王岷源夫妇、许士骐夫妇等等,皆是胡适证婚,终成眷属的。

胡适友人高宗武(1905—1994)曾鼓励妻子沈惟瑜为其写传记,沈氏对胡适证婚次数之多颇感兴趣,并为之有过记载:

> 他(胡适)尽管工作很忙,但有一件事却很乐意充任,从未拒绝,即主持中国人的婚礼。他只是喜欢看到青年人相恋、结合。他在那时已主持过一百五十多次婚礼。

这150多次证婚,从目前已知的记载来看,大多为胡适同辈友人、晚辈学者，成就的多是学界伉俪，婚礼地点也大多皆为中国国内。而有一桩胡适在美国证婚的婚礼，且有婚礼现场照片存世，却至今未有研究者披露过。

其实，《胡适日记》1939年5月12日这天，就明确记载了这次美国证婚的来龙去脉。他写道：

> 今天本馆秘书游建文君与张太真女士结婚。张女士是张履鳌先生的女儿，与上海剧团同来，我病在纽约时，他们正在纽约演戏，故建文与张女士常相见，以后就订了婚约。我给他们证婚。

这是胡适任驻美大使期间的唯一一次证婚，是为使馆秘书游建文与一位中国演员张太真的婚礼证婚。游建文时任使馆二等秘书，追随胡适左右，进行外交工作，后来宋美龄访美期间，又任宋的随行秘书，到1960年代，还曾任台湾驻美国"总领事"，可谓勤勉有加、青年有为的外交官。与之相应，其妻张太真，也出身于外交官家庭。其父张履鳌自1912年起在汉口开律师事务所，还曾担任过黎元洪法律顾问、汉口—广东—四川铁路管理局总长、吴佩孚法律顾问等职。1927年出任汉口第三特区（英租界）总监，次年起任汉口商品检验局合议局长，南京、威海卫回归筹备委员会高级专员。1930年赴智利任中华民国驻智利代办，1931年3月被任命为中华民国驻智利特命全权公使。

1939年3月31日，《胡适日记》中也曾记载："张履鳌太太请吃饭，是宣布她的女儿与本馆秘书游建文兄订婚。"可以想见，一位是正在海外履职的青年外交官，一位是出身外交官家庭的

胡　适：新郎爱上伴娘 | 257

名门闺秀，可谓门当户对、两两相宜，胡适乐见其成，就欣然在大使馆内为这对新人证婚。

在美国国会图书馆中，就珍藏着这次特别的婚礼照片——时任驻美大使的证婚人胡适与两位新人的合影。照片附有英文备注，可谓胡适的这次证婚又一说明：

> Washington, D. C., May 13. Miss Virginia Chang, star of the Chinese Cultural Theater, yesterday changed her role of Queen to the role of bride. She was married in the beautiful Gardens of Twin Oaks, the Chinese Embassy, to Kien-Wen Yu, second secretary of the embassy. The simple Chinese ceremony culminated a whirlwind romance and was performed by Chinese ambassador, Dr. Hu Shih. Left to right: Chinese ambassador Dr. Hu Shih, the bride, and Kien-Wen Yu.

照片的英文备注，译为中文，大意是说：中国文化剧社的影星弗吉尼亚·张（即张太真）小姐，昨天由剧中的皇后转变为现实中的新娘了。她嫁给了中国使馆二等秘书游建文先生，婚礼就在美丽的"双橡庄园"（中国驻美使馆所在地）举办。证婚人——中国驻美大使胡适，为婚礼举行了简短的证婚仪式。照片从左至右为：中国大使胡适、新娘和新郎。

特别有意思的是，在胡适为新人证婚时，照片备注中用到了"whirlwind romance"一词，意即"闪电恋爱"，在这里既可以说是两位新人"一见钟情"，也可以说二位的婚姻是"闪婚"。据胡适日记载,"我病在纽约时,他们正在纽约演戏,故建文与张女士常相见,以后就订了婚约。"可见胡适在纽约生病期间,二人初见时便"一见钟情",这段时间为 1938 年 12 月至 1939 年 3 月。二人的订婚则在当年 3 月底完成,婚礼于 5 月即举

1939 年 5 月 12 日,证婚人胡适与张太真、游建文婚礼合影

办,不可谓不快,不可谓不"闪电",按照现在的流行说法,这就是"闪婚"。

胡适在美国为这对"闪婚"情侣证婚,可谓一次异国情缘的特别见证。对这次美国证婚,胡适相当重视,一年后,1940 年 5 月 12 日的《胡适日记》,只写有一件事,曰:"今天是游秘书夫妇在双橡园结婚一周年纪念。我在园中开了一个小小的园会,请了一些外部远东司的人。"继证婚之后,还亲自主持结婚周年纪念会的,在胡适的"鸳鸯谱"中,恐怕也仅此一对儿罢。当年在胡适身边的工作人员,如游秘书夫妇这样的年轻人,应当是洋溢着幸福与愉快的。

事实上,在结婚之前,游建文就一直是胡适驻美大使期间的得力助手。而在婚后,游建文夫妇两人均全力协助胡适的外交工作,张太真还曾一度被美国新闻界戏称为中国驻美大使馆"女主人"。1941 年 12 月,美国《生活》杂志专访胡适时,就附有胡

适在大使馆客厅与张太真谈话的场景照片。记者除了拍摄大使馆客厅全景之外,还拍摄了胡、张二人交谈的近景照片。从照片上来看,二人表情愉悦,应当是相处极为融洽的。《生活》杂志为图片所作附注也颇为幽默,称"在大使客厅里,一对铁花画框与一幅蒋介石画像之下,胡适与游建文夫人正在喝茶交谈。因为胡夫人尚在中国,游夫人遂成了大使馆女主人"。

当然,胡适研究者或近代史研究者,对此可以忽略不记、一笔带过,因为这与某种预设的"史观"及其研究,似乎关联不大。但这就是胡适的真实生活之存照——追求理想也热爱生活。他即使赴美为抗战做艰苦的外交工作,也乐于促成青年晚辈的美好姻缘;他就是这样一位善于从生活本身中获取快慰的人。

胡适与张太真在驻美大使馆客厅存照

或许,胡适之所以乐于促成青年婚恋,之所以乐于去做150多次证婚人,与他特别认可基于自由恋爱的婚姻有关。试想,胡适与曹诚英的那段终无结果的苦恋,可能让他在观察青年男女之间的婚恋问题上,较之一般学者更多了一份同情与关怀。为此,在自身再无法践行自由恋爱的前提之下,他乐见青年男女的爱情终有结果,他也乐于去做"民国第一红娘"。

郁达夫：风雨茅庐之外

郁达夫(1896—1945)，名文，字达夫，生于浙江富阳。1913年，随兄嫂离乡到日本留学，考入东京第一高等学校医科部。后与郭沫若等成立创造社，专事文学创作。早期代表作《沉沦》，其他作品有《春风沉醉的晚上》《她是一个弱女子》《瓢儿和尚》《迟桂花》等。1938年，应新加坡《星洲日报》所聘，出任该报副刊《晨星》的编辑。1945年，突然失踪，后证实被日军杀害。

可能让他"更断肠"的事情,乃是他强装豁达,寻回妻子之后,妻子并不领情,与他旷日持久地在信中辩论。这些辩论,当然涉及到了许多个人隐私,当然一次又一次地伤害着彼此本已脆弱不堪的感情。

杭州·风雅房奴

1932年11月10晚,郁达夫在杭州的一间旅舍里,给住在上海英界赫德路嘉禾里的爱妻王映霞(1908—2000)写了一封信,除去嘘寒问暖、家长里短之外,信中还提到了一件重要的投资决策——"弱女子落得卖去,有一千二百元也可以了,最低不得比一千元少。这钱卖了,可以到杭州来买地皮或房子。"

这"弱女子"是谁?难道大文学家也要做什么拐卖妇女、伤天害理的勾当?还是夫妻合伙下手,卖了之后还要用"赃款"买房?其实,郁达夫信中的"弱女子"并非实指某个女子,而是指他所写的小说《她是一个弱女子》。他所谓的卖去"弱女子",是指把这部小说的版权出售给出版社,从中获利。那么他说"有一千二百元也可以了",这个价格在当时已经相当不错了。

这里所说的"一千二百元",可不是后来国民党政府垮台前所滥发的那种"法币"来计价的,而是"北伐"结束,全国统一之后的国民政府明令与银圆1∶1等值兑换的"国币"。也即是说,郁达夫的小说版权卖了1200元银圆的价格。须知,鲁迅于1924年在阜成门内西三条胡同所购的一处四合院(现北京鲁迅博物馆),也不过花800元银圆买了下来,又用了近200元银圆翻修与添置家具,完成入住实际上也就花了1000元银圆。换句话说,郁达夫这部小说的版权售价,在当时至少可以在北京买下一所四合院了。

《达夫全集》,上海北新书局1929年、1931年出版

但郁达夫并没有在北京购房,而是梦想着在西湖边住上别墅。1936年的春天,在杭州官场弄63号南侧一块空地处,一所雅号"风雨茅庐"的新居所矗立于此——这就是郁达夫在信中提到要买的那块地皮。郁达夫的确卖掉了他的那本著名小说《她是一个弱女子》的版权,得到了他预期中绝不能再低的1000元之数。郁达夫是早有计划,要把这笔数目较大的稿费直接用于购买地皮的。

这本小说,由于其描写的尺度非常大胆,有大量涉及同性恋和不伦之恋的描写,虽然只有区区的两万多字,在当时却卖到了1000元的高价。折算下来,每千字近50元的稿费,在当时行价仅在每千字7元的出版界,也是个实实在在的天价了。

插话：郁达夫的小说稿费 VS 况周颐的校书工费

郁达夫的小说稿费标准之高，在同时代作家中名列前茅，自不待言。即便与那些自命清高、故作风雅的遗老遗少的"润笔"相比，郁达夫的稿费标准也是颇高的。

就以"清末四大词家"之一况周颐（1859—1926）的校书薪水为例，可知对于这样一位"词学大家"要通过校书挣得1000元银圆，亦绝非易事。

早在民国三年（1914）之前，况周颐就开始参与到刘世珩"暖红室汇刻传剧"的校书工作中，这是一部大型的囊括多本明清戏剧的汇刻丛书。由于况的词学声名，也由于况曾在刘开办的江楚编译书局中供职，刘给况开出了校一页书薪资银二分的工价；刘自认为这个价格没有亏待况，而况虽不甘愿却也最终接受。仅以这个校书的工价而言，如果一块大洋按官制银七钱二分计算，况氏要挣到1000元银圆的话，则需要校完16000页书。按照"暖红室汇刻传剧"现存刊本的平均页面数（约80页）来计算，况需要校完200册书才能拿到1000元银圆。

而实际上，刘世珩生前完成校刻的"暖红室汇刻传剧"丛书，真正刊行的不足百册。这套自清末开始进行校刻的大型丛书，至1926年刘去世时，已断续开展了十余年校刻工作。这十余年间，与刘同于1926年辞世的况周颐，即使坚持始终，所领到的零星校书薪水大概也不会超过500块大洋吧。而根据现存二人通信遗札来看，况的校书工作并没有坚持太久，不堪校书之累的他，于1914年重阳节前后向刘请辞。一年多的校书薪水，顶多也就是几十个银圆之数而已。由此可见,郁达夫的稿费标准,实在是相当高的,不但在新派文人里实属佼佼者,而且比那些苦撑风雅的旧派文人高出许多。

大约过了十来天,身在杭州的郁达夫又给王映霞去了一封信,再次谈到另一篇稿子的稿费问题。他在信中说,"我将有一篇东西寄出,字数在八千字左右。你送去后,可先向刘某说明,此系创作,非十元千字不可也。中华数字,也同商务一样,标点空格,都须除去,必要十元千字才能合算。"

这里所说的"一篇东西",是指郁达夫的另一篇短篇小说《瓢儿和尚》,这份八千字的稿子,即使按照他合算的计价法,也只有区区80元钱罢了。可见,没有如"弱女子"那样限制级内容的写作,时价确实是很低的;而郁达夫有没有把这80元钱投入到"风雨茅庐"的建设基金中,更不得而知。

郁达夫著《屐痕处处》,1934年上海现代书局初版

事实上,当时郁达夫的全部储蓄和他能攥到手里的全部稿费,在用于买地置业这样的"大动作"时,还是捉襟见肘的。他左右盘算,按那时的物价,这所"风雨茅庐"最少也得5000元才可以搞定:其中1000元买地皮,4000元造房子。他左挑右选,最终不得已在场官弄一庵堂旁的一块空地上造了这间"风雨茅庐"。说不得已,是因为一般造房总要避开庵堂寺院,因为从风水学角度而言,这样的选址大致对宅主不

利。即便如此,能省的都省了,能想办法的都想了,那5000元的建设基金,多半还是靠向朋友举债筹来的。按照约定,每个月他都会连本带利结清一点"债务",这样的做法,也就类似于如今的"按揭"买房了。从这个意义上讲,郁达夫是在杭州做了"房奴"。

1933年4月25日,郁达夫从上海举家移居杭州大学路场官弄63号,开始了先租房再建房的全盘计划。他对即将开建的靠"按揭"买来的别墅,充满期待。虽然当时还只是一个租房客,可他对在杭州定居信心满满,格外乐观。他在《移家琐记》中对眼下暂时的居所也颇多赞美,足见其对杭州的喜爱。在此,不妨细读一番。文中这样写道:

一九三三年四月廿五(阴历四月初一),星期二。晨,五点起床,窗外下着蒙蒙的时雨,料理行装等件,赶赴北站,衣帽尽湿。携女人儿子及一仆妇登车,在不断的雨丝中,向西进发。野景正妍,除白桃花,菜花,棋盘花外,田野里只一片嫩绿,浅淡尚带鹅黄,此番因自上海移居杭州,故行李较多,视孟东野稍为富有,沿途上落,被无产同胞的搬运夫,敲刮去了不少。午后一点到杭州城站,雨势正盛,在车上蒸干之衣帽,又涔涔湿矣。

新居在浙江图书馆侧面的一堆土山旁边,虽只东倒西斜的三间旧屋,但比起上海的一楼一底的弄堂洋房来,究竟宽敞得多了,所以一到寓居,就开始做室内装饰的工作。沙发是没有的,镜屏是没有的,红木器具,壁画纱灯,一概没有。几张板桌,一架旧书,在上海时,塞来塞去,只觉得没地方塞的这些废铜烂铁,一到了杭州,向三间连通的矮厅上一摆,看起来竟空空洞洞,像煞是沧海中间的几颗粟米了。最后装上壁去的,却是上海八云装饰设计公司送我的一块石膏圆面。塑制者是江山徐葆蓝氏,面上刻出的是《圣经》里马利马格大伦的故事。看来看去,在我这间黝暗矮阔的大厅摆设之中,觉得有一点生气的,就只是这一块同深山白雪似的小小的石膏。

……

新居落宴,第一晚睡在床上,翻来覆去,总睡不着觉。夜半挑灯,就只好拿出一本新出版的《两地书》来细读。……从半夜读到天明,将这《两地书》读完之后,已经觉得愈兴奋了,六点敲过,就率性走到楼下去洗了一洗手脸,换了一身衣服,踏出大门,打算去把这杭城东隅的侵晨朝景,看它一个明白。

……

天气也渐渐开朗起来了,东南半角,居然已经露出了几点青天和一丝白日。土山虽则不高,但眺望倒也不坏。湖上的群山,环绕的西北的一带,再北是空间,更北是湖外境内地发样的青山了。东面迢迢,看得见的,是临平山、皋亭山、黄鹤出之类的连峰叠嶂。再偏东北行,大约是唐栖上的超山山影,看去虽则不远,但走走怕也有半日好走哩。在土山上环视了一周,由远及近,用大量观察法来一算,我才明白了这附近的地理。原来我那新寓,是在军装局的北方,而三面的土山,系遥接着城墙,围绕在军装局的匡外的。怪不得今天破晓的时候,还听见了一阵喇叭的吹唱,怪不得走出新寓的时候,还看见了一名荷枪直立的守卫士兵。

"好得很！好得很！……"我心里在想，"前有图书，后有武库，文武之道，备于此矣！"

这真真可以称之为最风雅、最乐观、最得意的"房奴"日记了吧。地皮还未选定，别墅更是没影的事儿，郁达夫住在出租房里，看山看水看书看人，皆是"好得很！好得很！……"面对着未知"交房"周期的别墅，可能有超长建设期的超级"期房"，负债累累的郁达夫似乎毫不在乎，兴高采烈地住在出租房里，期待着"风雨茅庐"在某年某月某日建成。

当然，上述《移家琐记》的内容只是摘录，在文章开头，已然交待了看似乐观的郁达夫，究竟为什么要从上海搬至杭州定居的原因。他说：

"流水不腐"，这是中国人的俗话，"Stagnant Pond"，这是外国人形容固定的颓毁状态的一个名词。在一处羁住久了，精神上习惯上，自然会生出许多霉烂的斑点来。更何况洋场米贵，狭巷人多，以我这一个穷汉，夹杂在三百六十万上海市民的中间，非但汽车、洋房、跳舞、美酒等文明的洪福享受不到，就连吸一口新鲜空气，也得走十几里路。移家的心愿，早就有了；这一回却因朋友之介，偶尔在杭城东隅租着一所适当的闲房，筹谋计算，也张罗拢了二三百块洋钱，于是这很不容易成就的戋戋私愿，竟也猫猫虎虎地实现了。小人无大志，蜗角亦乾坤，触蛮鼎定，先让我来谢天谢地。

首先，想换个新环境、多点新创意，这恐怕是写作者经常都有的心愿。其次,上海生活成本偏高,大作家郁达夫也有点消受不起了,干脆搬到一个山清水秀、不必斗富比阔的地方,过一种半隐居的生活得了。理由充分,合乎情理,似乎都说得过去。

然而,郁达夫在杭州的出租房里才住了半年多,就听到了反对他在杭州置业的声音。原来,是鲁迅先生坚决反对他举债买房、到杭州定居。

据《鲁迅日记》1933年12月29日之日记,载有"下午映霞及达夫来"之语,接下来一天,即12月30日,《鲁迅日记》中又载有"午后为映霞书四幅一律云:'钱王登遐仍如在,伍相随波不可寻。平楚日和憎健翮,小山香满蔽高岑。坟坛冷落将军岳,梅鹤凄凉处士林。何似举家游旷远,风沙浩荡足行吟。'"

鲁迅先生在诗中告知郁达夫,古时杭州暴君钱镠虽死犹在,而如伍子胥般正直之士已无处可寻,高飞之雄鹰不应留恋风和日丽、整齐草丛,山坡之上长满花草势必会遮盖住巍峨之山峰。正直如岳飞者至今还被冷落在坟坛,隐居如林逋者也终落得一个凄凉结局。因此,还不如离开杭州,搬迁到自由度更为辽阔之土地上,任风波浩荡,以抒发自由之情感。这首诗后来在编入《鲁迅文集》时,被明确地冠以了《阻郁达夫移家杭州》这个题目——可见鲁迅先生,是着实希望郁达夫成为真正的无产阶级战士,而非忙着举债置业的小资产阶级。

1935年7月,郁达夫在场官弄般若堂边购地,开始兴建"风雨茅庐"。鲁迅的劝告,就此成了"耳旁风"。当年11月9日,他在《冬余日记》里写道:"场官弄,大约要变成我的永住之地了,因为一所避风雨的茅庐,刚在盖屋栋;不出两月,油漆干后,是要搬去定住的,住屋三间,书室两间,地虽则小,房屋虽则简陋到了万

郁达夫:风雨茅庐之外

1926年3月18日,创造社同仁,左起:王独清、郭沫若、郁达夫、成仿吾

分,但一经自己占有,就也觉得分外的可爱。"看来,出租房里的郁达夫,已经迫不及待地想成为别墅的主人了。

1936年4月30日,"风雨茅庐"终于落成。但奇特的是,在经受了那么长时间的"房奴"生活之后,在新房装修期间,郁达夫却以苦于泥土砖瓦干扰为由,于1936年正月十三离开杭州,到福州漫游去了。后来,当他从福建赶回时,妻子王映霞已经迁入另一所新居。当时,他在"风雨茅庐"只住了三天,便又赶往福州供职。随着抗日战争的战线往南蔓延,王映霞只能独自带着孩子和老母在漫天烽火中逃难而去。"风雨茅庐"最终没能在风雨飘摇的世道中为郁达夫和王映霞遮风挡雨,最终成为了一所无主物业。当然,这都是后话。不能否认的是,郁达夫在杭州买地建别墅,以自身的经济状况结合当时的物价水平来综合考量,还是颇有眼光、颇有头脑的。

据专家实测,当时"风雨茅庐"占地面积为1亩8分多,为砖木结构建筑。若按地皮价1000元银圆核算,当时的地价应为每亩556元左右。这个地价是否便宜划算,郁达夫自己是心里有数的。他选择此时在杭州为构建一所爱巢,不仅仅是因为王映霞的故乡即是杭州,也不完全是为了纪念二人于1927年6月在杭州的订婚,应当是直接或间接的与他当时的个人经济状况有关。之所以鲁迅都阻止不了郁达夫做"房奴",之所以郁达夫偏要选择在杭州买地置业,并不是他非得要追求什么文人的风雅、怀古的幽思,非得要在这有西湖孤山、有秀美风景之地定居,他虽没有直接道出个中原委,然而通过测算与比价,可知他的这一决定是潜藏着精明与智慧的。

据专家考证,1930年代的上海,公共租界的地价极其昂贵,每亩的平均地价高达150000元以上。而与地价高昂的公共租界相比,即使是水平偏低的上海华界地价,平均估价也达到了1428元。在整个华界可用地面积64.7万余亩之中,真正的商业区和居住区只占一小部分,大致只有三分之一不到,其余的则几乎全是农地。所以,如果此时郁达夫选择在上海做房奴,再怎么精打细算,他都要付出几乎三倍之多的投资,而且还极有可能买不到一块"熟地",只能在秧田里进行土地整理,之后才谈得上盖房的事体。在这样的情况下,郁达夫甘冒"附庸风雅"之嫌,毅然决然选择了在杭州做"房奴",无论鲁迅如何反对、妻子如何不解,都坚持了下来。这样做,无疑是极其精明的。

当然,他在装修好的新房中只待了3天时间,不能不说是一个遗憾。不过,这也正好说明了做"房奴",说到底,无论风雅与否,无论精明与否,总是人生中难以承受之重吧。大作家郁达夫也不例外。

福州·囧并幸福

1936年2月4日,"风雨茅庐"还在装修期间,郁达夫一骨碌起身,去了福州。与朋友道及,只说是出去漫游散散心,因为受不了装修各种声响与气味的干扰。实际,他也确实是应当时国民政府福建省主席陈仪(1883—1950)之邀,到福州游览观光。

但在2月7日,郁达夫即被福建省政府委任为省政府参议,如此一来,大作家在福州一边做官、一边写文章,也蛮好,生活惬意而富于激情,留下许多文坛佳话自不必说。不过若说到一些囧事,大作家也算是登峰造极第一囧人了。

吃荔枝吃到拉稀

福州自古盛产荔枝,西禅寺的"十八娘"荔枝更是闻名天下。每逢旧历四月荔红蕉绿时节,西禅寺的游人众多,都是前来品尝荔枝的。按照西禅寺老规矩:荔枝可以任由游客随意大吃,每人只收银角6枚,但吃完了事,不能打包带走,有点自助餐的意思。

郁达夫非常爱吃荔枝,自然更不会放过这"十八娘"自助餐。当年,他就邀约着八九个浙江籍同乡一起去西禅寺大吃荔枝。据当年自助餐友回忆,他吃的荔枝最多,还一边吃一边吟诗,一副大作家派头。当家和尚知有郁达夫在座,马上叫小和尚捧出文房四宝,请他题诗。他推辞说:"面对这么好的荔枝,尽量吃还来不及,哪有心情吟诗写字?"说罢,又埋头大吃起来。但经不住当家僧的热诚,只见他略思片刻,就在一张宣纸上不停笔写了四句:"鹓雏腐鼠漫相猜?世事因人百念灰。陈紫方红供大嚼,此行真为荔枝来。"

可是就在这一天大吃荔枝之后,郁达夫腹痛难忍,腹泻不止。回家急请医生,偏偏是星期日,医院停诊,真是要多囧有多囧。还好,在关键时刻,邻居问了一句:"是不是吃荔枝了?"急忙拿来一小碟酱油让他喝下,奇怪,不久肚子就不痛也不泻了。之后他还跟没事人似的,逢人便说:"古人说:尽信书不如无书。果是真理。"言下之意是荔枝还可以大吃,有酱油就可以治拉稀。

郁曼陀(中)、郁养吾(右)、郁达夫(左)三兄弟合影

脖子上挂饼耍酷

基本上小孩子都知道形容"懒人"有个民间典故,就是说脖子上挂张大饼,一直用嘴够着吃,吃到饼掉地下为止,都不用手扶一扶。可谁知道福州还真有这么一种饼,传说中也真有类似的这么一种吃法。郁达夫喜欢考证民风民俗,身先士卒,他就演了这么一出"懒人吃饼"的酷秀。

有一天,郁达夫在福州街头闲逛,见到一种很特别的饼,好端端的在中间凿了一个孔。问了商家才知道原来叫"光饼"。据说明代戚继光带三千山东子弟兵到福州追歼倭寇,便发明这种饼,可穿绳子,挂在脖子上,作为行军时的干粮。福州人民感谢他,用"光"字来纪念他。

郁达夫觉得这"光饼"很有意义,当天就买了很多,用绳子串起来,像当年戚家军一样,套在脖子上,一个人跑到于山戚公祠去,凭吊戚继光,还在祠壁上题了一首七言绝句:"举世尽闻不抵抗,输他少保姓名扬。四百年来陵谷变,而今麦饼尚称光。"脖子上挂张饼,一边吃一边念诗,大作家可能自己觉得很酷,可把卖饼的囵得不行,大伙儿都说他做的饼有问题,会把人吃成癞子。

谁的肉末在飞

一天,郁达夫参加一个重要宴会,穿着一身灰色花哔叽夹袍,黑色马褂,兴致勃勃地走到街头,正想要一辆车,忽而被一旁"咚扑咚扑"的声音给吸引住了。他站在一旁,仔细地观看起来。

只见一个小店,有一个大砧头摆在店中,有两个强悍的猛男,各拿了一把大木锥,对着砧上的一大块猪肉,一下一下拼了命使劲地敲。把猪肉这样的乱敲乱打,究竟算怎么回事?大作家百思不得其解,他支着手,托着下巴看了很久,也没能看出个所以然来。后来又看见店中两个伙计,把打得稀烂的猪肉和入面粉,然后再制成一种面皮。和包馄饨的外皮一样,里面再包上各色的蔬菜,扔进沸水里一煮了事。伙计见郁达夫一直站在一旁发愣,就问他要不要来一碗?大才子这才想起,宴会得迟到了!连忙转身就走,忽然看见自己的黑色马褂上,一层白花花的碎肉末子,大才子叫苦不迭,气得哇哇大叫:谁的肉末?谁的肉末?

这段囧事,大作家还迅即把它变成了知识产权。在他那篇很畅销的《饮食男女在福州》的文章中,把这种打得肉末横飞的食物叫作"肉燕",还煞有介事地说这种食物在福建也只是福州独有的特产。只是只字未提,当时肉末挂满马褂,宴会没法参加的囧状了。

做官不忘恋爱

郁达夫《闽游日记》中，在 1936 年 3 月 23 日有这样的记载："晚上在中洲家吃饭，作霞信一，十时上床。"这里的"作霞信一"，即指写给远在杭州"风雨茅庐"的夫人王映霞的一通私人家信。原本身在异乡，给自己老婆写封家信，也没什么可囧的啊。只是这封信和 1936 年 4 月 2 日南京《新民报》"各地通讯"栏目的一则题为《做官不忘恋爱，郁达夫两头忙》的"花边新闻"，对照着那么一看，就知道当年大作家还真是被囧了一把。

信的最后一段提到，"这一封私信，你阅后以为可以发表，请拿去交给报社，头上加一个'闽海双鱼'的题目就对。杭州的友人，大约要想知道我的消息的总也不少；借花献佛，可以省去我许多作信之劳，更可以省下我的几张五分邮票。"

原来，大作家的家信在当时也是可以换稿费的硬通货，郁达夫不但节省了几张五分邮票，还要挣稿费贴补家用，也算是精明到家了。只是报社为了做噱头，并未按照他的意思，没有给这封信加上一个"闽海双鱼"的文雅题目，而是做了一个让他够囧的标题来娱人娱己。这一次，在福州一边囧，一边幸福的文学青年郁达夫再一次囧到极致无怨尤，毕竟还是拿到了稿费，囧一把也不在话下了。

据说，郁达夫曾三次入闽，首次于 1926 年 12 月，从广州到上海，船经马尾，在福州城居住一日；第二次于 1936 年 2 月 4 日应时任国民党福建省主席陈仪之邀赴闽任省府参议（兼公报室主任），1938 年 3 月 9 日离开福州转道浙南，去武汉任军事委员会政治部设计员;第三次于1938年秋,由汉寿来福州小住,年底赴新加坡。如果说,1926年与1938年秋这两次,一头一尾的福州之行,都是短暂的经停一游的话,那么1936年至1938年这一次在福州长达两年的寓居,对郁达夫而言,对这样一个本质上属于文学的作家而言,究竟意味着什么呢?

一边囧,一边幸福。囧,并幸福着。这是郁达夫赴福州之前的打算,也是他在福州时的真实体验。郁达夫入福州,他远在杭州的娇妻王映霞原本也是支持的。因为当时这一对恩爱夫妻在杭州营造的超级豪宅——标准独幢坡岭别墅——"风雨茅庐"花了大把银子,欠了一屁股债。加之郁达夫的购书癖——据郁达夫在日记中回忆说,单单是在"风雨茅庐"中的藏书就达三万册之多;而王映霞则经常出入杭州、南京等高官云集的社交场所,花销也不少。两口子一边幸福着,一边为高消费的生活而囧着。

作为家庭主妇的王映霞,既为家庭生计虑,也为郁达夫的人生前程虑,开始积极敦促郁达夫尽早入闽。这样一来,可以在福州一边做官挣薪水,一边专心写稿赚钱。郁达夫本人也正有此意。1936年2月2日郁达夫离开杭州赴闽,据他

郁达夫与王映霞,
1937年摄于福州

本人回忆说，王映霞本来想亲自送他到上海上船，但因为想着"世乱年荒，能多省一钱，当以省一钱为得"，他只得硬下心肠，拒绝了这次恋恋不舍的惜别。

1936年2月4日，郁达夫抵达福州。2月10日，北平《世界日报》就登出短讯，称郁达夫到福州后出任省府参议，月薪二百元。就这样，按照小两口预期的那样，背着一屁股债的"房奴"开始了颇有希望的新生活。

新加坡·星洲遗恨

1938年7月5日，一个身形瘦削，容颜颓唐的青年男子在汉口《大公报》第四版上，刊登了一则《启事》，全文如下：

> 映霞女士鉴：乱世男女离合，本属寻常，汝与某君之关系，及搬去之细软衣饰、现银、款项、契据等，都不成问题，惟汝母及小孩等想念甚殷，乞告一地址。
>
> 郁达夫谨启

1938年7月10日，这则《启事》甚至传到了香港。在当天的香港《立报》第三版上，刊出了一篇题为《郁达夫突然失妻》的文章。原文如下：

> 小说家郁达夫，曾一度任闽省府参议，最近来汉，参加抗战工作。其夫人王映霞女士，在汉交际界，夙以健美著称。十年前，郁有不少作品，专述其与王女士恋爱故事。伉

俪情笃,殆可想见,不意当此流亡患难之际,王女士突以出奔闻。郁于本月五日,在汉市各报,刊布一小广告,文如左:

"王映霞女士鉴:乱世男女离合,本属寻常,汝与某君之关系,及搬去之细软、衣饰、现银、款项、契据等,都不成问题,惟汝母及小孩等想念甚殷,乞告一地址。郁达夫谨启。"

"乱世男女离合,本属寻常。"郁作此语,诚不愧为"达夫"。广告中所谓某君,闻亦一有声誉之人,郁尚未公布其名姓,意或尚有所待也。

(六日自汉口寄)

不久,失踪的王映霞又回来了。1939年3月,为了避逃惨烈的战火,郁达夫带着王映霞,一同逃到了一个叫"星洲"(即新加坡)的小岛上。看似一位心胸豁达的老公,谅解了突然失踪的老婆,在这仓皇乱世,理应"破镜重圆"。不过,在这座小岛上,他们最终还是分手了。如那则简明的启事一样,乱世男女离合,本属寻常罢。

事情的原委,当事人双方都语焉不详,没有留下明确的记录。但郁达夫的密友,因写《蕙的风》而闻名的诗人汪静之(1902—1996),曾写过一篇文章,基本点明了郁达夫寻妻启事背后的隐情。这篇文章题为《王映霞的一个秘密》,文中提到一个重要的、可能郁达夫都不知道的秘密。

原来,1938年春夏间汪静之与家人到武昌避难,当时达夫也全家在武昌,两家是近邻,常相往来。台儿庄大捷后,郁达夫随政府慰劳团到前线劳军,有一天王映霞对汪静之的夫人符竹因说:"我肚子里有孩子了,抗战逃难时期走动不便,我到医院里请医生打掉。医生说：'要你男人一起来，才能把他打掉。男人不同意，我们不能打。'达夫参加慰问团去了，要很多天才会回来，太大了打起来难些，不如小的时候早打。竹因姐，我要请静之陪我到医院去，装作我的男人，医生就会替我打掉。请你把男人借我一借。"符竹因听了满口应承，吩咐汪静之陪王映霞过江到汉口一家私人开的小医院里做了流产手术。

过了一段时间，汪静之到郁达夫家看他回来没有，王映霞的母亲说："没有回来。"汪静之看见郁达夫与王映霞的长子郁飞满脸愁容，就问他为什么不高兴？孩子说昨夜妈妈没有回来，王映霞的母亲也对汪静之说王映霞昨夜被一辆小轿车接走后至今未回。第二天汪静之再去探望，却见王映霞一脸的兴奋和幸福，对汪静之大谈戴笠（1897—1946）的花园洋房是如何富丽堂皇如何漂亮，流露出非常羡慕向往的神情，汪静之马上悟到昨天她夜不归宿的原因了，也联想到她为什么要在郁达夫外出时去打胎。

他忆述称，"我当时考虑要不要告诉达夫：照道理不应该隐瞒，应把真相告诉朋友，但又怕达夫一气之下，声张出去。戴笠是军统特务头子，人称'中国的希姆莱'。如果达夫声张出去，戴笠决不饶他的命。太危险了！这样考虑之后，我就决定不告诉达夫，也不告诉别人。"后来汪静之离开武汉赴广州，不久郁达夫也到南洋去了，此事便一直埋在汪静之心底，直到汪静之偶然看到王映霞指责郁达夫的两篇回忆文章。出于替郁达夫辩护的目的，汪静之才撰文回顾了几十年前的这段往事，该文现保存于上海鲁迅博物馆。

汪静之所言如果确实，那么当年香港《立报》那篇文章中所称郁达夫寻妻启事中的某君"亦一有声誉之人，郁尚未公布其名姓"云云，就不难理解了。因为这一有声誉之人，竟然就是大名鼎鼎的戴笠——他可是中国国民革命军陆军中将、国民政府军事委员会调查统计局首长。

　　无论郁达夫是否知道王映霞的这个秘密，在妻子突然失踪的日子里，各种猜疑、愤怒、怨恨、羞辱，都难免齐上心头，言行自然也有失控的迹象。据说，当他看到窗外王映霞洗涤晾晒的纱衫，越看越气，拿笔饱浸浓墨在那纱衫上大写："下堂妾王氏改嫁前之遗留品。"并随即写成诗一首：

　　　　凤去台空夜渐长，挑灯时展嫁衣裳。愁教晓日穿金缕，故绣重帏护玉堂。
　　　　碧落有星烂昂宿，残宵无梦到横塘。武昌旧是伤心地，望阻侯门更断肠。

　　"侯门"可能是指他猜疑某个达官贵人的府邸中，就藏有他那突然失踪的妻子，而他对此竟毫无办法，只能"更断肠"。当然，可能让他"更断肠"的事情，乃是他强装豁达，寻回妻子之后，妻子并不领情，与他旷日持久地在信中辩论。这些辩论，当然涉及到了许多个人隐私，一次又一次地伤害着彼此本已脆弱不堪的感情。

　　在此，姑且转录一封王映霞于1938年10月18日复郁达夫的信件原文，二人彼此伤害之深，可见一斑。信文如下：

　　　　文：
　　　　六日的快信反而到在七日所寄的以后，邮件之颠倒无常，这正象征了我的命运，在十几年前，我何曾会得遥想到有今日,有今日受着丈夫恶意的欺凌?这的确与怀瑜向我说的"红丝牵错了,误了前因"一样,倘若当初你与别人"结识"了(这两字是照七日来信中所写,你的用字似欠妥当,我是上等人家小姐,似与别人不可比也。你一开口便下流,难怪从前的人的婚姻须门户相当!)马马虎虎亦会得过半生,而我,又可以做一个很贤惠,很能干的大家庭中的媳妇,让翁姑喜欢,丈夫宠爱的和平空气中以终其身。如今是一切都成过去,所有的希望都只能希冀于来世,自古聪明人的遭遇偏不寻常,我又何能例外?徒靠你现在的每一次来信中都述说着"不愿援用强权"是无益的,你的用不用强权,与需否用强权,这都已在过去的十年你的行为中为你证明,一个已婚的男子在第二次的结婚后,精神肉体可以再重返"故乡",在那初婚的少女尚且能宽宏大量,能以绝大的牺牲心在万难中忍耐了过去,这才可以说并未"援用强权",以夺取你的自尊心,但当初我的报复的心,每时每刻我都在牢记着,从未因为暂时的欢娱而衰落过,正与据你所说的你对我的爱一样。现在只教你

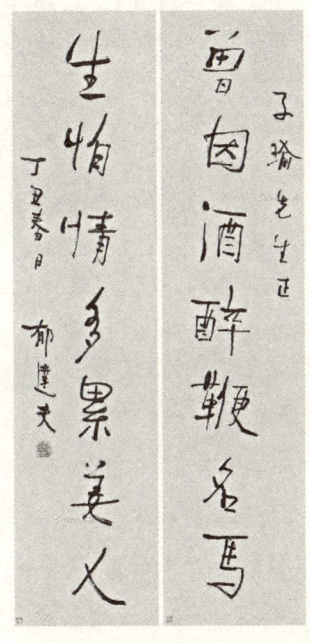

郁达夫书联"曾因酒醉鞭名马,生怕情多累美人"

来信中一提及往事,那即刻就会使我把过去的仇恨一齐复燃起来,你若希望我不再回想你过去的罪恶时,只有你先向我一字不提,引导我向新的生命途中走。大家再重新的来生活下去,至于你的没有爱过旁的女人和对我的爱从未衰落过的那些话,我读了,只会感到你的罪深而刑罚太浅,这如病重而药轻一样的无济于事。能不能使我把你的旧恶尽行忘去是在你,请你记住。近来杂志读得很多,很有些想写文章写自传的冲动,但第一次的尝试,似乎总不敢下手。匆匆复你六日的快信,孩子我都照顾周到,无须你挂心。

映霞 十月十八日午后

别人都会在文章称赞自己的妻子,爱人,只有你,一结婚后便无声无息,就像世界上已经没有了这个人一样,做你的妻子,倒不如做个被你朋友遗弃了的爱人来得值得,就如徐亦定一样。

"人言终无计消灭也。"这你只须去谢谢《大公报》上的广告,你太能干,而这能干又偏不能用在事业上,专会登广告做文章骂人,不知正如吃了砒霜药老虎,终于自己害自己。我是过来人,已被你无缘无故的在六年前的书中骂得狗血喷人,如今还怕什么呢?你一切都是自做孽,只能怨自己的手段太佳,欺凌弱女子的手段太高明的报应。

1940年3月,郁达夫与王映霞正式离婚。1945年,郁达夫也突然失踪。不久,据从苏门答腊联军总部情报处所获取的消息,称郁达夫于1945年9月17日被日本宪兵枪杀,同时被害者尚有欧洲人数名,遗骸却一直没能找到。

(注:郁达夫、王映霞通信内容均摘引自《达夫书简》,天津人民出版社,1982)

顾佛影：忍顾鹊桥归路

顾佛影（1897—1955），原名宪融，别号大漠诗人、红梵精舍主人。上海南汇人，早年与天虚我生陈栩园问学交游，诗文词曲造诣均深。曾任上海商务印书馆及中央书店编辑。著有《佛影丛刊》《增广考证白香词谱》《红梵精舍女弟子集》《大漠诗人集》等。抗战期间避居四川，抗战胜利后重返上海，直至病逝。

或许顾佛影之后仍有种种期许,毕竟从 30 岁恨睹意中人嫁他人,至此 50 岁白发人望白发人,皆以为 20 年难舍之缘在这家国一场大劫之后,终会修成正果。然而,陈小翠的态度依然坚决如初……

旧词曲添新离恨

1927 年某日,上海棋盘街交通路口的中原书局,给顾佛影送来了一套书。这套书是书局新出版的《元人散曲三种》,编著者是吴梅高徒任中敏(1897—1991),是书为"任氏词曲丛书"之一种,也是任氏搜罗整理元人散曲之首次结集。当时,顾氏是上海的诗词大家,也是书局签约的重要著作人,送这么一套书来,当在情理之中。

早在两年前(1925),崇新书局就已出版了顾氏所著《填词百法》,极受欢迎,几乎成了学写诗词者手中的宝典。紧接着,中原书局于 1926 年 7 月再版发行的顾著《增广考证白香词谱》,也颇受学词者青睐。这套书单单从书名"增广"二字看来,就知道不但涵盖了 1918 年陈栩所辑《考正白香词谱》的全部内容,还续有增订与充实。

此刻的顾佛影,特别热衷于散曲、杂剧、传奇类的研读,是否又将有新著问世,诸如《作曲百法》或《考证钦定曲谱》之类,尚不得而知,但中原书局、中央书店、崇信书店等上海各大出版机构都拭目以待,期待着他的通俗诗词自习读物尽快问世。

然而,1927 年之后的顾佛影,却没有再单独撰著过关于曲

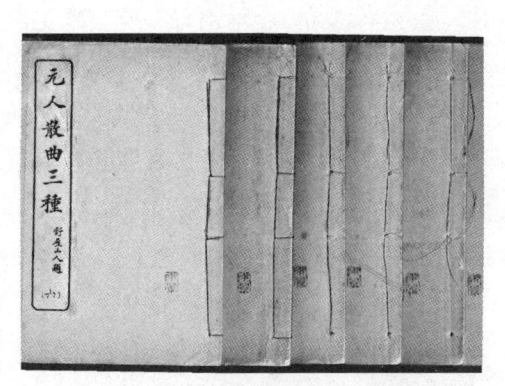

学的通俗读物。在那个时代，如果说诗词自古以来是文人的"末技"，那么"曲剧"之学于文人来讲则更如"隐技"，纯属自遣自抒之勾当，一般是不会将其当作学术成果来传扬的。至少，非专业从事曲

顾佛影旧藏《元人散曲三种》，封面右下角均钤有"佛影"小印

学研究与教授者，都是抱着自娱自乐而非公开传扬的态度。

早在1924年，顾佛影曾写过一本《谢庭雪》杂剧，由彩文鹤记书局出版；1940年避乱四川，有感于日寇侵华而作《四声雷》杂剧，于1943年由中西书局出版；1949年由中央书店出版《大漠呼声》（诗词集），附收有《访贤诏》杂剧。除了这些之外，顾本人的传奇剧作、散曲创作、曲学著述并不算太多，比之其诗词研究之盛名，仅作陪衬而已。

那么1927年，顾佛影对《元人散曲三种》的研读，是否只是一种文人博识式的随意而为，聊供插架而已的读书人惯态？是否没什么可以深究的呢？

1927年，于顾佛影而言，远比任何诗词、曲学出版物更为重要的事件，乃是陈栩之女陈小翠的出嫁。

陈小翠（1902—1968），又名璻、翠娜，别署翠候、翠吟楼主，斋名翠楼。浙江杭县人，"天虚我生"陈栩（1879—1940）之女。

13岁能诗，17岁善画，陈栩每有应酬之文辞，实小翠代笔居多。顾佛影长小翠5岁，二人每以师兄妹相称，诗词酬唱颇多——这才子才女的姻缘，似乎已经一线暗牵。然而，小翠最终嫁与的，却不是这才情相契的顾师兄，而是汤彦耆（民国浙江第一任都督汤寿潜之子）。

顾佛影百思不解，忧愤难免。而书生之愤大抵只不过两盅小酒、一纸乱语罢了。案头还有中原书局新送来的《元人散曲三种》，小曲儿也有了，或许翻看几页解闷遣忧也好。第一册收录有张小山北曲联乐府上卷，第一首的曲牌名【人月圆】，不禁让顾触景生情，逐句批点起来。

陈小翠（1902—1968）

【人月圆】山中书事

兴亡千古繁华梦，诗眼倦天涯。孔林乔木，吴宫蔓草，楚庙寒鸦。

数间茅舍，藏书万卷，投老村家。山中何事，松花酿酒，春水煎茶。

这一曲读史感叹，不由得让顾佛影回忆起与小翠同窗论学的诸种情状。案头还有一册1924年刊行，第一次以自己的别号"佛影"命名的《佛影丛刊》。这本小册子是他在浦东旬报社任编辑时出版的，当时还特意请师妹小翠题词纪念。

小翠用清雅的花笺题了三首词,顾佛影视若珍宝,用昂贵的珂罗版,将其影印于卷首(全书只有三页珂罗版影印,一页为顾佛影肖像照,其余两页则为小翠题词)。并于其影楣处,郑重地标示出"泉唐陈翠娜女士题词"的字样。且看词曰:

【金缕曲】奉题佛影先生丛稿

顾况诗中佛。有无边、罗胸奇字,盈箱怪笔。骑象鸠摩看渡海,掌上乾坤盈尺。看不出、沧桑今昔。南国相思红豆雨,比西天禅梦桃花雪。空与色,二而一。

醉来忽向苍虬叱。怪无端、狂风骤雨,蛮笺嫌窄。李白千年仙不去,因绮语、者番重谪。毕竟是尘怀难释。断发一缄青女泪,负奇书千卷黄石公。莫比做,子由瑟。

顾佛影著《佛影丛刊》

"毕竟是尘怀难释。"看到此句的顾佛影不由得连连摇头叹息,苦笑着自我言语着。复又翻开一页,那一行行娟秀清丽的词句再映眼帘。

【琐窗寒】奉题红梵集

辽海黄龙,江天乌鹊,壮怀都左。末路文章,寄到秣陵眉妩。裹秋魂、琴弦自凄,泪痕一尺桃花雨。是铜驼荆棘,离骚香草,佳人迟暮。

庭户愁来处。问几树垂杨,尚余飞絮。禅心绮习,浓艳竟看如许。料凄凉、吹瘦玉箫,任人听作消魂语。漫付他,商女无愁,唱到隔江去。

【绮罗香】再题红梵集

骑蝶花天盟鸥,萍海梦影被春粘。住卅六屏山,多在情天深处。漫打点诗意禅心,商略到鬈云,眉妩蕈东风,吹起春潮,漫天咳唾下珠雨。

秋心何必重数,一寸才华例受一分凄楚。泪点依稀,圈满断肠诗句。料渊明无限高怀,聊付与闲情一赋,也胜他头白关河,西山闲射虎。

《红梵集》是《佛影丛刊》里所辑录的词集之一,那些作于20岁前后的青涩词作,让此时已年届30岁的顾佛影看来,也不禁哑然一笑。当年,小翠看到《红梵集》时,或也只是淡淡一笑。题词中"桃花雨"、"红豆雨"的比喻倒也贴切,10年前的少年毕竟还只是怀抱着一些文学臆想中朦胧的感伤,10年后求之不得的姻缘宿命却是真真切切的尘世相思。当初的"红梵"二字命意,也不过是"红尘"与"梵音"之间的某种若即若离,而今日小翠初嫁了,则是生生的离别了,红尘就此无可依恋,梵音里却也听不到"解脱"二字,终是万般纠结与无奈。想到这里,顾佛影不禁长叹,也罢、也罢。

陈小翠(后排中)与友人合影

合上《佛影丛刊》，顾佛影努力让自己重新研读《元人散曲三种》中的种种曲学意境，以期排遣相思难奈与追悔莫及的纠结心绪。略一翻阅，却又是张小山的一曲【人月圆】，让他无法心神安宁。那一句"故人何在，前程那里，心事谁同？"的愁怅，让他在书页上画着句读的笔再度搁下。他起身在书橱前另行查阅，不想再看到这样的离辞恨章。

焚琴痛煞剧中人

可是在书橱中挑拣，顾佛影仍然挑出了那一部陈栩所编著的《栩园娇女集》，这也是今年（1927）新出版的一部诗词曲集，里边辑录的都是小翠出嫁前的佳作。除了小翠先前为《佛影丛刊》题词中的一首【金缕曲】和【琐窗寒】收录其中之外，那一首【绮罗香】却并未收录。想到词句中有"情天深处""吹起春潮"之语,顾佛影不由得又是一丝苦笑浮面,这样的词作自然是不能收入待嫁闺秀的文集中罢。

除却前述两首词作之外,《栩园娇女集》中与顾佛影有关的诗词仅此而已。他搁下那一册集子,复又翻开张小山北曲联乐府,希望能从元人词曲中的"蒜酪"味中,祛除一点当年的酸涩与今日的无奈。

又一曲【人月圆】在他笔端的句读中,潸然唱来:

> 罗衣还怯东风瘦,不似少年游。匆匆尘世,看看镜里,白了人头。
> 片时春梦,十年往事。一点诗愁,海棠开后,梨花暮雨,燕子空楼。

"片时春梦,十年往事"的悲腔,再一次莫名其妙地撩拨起顾佛影的悲怆,手中那支点句读的笔再次搁下,不由自主地又翻开那一册《栩园娇女集》来,希冀着从集子中找来只言片语的牵连与慰藉。

> 陈小翠画作,题词曰:夜起开帏皓月黄,大风吹雪满回廊。梅花性格无人解,越是严寒花越香。癸卯正月,小翠。

集子中展露的皆是小翠的才华与情怀,抒写的皆是才女未嫁时的种种思绪与感慨。诗、词、散曲,顾佛影皆一一看来,一一吁叹。还有一本名为《焚琴记》的传奇剧本,颇令其动容。

《焚琴记》传奇,是写蜀帝公主与乳娘陈氏之子琴郎情缘幻灭之事,虽然这个剧本内容来源于民间流传的"火烧袄庙"故事,可于顾佛影看来,多少可以算作些许慰藉。因为,剧中的那个"琴郎",分明便是他自己的写照。

剧中第四出"病讯",琴郎首度登场,借剧中乳娘之口,这样描述因公主许嫁他人之后的那一场相思症候:

> 虽则长卿家世,贫无半石之遗,喜他子建聪明,学蕴五车之富。与公主青梅竹马,两小无猜,耳鬓厮磨,情同手足。去年因他渐及成人,不宜更居宫禁,奉旨归得家来。谁道那痴儿只是思念公主,寤寐萦思,饮食忘味,自春徂秋,竟恹恹成疾,百般医药,也不见效,看看竟将不起。

剧中人琴郎与公主自小于宫中长大,因成年而不得不奉旨出宫,而此时还尚不知公主已被许嫁他人。故而剧中"乳娘"上场时还抹着眼泪说,"近闻公主已许婚他氏,倘被痴儿知得,只怕更增悲绪,只索瞒他便了。"

此时,已然失魂落魄的琴郎以一曲【五韵美】唱出酸楚:

> 拗情怀,多愁恨,挖心儿揩不去那人影。病维摩参不透幻花境,兀无端把沈腰销尽。肠早断,泪空零。倘能勾长待妆台,便化做胭脂都肯。

一曲余音未了,剧中还为琴郎添了一句独白,"我不怨他人,只怨公主。"顾佛影阅及此一句时,也禁不住喃喃自语,"我不怨小翠,不怨你,只怨自己。"

接下来的一曲【五般宜】,也借琴郎之口点出了顾佛影的埋怨所在:

> 他原是天上的牛星女星,为什么谪向那皇城帝城?便云泥路隔阻三生,便梦也梦也,梦也难相近。

乳娘的一番劝慰,看似情理之中,实则也反讽着顾佛影此时的境况:

> 我也知道你与公主十年手足之情,不比等闲,岂能一旦忘得?只是非分勿慕,先哲有言,难道我儿读书明理,倒不省得?况闻公主呵,早则是红丝另聘,鸳盟另订。她女儿家弱质孤零,也怎抗得君王命。

乳娘无意中吐露的公主将嫁他人的消息,对琴郎无疑是一语惊醒梦中人。剧中描述说,他"瞪目痴介","半晌泪介",又接连唱了悲愤交迭的一曲【山麻稭】与【黑麻令】。

> 我镂心刻骨的伤心甚,早则是破鸾换镜,银雁啼筝。惊惊,道云英另受了裴航聘。等闲间莫道蓬山路峻,怕此后呵,更隔着蓬山千里,弱水千层。
>
> 原没甚花盟月盟,几曾订三生两生。又何敢怜卿爱卿?也非慕倾国倾城。兀无端心萦意萦,蹈进了愁城恨城。到如今我愁深病深,她那里百辆将迎。怕此后相逢呵,须索要

他生异生。

但是,害着相思病的琴郎即便如此不堪,还是拖着病体给公主写了一封信,希望见公主最后一面。顾佛影看到琴郎的这般症候,忧怨之切与无可奈何,百般纠结,自己如今的这般症侯,小翠也许早已预料到了罢。

剧中琴郎的信究竟能否传到公主手中,这个疑问在第六出"乔拒"中得以回答。早在接到信件之前,公主开场的一曲【步步骄】与【洞仙歌】已透露心声,情非得已之状溢于言表:

袅瘦炉烟春如线,晓梦风吹远。怎十丈情丝,牵不拢东劳西燕。兀自恹恹,倦妆人比斜阳懒。

红笺小字,倩流莺相候。一寸春愁酒边逗。怅梦魂蝶冷,镜里鸾孤,只剩得血泪尚沾衣袖。伊家何处是?梦也难寻,月夜花朝断肠久。欲守十年贞,不嫁东风,问为甚又难开口?怕门外安排七香车,便断送红颜,不堪回首。

当乳娘将琴郎症候告知时,公主虽心生怜惜,也知道琴郎的症候是一腔怨愤所致,但苦于木已成舟、无法扭转,也只得强作镇静,无所流露。剧中有一个公主背转自语的场景,颇能说明此时不堪回首的境况。

(背介)琴郎吓!只你春蚕到死尚缠绵,可叫我怎生的,偿得了泪珠冤债今生欠。休波,今生已矣料无缘,是相知何必定成姻眷。

顾佛影看到这句仿佛是小翠的自白时,也只得摇头叹息而已,他喃喃自语说,苦了小翠啊。剧中公主最终没有拆开这封诉尽衷肠的情书,欲拆还敛的矛盾心态在公主连唱的两曲【醉扶归】中得以展现。

我鱼书欲拆还重敛,怕鹦鹉偷窥画栋间。看涂鸦颤曲泪痕淹,是分明一纸相思券。写将来愁魂怨魄依稀见,祷天车,暂把红尘践。
虽则是聪明冰雪由来惯,可不道终古青蝇起暮烟。倘然间宵行多露惹流言,这微瑕白璧我如何辩。休波,早则拚参商今世了余年,步香闺肯把全身现?

其实,公主即便不拆开那封信函,琴郎的苦心也是明明白白的。想到这里,曾对小翠频致书信而得不到回音的顾佛影,不禁心生一丝慰藉。待嫁闺秀对妇道操守的这番珍视,知书达理的顾先生虽不免为此会有些怨惑,但终究还是心生赞许的。

剧中的这一出既然叫"乔拒",自然是说假装的拒绝,最终公主还是见了琴郎最后一面的。在接下来的"惨诀"一出里,剧中人见面便同唱一曲【伴读书】,诉尽无限真情意。曲牌选作【伴读书】,也是颇能令顾佛影戏里戏外长吁一气的罢。

说不出这凄清,镇酸味,心头梗。泪眼相看灯生晕,算别来两减了芳容润。怕相逢尚在南柯境,愿从今长睡休醒。

"恨不相逢未嫁时。"和惯常的情侣难成眷属的世间情境一样,剧中人只能冀望于梦里或来生再续前缘。在这一出"惨诀"之末,二人的分别还是再所难免,公主解下玉佩赠予琴郎,但与通常的"身在曹营心在汉"情景不同的是,公主赠玉,强调的是"坚白"之意。她说道:

  这个玉环,是我从小所佩,今以相赠,用坚来世之约。
  玉喻吾意之坚,白似两心之洁也。

这番赠玉之表白,"坚"实则是公主去意已坚,而非与琴郎情笃之坚,一方面是表白,另一方面也是了断。"白"则是希冀二人操守清白,不再有情恋上的瓜葛,留待来世的证盟,或许是彼此慰藉的唯一寄望罢。接下来,公主又唱了一曲【刮地风】,把这层意思明确的再次表述:

  我聊解琼环表至诚,且留向来世证前盟。
  便相知原不在形相并,原从今医可你个病惺惺。

至于后来的"焚琴""碎玉""雨梦"几出戏文,虽极尽二人分别之后种种惨痛相思之叙述,却仍将其托寄于仙界、梦境之中,间接说明尘世、今生原无此情境。剧情至此看似即将终结,突然又来了一番"大逆转"——剧中人琴郎在最后猛然醒来,大呼一声,"吓,却原来是一场大梦也。"

琴郎醒后唱了全剧最后的一支曲,曲词曰:

从今参透虚无境,好向那蝴蝶庄周悟化生。

吓,愿天下的热中人齐悟省。

"愿天下的热中人齐悟省"一句,如当头棒喝,正中顾佛影怨愤无倚的心怀。合上这一本《焚琴记》,他在"相知原不在形相并"的自我慰藉中,继续着他的诗词生涯,笔耕不辍。1927年之后,寄情于诗酒酬唱、问学交游之中的他,经过几年时间的磨砺与将息,开始重拾志趣,著述频出。

陈小翠画作

大漠漫漫留诗痕

1928年,就在小翠父亲陈栩的印刷厂里,顾佛影印制了《红梵精舍女弟子集》。1932年,黄宾虹与谢觐虞、张大千、张善之同游上海浦东,一同合作《红梵精舍图》,一时雅颂海上,让曾号

"红梵精舍主人"的顾佛影颇感快慰。

1933年,中原书局又再版了《考正白香词谱》,这一次他没有再去"增广",而是删繁就简、汰粗存精,一套书由7年前的5本压缩为上下两册,更为初学者所接受,迅即风行学界。从1934—1939年间,顾佛影开始了他的诗词教材编撰,其著述的通俗易学,使其大受读者欢迎,并签约大公书店、中央书店等,其著大量刊行于世。现在能够搜集得到的这类顾著教材就有:《虚词典》《剑南诗钞》《古今诗指导读本》《无师自通填词门径》《无师自习作诗门径》(此书卷首作"范烟桥编撰",但于版权页著作者栏署名顾佛影)、《作诗百日通》等。

在大量编著通俗诗词读物的同时,顾佛影还于1934年出版了《大漠诗人集》,与10年前(1924)出版《佛影丛刊》时一样,这两册集子除了有自费自印的性质之外,还是主要搜罗顾本人的各种诗词曲作。这两册相隔10年的集子,不但记录着顾氏的诗词创作的丰硕存稿,还标记着他本人的心路历程,关乎情感、岁月与心境。

诚如1924年《佛影丛刊》出版时一样,"佛影"成为顾宪融的重要别号;《大漠诗人集》刊行之后,"大漠"同样成为1934年之后的顾氏常用名号。"大漠"与"小翠"的相对,一方是漠漠孤旅、一方是小家碧玉;两相对照,心意如画。

《大漠诗人集》分作六个部分,分别记录了顾氏自20岁前后至当时36岁左右之间10余年的诗、词、曲三类作品。尤为奇特的是,这六个部分的命名并不按常规文集的"章、节、篇"来划分,而用了一个少见的"分"字来界定。这样的界定之法,应当是仿效佛经中所谓"序分、正宗分、流通分"的旨趣而来。一般而言,在佛经中,序分是讲明这一部经为什么因缘说的;正宗分是一部经的正文;流通分是劝大家把这一部经流通与称赞这一部经的利益。

顾佛影的学佛之心早已有之,否则"佛影"之号也无从来由。但这部文集以"分"来划分部分,也只是追求某种"形似"而非全然"神似",并非整部文集皆是在谈禅说佛,集中所搜历年诗、词、曲集,只不过基本按照两年的时间段来划分,其内容也关乎世情与才思,诸种纷繁,并非佛学之论。

文集"第一红梵分",集中了顾氏20岁前后的诸多诗词作品,当然核心内容仍然是《佛影丛刊》中的"红梵集"。其后,为"第二驮梦分""第三灵战分""第四更生分""第五古钟分""第六劫后分"。最末一"分",在题侧注明"自壬申三十五岁至癸酉三十六岁,诗四十四首、词五阕",乃是顾氏1932—1933年间所作诗词之总集。

至于为何这一部分诗词总题"劫后",当指上海日寇所制造的"一·二八"事变。在这次国难家祸中,据郑逸梅(1895—1992)撰文回忆说,"佛影供职上海商务印书馆的涵芬楼,为了往返便利起见,就近赁居虬江路。及祸难作,闸北大火,不知佛影生死存亡。"

陈小翠《竹林雨后》诗画成扇

郑逸梅在文中还提到,诗人、书法家朱大可(1898—1978)为寻顾佛影,还写过一篇别有意趣的寻人启事,后来得知顾尚幸存于世,大喜过望。郑的忆述如下:

> 大可只得在报上登招寻广告。大可是诗人,这广告也用诗的语言,是怪有趣的。略谓:"我友顾佛影,世籍隶江苏,身材颀而长,面黑无髭须。为人颇脱略,自谓嵇阮徒。所居虬江路,设当战火区。寇至或已去,未必守故株。但虑道涂间,颠踬无人扶。又愁饥饿余,庚癸空号呼。世有君子人,博爱如耶稣。流亡载道中,曾见此人无?"可是这广告没有效果,还是音讯杳然。大可以为佛影已牺牲于枪林弹雨之中,为之痛哭失声。幸而寇兵不久即撤,佛影避难南市,和大可把晤,一时诗酒往还,相契更深。

顾佛影躲过"一·二八"事变这一劫后,仍旧耽于著述,创作更勤。直到1937年"八·一三"事变起,才不得不离开上海,避乱川渝。除了在乐山、成都等处担任教务,藉以糊口之外,顾还于1940年前后创作了《四声雷》杂剧,于1943年由重庆中西书局出版。与以往大量创作的诗词通俗教材和自抒怀抱的诗词作品不同,《四声雷》杂剧已然摆了小情小调的个人爱憎,转而向着国难家恨的大时代格局中去诉求与寄托情怀了。国民党元老、大书法家于右任为此书作跋,大加赞赏云,"顾佛影先生抗战四种曲,所写皆仁人志士可歌可泣之事,足为民间良好读物。曲文亦本色当行,可供歌场氍演。闻作者昔居海上,以吟咏著作自娱,生活本极悠闲,国难复西上,从事文化工作,其重文学爱国之精神更足感人也。"

尘怀难释终消沉

1946年秋，抗战已胜利年余，顾佛影辗转返沪与陈小翠重逢。此时顾佛影已年近50。陈小翠已与夫君分居，正钟情丹青，已筹办多次画展而享誉海上。这次见面，在顾看来，仿佛隔世重逢、旧缘再现。那《焚琴记》中的来世之约，似乎可于此时证盟了，但当顾流露出重圆之意时，仍然被陈婉拒了。

为此，陈小翠写了九首《还珠吟有谢》来表达无缘再续之意。第一首："垂髫辩慧解参禅，何况重逢近暮年。我是飞仙君是佛，不妨立地即生天。"已开宗明义；末一首的尾句"万炼千锤戛然住，诗难再续始为佳"。以雅喻为结，仍然是当年那"相知何必定成姻眷"的坚决使然。

或许顾佛影之后仍有种种期许，毕竟从30岁恨睇意中人嫁他人，至此50岁白发人望白发人，皆以为20年难舍之缘在这家国一场大劫之后，终会修成正果。然而，陈小翠的态度依然坚决如初，她又写了两首《重谢》，以示决心。第一首的末句云，"二十五年吹梦醒，奚囊留得几封书。"暗喻了顾、陈二人相识至此的25年情分，世情凋零已无可留恋。第二首的末句云，"梁鸿自有山中侣，珍重明珠莫再投。"更为明确地提醒了顾佛影，不必也不要再示爱意。

1949年写完《大漠呼声》之后，顾佛影身体每况愈下。陈小翠以友人身份频加探望，与25年前题词《佛影丛刊》的词牌一样，她又选择"金缕曲"的词牌为其填词一首，以示慰问。词曰：

又报维摩病。想宵来、瓶笙花影,更难安顿。索写墓碑身后事,要仿六朝亲铭。只戏语、报君何忍。王霸蓬头稚子小,料吹灯煮粥应能任。且珍重,莫愁恨。

念兄但祝兄长命。漫萧条、黄金气短,红禅心冷。我亦频年悲摇落,燕劫危巢无定。更多少、青蝇贝锦。万一重逢文字海,把飘零诗稿从头整。吟翠集,待商订。

原来,顾佛影病中,曾嘱托陈小翠为其撰写墓志铭,并且说,骂他几句也无妨。而陈小翠当然是没有答应的,她说"只戏语、报君何忍",只是"念兄但祝兄长命",多加宽慰他而已。

1955年7月,顾佛影生平的最后一本著述《元明散曲》由春明出版社在上海出版发行。可能他本人还没来得及看到出版社赠送的样书,在当年的农历七月初六即溘然而逝。13年后,1968年,在那一场史无前例的"文化大革命"中,因不堪凌辱,陈小翠愤而服安眠药后,决然引煤气自尽。顾、陈之间的这一段情缘至此,终于了结,也终归沉埋。

《翠楼吟草》扉页题签

在陈小翠截止于1953年陆续刊行的《翠楼吟草》诸编中,明确提到"顾佛影"名字的词作始于1924年的"金缕曲",终于上述的那首病中探望所作的"金缕曲"。而那一本极尽沉痛哀惋的,作于出嫁前的《焚琴记》传奇剧本已经删去,只留下些许遗憾与感叹,让后世诸种猜测与揣摩,不得究竟、原地徘徊。

至于顾佛影曾经研读过的那一部《元人散曲三种》,也并没有留下太多可资评说的点滴心迹,那些偶尔的圈点、停顿与勾划,或许根本不能说明任何当年的心怀与事迹。或许,这一部曾经的顾氏藏书,是否与其最后一本著述《元明散曲》有某种学术借鉴之用,是否对其后期偶尔为之的杂剧、散曲创作有所助益,都并不重要。或许,这些故纸旧字,只是留与如我等这样的后世痴人,配着那一本被剧中人删去的剧本,于戏里戏外屡屡翻检、屡屡吁叹罢了。